P. D. JAMES nació en Oxford en 1920. Publicó su primera novela en 1963, dando inicio a la exitosa serie protagonizada por Adam Dalgliesh, de la que forman parte, entre otros títulos, *Un impulso criminal*, *Muertes poco naturales*, *Muerte de un forense*, *Intrigas y deseos*, *Sangre inocente*, *Sabor a muerte* y *El pecado original*, todos ellos publicados por B.

Como reconocimiento por su trabajo en la facultad de Bellas Artes, en la Sociedad de Autores y en la BBC, de la que fue directora, en 1991 le fue concedido un título nobiliario. Además, ha sido merecedora del Grand Master Award concedido por los Mystery Writers of America, el Diamond Dagger concedido por la British Crime Writers' Association y el Premio Carvalho concedido por el festival de novela negra BCNegra, entre otros premios.

Título original: *Unnatural Causes*
Traducción: Margarita Cavándoli
1.ª edición: septiembre 2012

© P. D. James, 1967
© Ediciones B, S. A., 2012
  para el sello B de Bolsillo
  Consell de Cent, 425-427 - 08009 Barcelona (España)
  www.edicionesb.com

Printed in Spain
ISBN: 978-84-9872-699-2
Depósito legal: B. 20.214-2012

Impreso por NOVOPRINT
            Energía, 53
            08740 Sant Andreu de la Barca - Barcelona

Muertes poco naturales

P. D. JAMES

LIBRO UNO
SUFFOLK

1

El cadáver sin manos yacía en el fondo de un pequeño bote de vela que iba a la deriva y apenas se divisaba desde
la costa de Suffolk. Era el cuerpo de un hombre de mediana edad, un cadáver pequeño y atildado; su mortaja, un
traje de rayas oscuras que en la muerte se adaptaba a su
delgado cuerpo tan elegantemente como en vida. Los zapatos hechos a mano brillaban aún, salvo en las punteras
algo desgastadas, y la corbata de seda seguía anudada bajo
la prominente nuez. El desventurado viajero se había vestido con ortodoxa pulcritud para pasear por la ciudad, no
para ese mar solitario ni para su muerte.

Corrían las primeras horas de una tarde de mediados
de octubre y los ojos vidriosos estaban vueltos hacia un
cielo de un azul sorprendente, a través del cual la ligera
brisa del sudoeste arrastraba unos pocos jirones de nubes.
El casco de madera, sin palo ni toletes, se balanceaba suavemente sobre las olas del mar del Norte, moviendo la cabeza que rodaba como en un inquieto sueño. Había sido
un rostro corriente incluso en vida, y la muerte no le había proporcionado más que una penosa vacuidad. El cabello rubio crecía ralo a partir de una frente alta y desigual;
la nariz era tan delgada que la blanca cordillera de hueso
parecía a punto de atravesar la piel; la boca, pequeña y de
labios delgados, se había abierto y permitía ver dos piezas
dentales sobresalientes que conferían al rostro el aspecto
altanero de una liebre muerta.

Las piernas, aún dominadas por la rigidez, estaban encajadas a uno y otro lado de la caja de la orza de deriva, y habían depositado los antebrazos sobre la bancada. Le habían cortado las manos a la altura de las muñecas. Apenas había perdido sangre. Un hilillo de sangre había tejido una red negra entre el vello rubio y rígido de cada antebrazo, y la bancada estaba manchada como si la hubiesen usado a modo de tajo. Eso era todo: el resto del cadáver y las tablas del bote de vela no estaban manchados de sangre.

Habían seccionado limpiamente la mano derecha, y el extremo curvo del radio destacaba por su blancura; con la izquierda habían hecho una auténtica chapuza y las irregulares astillas de hueso, afiladas como agujas, sobresalían en medio de la carne retraída. Habían subido las mangas de la chaqueta y los puños de la camisa para practicar la carnicería, y los gemelos de oro con iniciales colgaban centelleando a medida que giraban lentamente bajo el sol otoñal.

Con la pintura desteñida y desconchada, el bote de vela se movía como un juguete abandonado en un mar casi vacío. En el horizonte, el perfil de un barco de cabotaje se dirigía hacia Yarmouth Lanes; no se veía nada más. Alrededor de las dos, un punto negro sobrevoló el cielo en dirección a la tierra, desplegando su cola en bandera, y el aire se rasgó con el chillido de los motores. El rugido amainó y de nuevo se oyó tan sólo el chapoteo del agua contra el bote y el grito ocasional de una gaviota.

De pronto se sacudió violentamente el bote de vela, recuperó el equilibrio y giró poco a poco. Como si percibiera el potente impulso de la corriente que lo empujaba hacia la playa, empezó a moverse con más decisión. Una gaviota de cabeza negra, que se había posado suavemente en la proa y permanecía rígida como un mascarón, emprendió el vuelo soltando frenéticos chillidos y trazando círculos encima del cadáver. Lenta pero inexorablemente, mientras el agua bailaba en la proa, el pequeño bote acarreaba su tétrica carga hacia la orilla.

2

Poco antes de las dos de la tarde del mismo día, el inspector Adam Dalgliesh aparcaba lentamente su Cooper Bristol en el arcén de hierba, junto a la entrada de Blythburgh Church. Un minuto después franqueaba la puerta norte de la capilla para internarse en la fría y plateada blancura de uno de los interiores de iglesia más bellos de todo Suffolk. Iba de camino hacia Monksmere Head, al sur de Dunwich, donde pensaba pasar diez días de vacaciones con una tía soltera —su único familiar vivo—, y ésta era la última escala. Había salido de su piso de Londres antes de que la ciudad empezara a moverse y, en lugar de coger el camino directo a Monksmere por Ipswich, en Chelmsford había torcido hacia el norte para entrar en Suffolk por Sudbury. Había desayunado en Long Melford y luego había girado hacia el oeste para atravesar Lavenham y conducir tranquilamente en medio del verdor y el dorado del condado menos destruido por la intervención humana. Su estado de ánimo se habría identificado plenamente con el día si no lo hubiera acosado una preocupación persistente e insoslayable. Había postergado deliberadamente una decisión personal hasta esas vacaciones. Antes de regresar a Londres tenía que decidir si le pedía a Deborah Riscoe que se casara con él.

Aunque parezca absurdo, le habría resultado más fácil tomar esa decisión si no hubiera sabido con absoluta certeza cuál sería la respuesta de Deborah. Caía sobre él toda la responsabilidad de decidir si cambiaba el *statu quo*

11

presente y satisfactorio (al menos satisfactorio para él, aunque podía asegurar que ahora Deborah era más feliz que el año pasado) por un compromiso que, sospechaba, ambos considerarían irrevocable fuera cual fuese el resultado. Pocas parejas son tan desdichadas como las que son demasiado orgullosas para reconocer su infelicidad. Adam conocía algunos riesgos. Sabía que Deborah detestaba su trabajo. Esto en sí mismo no era sorprendente ni importante. El trabajo era su elección personal y jamás había pedido apoyo ni estímulo a nadie. Pero era muy poco halagüeña la perspectiva de que toda obligación, a la hora que fuese, toda urgencia tuviera que ir precedida por una llamada telefónica para disculparse. Mientras caminaba de un lado a otro bajo el maravilloso y arqueado techo de tirantes y aspiraba el olor anglicano a cera, a flores y a himnarios viejos y húmedos, pensaba que había logrado sus objetivos casi en el preciso momento en que sospechaba que ya no le interesaban. Aunque se trataba de una experiencia demasiado corriente para producir una decepción perecedera en un hombre inteligente, no dejaba de desanimarlo. No era la pérdida de libertad lo que lo frenaba; los hombres que más se quejaban por ello solían ser los menos libres. Era mucho más difícil afrontar la pérdida de intimidad. Incluso le costaba aceptar la pérdida de intimidad física. Mientras pasaba los dedos sobre el atril tallado en el siglo XV, intentaba imaginar la vida en el piso de Queenhithe y a Deborah siempre presente, no ya como la visitante esperada con impaciencia sino como parte de su vida, su pariente más cercano, legal y certificado.

Scotland Yard no había significado una buena época para resolver problemas personales. Últimamente habían realizado una importante reorganización que había provocado la inevitable interrupción de lealtades y rutinas, el previsible caudal de rumores y descontentos. Y la tensión del trabajo no se había suavizado. La mayoría de los oficiales de alta graduación trabajaban catorce horas diarias. Aunque resuelto con éxito, su último caso había sido sumamente tedioso. La investigación del asesinato de un niño se convirtió en una cacería humana de las que más le disgustaban y para la que, por temperamento, estaba peor preparado: comparación obstinada y tenaz de los hechos en medio del resplandor de la publicidad, estorbada por el miedo y la histeria del barrio. Los padres del niño se habían agarrado a él como náufragos, en busca de palabras tranquilizadoras y de esperanzas, y Adam aún sentía la carga casi física del dolor y el sentimiento de culpabilidad de esos padres. Le habían pedido que fuera, simultáneamente, consuelo y guía espiritual, vengador y juez. Para él no era una novedad. No se había sentido personalmente involucrado en el dolor que sentían y, como siempre, esta objetividad había sido su fortaleza, del mismo modo en que para algunos de sus colegas lo habrían sido la ira y la inmersión profunda y ultrajada frente al mismo crimen. Aún persistía la tensión del caso y necesitaría algo más que los vientos del otoño en Suffolk para borrar de su mente algunas imágenes. Ninguna mujer sensata podía esperar que le propusiera casarse en medio de aquella investigación, y Deborah no lo había insinuado. Ninguno de los dos había mencionado el hecho de que, pocos días antes de la detención, encontraba tiempo y energías para terminar su segundo libro de poemas. Le espantó reconocer que hasta el ejercicio de un talento menor podía servir como pretexto del egoísmo y la inercia. Últimamente no estaba muy satisfecho de sí mismo y quizás era optimista suponer que las vacaciones podrían modificar esa situación.

Media hora después cerró delicadamente la cancela de la iglesia, dispuesto a cubrir los últimos kilómetros del viaje a Monksmere. Había enviado unas líneas a su tía para avisarle que probablemente llegaría a las dos y media y, con un poco de suerte, tal vez llegara a la hora exacta. Si su tía salía de casa a las dos y media, como de costumbre, vería el Cooper Bristol a punto de llegar al promontorio. Pensó con afecto en la figura alta, angulosa y paciente de su tía. Su biografía no tenía nada de particular y Adam había deducido la mayor parte a partir de retazos de comentarios imprudentes oídos a su madre cuando era niño o, simplemente, la había conocido como otra de las vivencias de su infancia. Su prometido había muerto en 1918, seis meses antes del armisticio, cuando ella aún era una jovencita. Su madre era una belleza delicada y deteriorada, la peor de las esposas posibles para un clérigo rural estudioso, como ella misma solía reconocer, probablemente pensando que esta franqueza justificaba y excusaba de antemano el siguiente arrebato de egoísmo o excentricidad. Le desagradaba ver el dolor de otras personas porque transitoriamente se volvían más interesantes que ella, y decidió tomarse muy a pecho la muerte del joven capitán Maskell. Cualesquiera que fuesen los padecimientos de su hija sensible, poco comunicativa y bastante difícil, debía notarse que la madre sufría más; tres semanas después de recibir el telegrama, murió de gripe. Cabe dudar que pretendiera llegar a ese extremo, pero el resultado la habría gratificado. En una noche, su enloquecido esposo olvidó todas las irritaciones y angustias de su matrimonio y sólo recordó la alegría y la belleza de su esposa. Era impensable que el clérigo volviera a casarse, y lo cierto es que no contrajo nuevo matrimonio. Jane Dalgliesh, cuya aflicción casi nadie tuvo tiempo de recordar, ocupó el lugar de su madre como anfitriona en casa del párroco y permaneció con su padre hasta su retiro, en 1945, y su muerte, ocurrida diez años más tarde. Era una mujer muy inteligente y si la rutina cotidiana de llevar la casa y ocuparse de las actividades parroquiales —tan previsibles e ineludibles como el año litúrgico— le resultó insatisfactoria, jamás lo expresó. Su padre estaba tan seguro de la importancia de su vocación que nunca pensó que alguien pudiera desaprovechar sus dones a su servicio. Jane Dalgliesh, respetada pero nunca querida por los feligreses, hizo lo que debía y se consoló con el estudio de las aves. Después de la muerte de su padre, los artículos que publicó —resultado de una observación meticulosa— llamaron la atención. Con el tiempo, lo que la parroquia había descrito condescendientemente como «el modesto pasatiempo de la señorita Dalgliesh» la convirtió en una de las más respetadas aficionadas a la ornitología. Hacía poco más de cinco años que había vendido su casa de Lincolnshire y comprado Pentlands, una casa de campo, al borde mismo de Monksmere Head, construida en piedra. Dalgliesh la visitaba, por lo menos, dos veces al año.

No se trataba de visitas de compromiso, aunque se habría sentido responsable de ella si la tía no hubiera sido tan claramente independiente que, por momentos, hasta el afecto parecía una especie de ofensa. Pero el afecto estaba ahí y ambos lo sabían. Adam esperaba la ocasión de verla, los seguros placeres de unas vacaciones en Monksmere.

En el amplio hogar ardería un fuego de madera arrojada a la playa por el mar, un fuego que aromatizaría toda la casa, y delante estaría el sillón de respaldo alto que antaño había formado parte del estudio de su padre en la casa parroquial en la que había nacido, y el olor del cuero evocaría su infancia. Encontraría un dormitorio escasamente amueblado con vistas al mar y al cielo, un lecho cómodo pero estrecho con sábanas que olerían débilmente a humo de leña y a lavanda, agua caliente en abundancia y una bañera lo bastante larga para que un hombre de metro ochenta y ocho se sumergiera con toda comodidad. Su tía medía metro ochenta y dos y tenía una apreciación masculina de las comodidades elementales. Antes se serviría el té delante del fuego y tostadas calientes con mantequilla y carne en conserva preparada en casa. Lo mejor de todo es que no habría cadáveres ni se hablaría de ellos. Suponía que a Jane Dalgliesh le resultaba extraño que un hombre inteligente hubiera elegido ganarse la vida atrapando asesinos, y no era una mujer que simulara un amable interés que no sentía. No le planteaba peticiones, ni siquiera de afecto, y precisamente por ese motivo era la única mujer del mundo con la que se sentía en plena armonía. Sabía exactamente qué podía esperar de esas vacaciones. Caminarían, casi siempre en silencio, por la húmeda franja de arena firme que se extendía entre la espuma marina y las elevaciones de la cala, cubiertas de guijarros. Acarrearía su material de dibujo, la tía se adelantaría un poco, con las manos hundidas en los bolsillos de la chaqueta, y sus ojos buscarían el lugar de la playa donde se habían posado los culiblancos, apenas discernibles en medio de los guijarros, o seguirían el vuelo de una golondrina de mar o de un chorlito. Serían unas vacaciones apacibles, descansadas y sin exigencias; al cumplirse los diez días, volvería a Londres con una sensación de alivio.

Ahora atravesaba Dunwich Forest, donde las plantaciones de abetos oscuros realizadas por la Administración de Bosques flanqueaban la carretera. Imaginó que ya podía oler el mar, que el aroma salobre que el viento acarreaba era más penetrante que el olor de los árboles. Se sintió exaltado. Se sintió como un niño que regresa al hogar. Superado el bosque, una alambrada separaba el verde oscuro y sombrío de los abetos de los campos y los setos pintados a la acuarela. También quedaron atrás, y ahora conducía entre las aulagas y los brezos de los promontorios, camino de Dunwich. Al llegar al pueblo y girar a la derecha para subir por la colina que bordeaba el recinto amurallado del convento franciscano en ruinas, sonó el estruendo de un claxon y pasó como una exhalación un Jaguar conducido a toda velocidad. Vislumbró una cabeza oscura y una mano alzada a modo de saludo antes de que, con un bocinazo de despedida, el coche desapareciera de su vista. Parecía que Oliver Latham, el crítico de teatro, había ido a pasar el fin de semana a su casa de campo. No era algo que pudiera fastidiar a Dalgliesh, ya que

Latham no iba a Suffolk en busca de compañía. Al igual que Justin Bryce, su vecino más próximo, utilizaba la casa de campo como un refugio del ajetreado Londres, y quizá de la gente, aunque acudía a Monksmere con menos frecuencia que Bryce. Dalgliesh lo había visto una o dos veces y observado en él un desasosiego y una tensión que hallaban eco en su propio carácter. Era sabido que le gustaban los coches veloces y conducir a toda pastilla, y Dalgliesh tenía la impresión de que Latham se desfogaba en esos viajes a Monksmere. Era difícil encontrar otros motivos que explicaran el hecho de que conservara la casa de campo. Rara vez iba allí, nunca llevaba a sus mujeres, no le interesaba amueblarla y básicamente la usaba como base de desenfrenados trayectos en coche por la región, tan frenéticos y delirantes que parecían una especie de liberación.

Dalgliesh aceleró cuando divisó Rosemary Cottage en el recodo de la carretera, aunque no se hacía ilusiones de pasar desapercibido. Pasó zumbando y apenas tuvo tiempo de ver, por el rabillo del ojo, una cara en una ventana de la planta alta. Era previsible. Celia Calthrop se consideraba la decana de la pequeña comunidad de Monksmere y se había atribuido algunos deberes y privilegios. Si sus vecinos eran tan imprudentes que no la mantenían informada de sus propias idas y venidas y de las de sus visitantes, estaba dispuesta a tomarse la molestia de averiguarlo personalmente. Tenía buen oído para enterarse cuando se acercaba un coche, y el emplazamiento de su casa de campo, justo donde el camino fragoso que cruzaba el promontorio se unía con la carretera de Dunwich, le permitía estar pendiente de todo.

Hacía doce años que la señorita Calthrop había comprado Brodie's Barn, rebautizado con el nombre de Rosemary Cottage. Lo había conseguido barato y, mediante amables pero insistentes intimidaciones a la mano de obra local, por una cifra también módica había convertido el granero, de una casa de piedra agradable aunque pobre en el ideal romántico de sus lectoras. A menudo las revistas femeninas presentaban la casa como «la deliciosa residencia de Celia Calthrop en Suffolk, donde en medio de la virgiliana paz del campo crea esas deliciosas novelas rosas que tanto emocionan a nuestras lectoras». El interior de Rosemary Cottage era muy cómodo pese a su estilo cursi y de mal gusto; el exterior disponía de todo lo que su propietaria consideraba que debía tener una casa de campo: techo de paja (lamentablemente caro de asegurar y mantener), jardín de hierbas aromáticas (era un bancal de aspecto siniestro; a la señorita Calthrop no se le daban las hierbas aromáticas), una pequeña balsa artificial (maloliente en verano) y un palomar (las palomas se negaban decididamente a posarse y dormir en su interior). También disponía de un impecable jardín en el que, en verano, la comunidad de escritores —expresión acuñada por Celia— era invitada a tomar el té. Al principio, Jane Dalgliesh quedó excluida de esas invitaciones, no porque negara ser escritora sino porque era una solterona solitaria y mayor y, en consecuencia —de acuerdo con la escala de valores de la señorita Calthrop—, una fracasada social y sexual que sólo merecía una amabilidad condescendiente. Más adelante la señorita Calthrop descubrió que su vecina era considerada una mujer eminente por personas perfectamente capacitadas para dar una opinión, y que los hombres que, despreciando todo decoro, acudían a Pentlands y a los que se podía ver paseando por la playa en la dichosa compañía de su anfitriona también eran, con gran frecuencia, eminentes. Hizo otro descubrimiento que la sorprendió aún más: Jane Dalgliesh cenaba con R. B. Sinclair en Priory House. No todos los que ensalzaban las tres grandes novelas de Sinclair —la última escrita hacía más de treinta años— sabían que aún vivía. Aún eran menos los que recibían la invitación para cenar con él. La señorita Calthrop no era una mujer que persistiera obstinadamente en el error, y de la noche a la mañana la señorita Dalgliesh se convirtió en «querida Jane». Por su parte, la tía aún llamaba «señorita Calthrop» a su vecina y seguía tan poco enterada del acercamiento como del desprecio inicial. Dalgliesh nunca supo a ciencia cierta lo que Jane realmente opinaba de Celia. Rara vez mencionaba a sus vecinos y en contadas ocasiones las mujeres estaban juntas como para hacer una evaluación.

El camino fragoso que cruzaba Monksmere Head hasta Pentlands se encontraba a menos de cincuenta metros de Rosemary Cottage. Normalmente el paso quedaba obstruido por una gruesa puerta de trancas que hoy estaba abierta y hundida en el alto seto de zarzas y saúcos. El coche traqueteó en los baches y pasó junto a los rastrojos del heno que pronto dieron paso a la hierba y, más adelante, a los helechos. Pasó delante de las casas gemelas de piedra que pertenecían a Latham y a Bryce, pero Dalgliesh no vio a ninguno de los dos hombres a pesar de que el Jaguar de Latham estaba aparcado ante la puerta y de que de la chimenea de Bryce salía una delgada voluta de humo. El camino iba ascendiendo y súbitamente todo el promontorio se extendió ante sus ojos abriéndose, púrpura y dorado, hacia los acantilados y el mar brillante. Dalgliesh paró el coche en lo alto del camino para mirar y escuchar. Aunque el otoño nunca había sido su estación predilecta, no habría cambiado esa paz armoniosa por las más exquisitas delicadezas de la primavera. El brezo empezaba a perder color y la segunda floración de las aulagas era tan espesa y dorada como la primera de mayo. Más allá aparecía el mar, listado de violeta, azul celeste y pardo; hacia el sur, las marismas cubiertas de bruma de la reserva de aves añadían sus azules y sus verdes más difuminados. El aire olía a brezo y a humo de leña: olores ineludibles y evocadores del otoño. Era difícil creer, pensó Dalgliesh, que estaba mirando un campo de batalla en el que durante cerca de nueve siglos la tierra había librado con el mar un combate que estaba condenada a perder; era difícil creer que bajo la engañosa calma del agua veteada yacían ahogadas las nueve iglesias del viejo Dunwich. Ahora se alzaban pocos edificios sobre el promontorio y no todos tenían solera. Dalgliesh apenas entrevió, al norte, los bajos muros de Seton House, poco más que una excrecencia al borde del acantilado, que Maurice Seton —el escritor de novelas policíacas— hizo construir a imagen y semejanza de su vida extraña y solitaria. Ochocientos metros al sur, los grandes muros cuadrados de Priory House se alzaban como último baluarte contra el mar y, al filo mismo de la reserva de aves, Pentlands Cottage parecía suspendida en las lindes de la nada. Mientras sus ojos recorrían el promontorio, aparecieron en el camino del norte una yegua y una calesa que se bambolearon alegremente entre las aulagas en dirección a Priory House. Dalgliesh distinguió un cuerpo femenino, robusto pero menudo encorvado en el asiento del cochero, y el látigo, delicado como una varita mágica, erguido a su lado. Seguramente era el ama de llaves de R. B. Sinclair que llevaba provisiones a casa. El alegre y pequeño carruaje poseía un encantador toque casero y Dalgliesh lo contempló con regocijo hasta que desapareció tras el escudo de árboles que medio ocultaba Priory House. En ese instante, la tía apareció a un lado de su casa y miró hacia el promontorio. Dalgliesh consultó la hora: eran las dos y treinta y tres. Apretó el embrague y el Cooper Bristol se deslizó lentamente camino abajo, hacia la tía.

3

Oliver Latham retrocedió instintivamente hacia las sombras de la habitación de la planta alta, observó el coche que traqueteaba por el promontorio y se echó a reír. Enseguida se contuvo apaciguado por el sonido estentóreo de su risa en la quietud de la casa. ¡Era demasiado! Todavía oliendo a su última cacería sangrienta, el niño prodigio de Scotland Yard había reaccionado prontamente ante su señal. El coche estaba a punto de detenerse en lo alto del promontorio. Le habría encantado que, por fin, se averiara el condenado Cooper Bristol. Pero no, parecía que Dalgliesh sólo se detenía para admirar el paisaje. Probablemente el pobre infeliz disfrutaba de antemano de los deleites de un par de semanas mimado en Pentlands. Pues bien, se llevaría una sorpresa. La cuestión consistía en saber si sería prudente que se quedara para ver la comedia. ¿Por qué no? No lo esperaban en la ciudad hasta el estreno en el Court Theatre, el próximo jueves, y resultaría extraño que regresara tan pronto, cuando apenas acababa de llegar. Además, sentía curiosidad. El miércoles había ido en coche a Monksmere con la sospecha de que se aburriría. Ahora, con un poco de suerte, las vacaciones prometían convertirse en algo muy estimulante.

4

Alice Kerrison llevó la calesa detrás de la franja de árboles que protegían Priory House del extremo norte del promontorio, se apeó de un salto y, a través de la ancha y desmoronada arcada, condujo a la yegua hasta una sucesión de establos del siglo XVI. Mientras se ocupaba de desaparejar a la yegua y protestaba por el esfuerzo, su mente pragmática analizaba complacida el trabajo de la mañana y soñaba con los modestos pero inminentes placeres domésticos. En primer lugar, tomarían juntos el té, fuerte y muy azucarado, como le gustaba al señor Sinclair, sentados uno a cada lado del gran hogar del salón. Al señor Sinclair le gustaba encender el fuego incluso en los días cálidos del otoño. Antes de que la luz comenzara a palidecer y surgieran las brumas, darían su paseo cotidiano por el promontorio. No sería un paseo ocioso. Tenían algo que enterrar. Siempre era satisfactorio tener un objetivo y, pese a la labia inteligente del señor Sinclair, por muy incompletos que estuvieran los restos humanos no dejaban de ser restos humanos y merecían un respeto. Además, ya era hora de que salieran de la casa.

5

Eran casi las ocho y media y, una vez cenados, Dalgliesh y su tía compartían un sociable silencio sentados a ambos lados del hogar de la sala. La estancia, que ocupaba casi toda la planta baja de Pentlands, tenía paredes de piedra, el techo bajo apuntalado por inmensas vigas de roble y el suelo de baldosas de piedra roja. Delante de la chimenea, en la que ardía y chisporroteaba el fuego de leña, se secaba una ordenada pila de madera que el mar arrojaba a la playa. El aroma a humo de leña paseaba como incienso por toda la casa; el aire vibraba incesantemente debido al ruido sordo del mar. A Dalgliesh le resultaba difícil mantenerse despierto en esa paz rítmica y sonámbula. Siempre había disfrutado con los contrastes del arte o de la naturaleza y en Pentlands, cuando caía la noche, era muy fácil suscitar esos placeres. En el interior de la casa había luz y calor, los colores y la comodidad de la civilizada vida doméstica; afuera, bajo las nubes bajas, estaban la oscuridad, la soledad, el misterio. Imaginó la orilla, treinta metros más abajo, donde el mar tendía su orla de encaje sobre la playa fría y firme, y la reserva de aves de Monskmere, hacia el sur, tranquila bajo el cielo nocturno, con sus juncos moviéndose apenas entre los remansos.

Estiró las piernas, acomodó un poco más la cabeza en el respaldo alto del sillón y miró a su tía. Como de costumbre, había adoptado una posición envarada, pero parecía estar muy cómoda. Tejía un par de calcetines de lana de color rojo vivo que Dalgliesh deseó que no fueran para él. Le pareció bastante improbable. Su tía no era propensa a esas manifestaciones caseras de afecto. La luz del fuego trazaba gules en su cara larga, morena y tallada como la de los aztecas, con los ojos entornados y la nariz larga y recta encima de una boca ancha y voluble. Tenía el pelo entrecano y lo peinaba haciéndose un abultado moño en la nuca. Era un rostro que Adam recordaba de la infancia. Jamás había percibido la menor diferencia en ella. Arriba, en su dormitorio, distraídamente encajada en un ángulo del espejo, estaba la foto amarillenta de la tía y su difunto prometido, tomada en 1916. Dalgliesh pensó en la foto: el joven con la aplastada gorra de visera y pantalones de montar, que antaño le habían parecido algo ridículos pero que ahora eran la personificación del encanto y la congoja de una época que llevaba mucho tiempo muerta; la joven, un centímetro más alta, balanceándose hacia él con la gracia angulosa de la adolescencia, el cabello peinado alto y con muchos lazos, los pies cubiertos por unos zapatos puntiagudos que apenas asomaban bajo la falda delgada y de mucho vuelo. Jane Dalgliesh nunca le había hablado de su juventud y Adam no había hecho preguntas. Era la mujer más independiente y menos sentimental que conocía. Dalgliesh se preguntó cómo se llevaría Deborah con su tía, qué opinión tendría una de la otra. Era difícil imaginar a Deborah en un escenario que no fuera Londres. Desde la muerte de su madre, ella rara vez iba a su casa y, por motivos que ambos conocían demasiado bien, Adam nunca la había acompañado a Martingale. Ahora sólo podía verla con el fondo de su propio piso en la ciudad, en restaurantes, vestíbulos de teatros y en sus pubs preferidos. Estaba acostumbrado a vivir su vida en parcelas. Deborah no formaba parte de su trabajo y tampoco tenía nada que hacer en Pentlands. Pero si se casaban, forzosamente Deborah tendría que compartir un poco de ambas facetas. Pensó que en estas cortas vacaciones tendría que decidir si era eso lo que realmente quería.

—¿Quieres que ponga música? —preguntó Jane Dalgliesh—. Tengo la nueva grabación de Mahler.

Aunque Dalgliesh no era melómano, sabía que la música era muy importante para su tía y escuchar sus discos se había convertido en parte de las vacaciones en Pentlands. Sus conocimientos y su deleite resultaban contagiosos: Adam empezaba a descubrir cosas. Dado su estado de ánimo, se sentía predispuesto a intentarlo, incluso con Mahler.

Fue entonces cuando oyeron el coche.

—Oh, Dios —dijo—. ¿Quién será? Espero que no sea Celia Calthrop.

Si no se la desanimaba, la señorita Calthrop era una persona que caía perseverante a cualquier hora y siempre intentaba imponer en la soledad de Monksmere las domésticas convenciones de la vida social de la ciudad. Era muy proclive a presentarse si Dalgliesh estaba en la casa. En su opinión, un hombre apuesto y sin compromiso era una presa natural. Aunque no lo quisiera para sí, siempre había alguien a quien podía interesarle; detestaba que algo se desperdiciara. En una de las visitas de Dalgliesh a Monksmere, la señorita Calthrop había ofrecido un cóctel en su honor. En su momento, Adam se había divertido, intrigado por lo absurdo de la situación. El pequeño grupo de residentes en Monksmere, reunidos como si fuera la primera vez, tomaron canapés y bebieron jerez barato en el salón de Celia, decorado en rosa y blanco, charlando civilizadamente mientras el vendaval azotaba el promontorio y en el vestíbulo se amontonaban los impermeables y los faroles con protección contra el viento. Pese al poderoso contraste, era un hábito que no convenía fomentar.

Jane Dalgliesh dijo:

—Parece el Morris de la señorita Calthrop. Tal vez traiga a su sobrina. Elizabeth ha venido de Cambridge y está convaleciente de una fiebre glandular.

—En ese caso debería guardar cama. Parecen ser más de dos. ¿Lo que se oye no son los gemidos de Justin Bryce?

Así era. Cuando la señorita Dalgliesh abrió la puerta, a través de las ventanas del porche distinguieron los faros del coche y una confusión de formas oscuras que gradualmente se convirtieron en figuras conocidas. Daba la sensación de que todo Monksmere había ido a visitar a su tía. Incluso se había presentado Sylvia Kedge, la secretaria lisiada de Maurice Seton, que se arrastraba con las muletas hacia el torrente de luz de la puerta abierta. La señorita Calthrop caminaba lentamente a su lado, como si la ayudara. Tras ella iba Justin Bryce, que aún gemía incoherentemente en medio de la noche. La alta figura de Oliver Latham se cernía tras él. En último lugar, apagada y reticente, aparecía Elizabeth Marley, con la cabeza hundida entre los hombros y las manos metidas en los bolsillos de la chaqueta. Se entretenía en el sendero y miraba a uno y otro lado como si quisiera disociarse del grupo. Bryce tomó la palabra:

—Buenas noches, señorita Dalgliesh. Buenas noches, Adam. Espero que no me hagan responsable de esta invasión. Fue idea de Celia. Queridos, hemos venido a pedir consejo profesional. Todos menos Oliver. Lo encontramos en el camino y sólo ha venido a pedir un poco de café, al menos eso dice.

—Ayer, cuando venía de Londres, se me olvidó comprar café —explicó Latham sin inmutarse—. Decidí apelar a la única vecina en la que puedo confiar para que me proporcione una mezcla correcta sin soltarme una perorata para demostrar lo inepto que soy en el manejo de la casa. Si hubiera sabido que daban una fiesta, habría esperado hasta mañana. —No mostró la menor intención de irse.

Entraron, parpadearon debido a la luz y arrastraron consigo una ráfaga de aire frío que dispersó por la estancia bocanadas de humo de madera blanca. Celia Calthrop enfiló hasta el sillón de Dalgliesh y se acomodó como si estuviera a punto de recibir un homenaje. Sus elegantes piernas y pies, cuidadosamente exhibidos, producían un acentuado contraste con su cuerpo grueso y rígidamente encorsetado, de pecho alto, y con sus brazos fofos y moteados. Dalgliesh calculó que debía estar próxima a los cincuenta, pero parecía mayor. Como siempre, estaba correcta pero excesivamente maquillada. La boquita vulpina era de color carmín. Los ojos hundidos e inclinados hacia abajo —que daban a su rostro un aspecto de falsa espiritualidad muy recalcado en los retratos publicitarios— estaban pintados con sombra azul, y las pestañas cargadas de rímel. Se quitó el pañuelo de gasa para descubrir el último esfuerzo de su peluquera; el pelo era tan fino como el de un bebé y se entreveían manchones de cuero cabelludo rosado y terso que casi resultaban indecorosos.

Dalgliesh sólo había visto dos veces a la sobrina y ahora, al darle la mano, pensó que Cambridge no la había cambiado. Seguía siendo la chica hosca y de rasgos muy marcados que él recordaba. No era un rostro que careciera de inteligencia y hasta podría haber resultado atractivo si hubiera tenido una chispa de vida.

La paz había sido perturbada. Dalgliesh reflexionó sobre la extraordinaria cantidad de ruido que podían hacer siete personas. Hubo que acomodar a Sylvia Kedge en su silla, tarea que la señorita Calthrop supervisó autoritariamente pero sin mover un dedo. Se podría haber dicho que era un chica excepcional, incluso hermosa, de haber podido olvidar las horribles piernas torcidas —apuntaladas por los aparatos ortopédicos—, los hombros gruesos y las manos masculinas deformadas por las muletas. Su rostro era alargado, moreno como el de una gitana y enmarcado por el pelo negro que le llegaba a los hombros y que peinaba con raya al medio. Se trataba de un rostro que podría haber contenido fuerza y personalidad, pero le había impuesto una expresión de patética humildad, un aire de sufrimiento soportado con mansedumbre y sin quejarse, que resultaba incongruente con la frente alta. Los grandes ojos negros eran expertos en despertar compasión. Acrecentaba la confusión general afirmando que estaba muy cómoda cuando evidentemente no era verdad, sugiriendo con desaprobadora amabilidad, que encubría toda la fuerza de una orden, que debían poner las muletas a su alcance, aunque ello supusiera apoyarlas de forma precaria en sus rodillas, y logrando que todos los presentes fueran incómodamente conscientes de su propia e inmerecida salud. Dalgliesh ya había asistido a este tipo de representación, pero ahora notó que le faltaba garra, que la rutina era casi mecánica. Para variar, la chica parecía sentir realmente malestar y dolor. Sus ojos estaban opacos como piedras y tenía marcadas arrugas entre las fosas nasales y las comisuras de los labios. Daba la sensación de que necesitaba dormir, y cuando Adam le entregó la copa de jerez, notó que le temblaba la mano. Presa de un arrebato de auténtica compasión, le cubrió la mano con los dedos y enderezó la copa para que pudiera beber. Le sonrió y preguntó amablemente:

—¿Qué problema hay? ¿En qué puedo ser útil?

Celia Calthrop se autodesignó portavoz:

—Es lamentable que vengamos a preocuparlos a Jane y a usted la primera noche que están juntos. Me doy cuenta, pero estamos muy preocupados. Al menos, Sylvia y yo estamos sumamente inquietas.

—En cambio yo no estoy muy preocupado, sino intrigado, por no decir optimista —intervino Justin Bryce—. Maurice Seton ha desaparecido. Sospecho que sólo se trata de un truco publicitario para su próximo libro de terror y que muy pronto volveremos a tenerlo entre nosotros. Creo que no hay motivo para enfocar el asunto desde el ángulo más pesimista.

Ciertamente, Justin Bryce no parecía nada pesimista sentado ante el fuego, en un taburete, como una tortuga malévola, torciendo su largo cogote hacia las llamas. De joven había tenido una cabeza llameante, con pómulos altos, labios gruesos y voluptuosos y enormes ojos grises y luminosos bajo las tupidas cejas. Pero ahora rondaba los cincuenta y se estaba convirtiendo en una caricatura de lo que había sido. Aunque parecían más grandes, sus ojos habían perdido brillo y lloraban constantemente, como si librara una batalla eterna contra el ventarrón. El pelo ralo, cada vez más escaso, se había desteñido y curtido hasta adquirir un color pajizo opaco. La piel del rostro se tensaba por el empuje de los huesos y le daba el aspecto de una calavera. Sus manos no habían cambiado. Ahora las acercó al fuego: unas manos de piel tersa, blanca y delicada, como las de una muchacha. Sonrió a Dalgliesh.

—Perdido, se supone que sano y salvo. Escritor de novelas policíacas de edad madura. Carácter nervioso. Figura menuda. Nariz angosta. Dientes de conejo. Pelo escaso. Nuez prominente. Quien lo encuentre, por favor, que avise a… Querido muchacho, hemos venido a pedirle consejo. Por lo que tengo entendido, aún está saboreando su último triunfo. ¿Esperamos a que Maurice reaparezca y simulamos que no nos dimos cuenta de que se había perdido, o le seguimos la corriente y pedimos a la policía que nos ayude a encontrarlo? Al fin y al cabo, si es un truco publicitario, no estaría nada mal que cooperáramos. En este sentido, el pobre Maurice necesita toda la ayuda que se le pueda dispensar.

—Justin, este asunto no tiene ninguna gracia —la señorita Calthrop fue tajante—. Tampoco creo que sea un truco publicitario. Si lo creyera así, no habría venido a preocupar a Adam en un momento en que lo que más necesita son unas vacaciones pacíficas y tranquilas para recuperarse de las tensiones del último caso. Adam, fue muy inteligente al atraparlo antes de que volviera a matar. ¡Ese caso me pone enferma, me hace sentir físicamente enferma! ¿Y ahora qué será de él? ¿Pasará unos pocos años en la cárcel a costa del Estado y luego saldrá para matar a otro niño? ¿Nos hemos vuelto locos en este país? Sigo sin entender por qué no lo ahorcamos misericordiosamente y acabamos de una vez con este asunto.

Dalgliesh se alegró de que su rostro quedara oculto por las sombras. Volvió a recordar el momento de la detención. Pooley era un hombre menudo, muy menudo, feo y acosado por el miedo. Su esposa lo había abandonado un año atrás y evidentemente el torpe remiendo que arrugaba la codera de su traje barato era obra suya. Dalgliesh notó que sus ojos habían quedado fijos en ese parche como si tuviera el poder de afirmar que Pooley aún era un ser humano. Bueno, ahora la bestia estaba entre rejas y el público y la prensa podían expresar libremente sus alabanzas al trabajo policial en general y al inspector Dalgliesh en particular. Sin duda un psiquiatra podría explicar por qué se sentía contaminado de culpabilidad. No era un sentimiento nuevo y lo afrontaría a su manera. Al fin y al cabo, reflexionó paradójicamente, rara vez lo había molestado mucho tiempo y nunca le produjo deseos de cambiar de oficio. Pero no estaba dispuesto a hablar de Pooley con Celia Calthrop.

Desde el otro lado de la sala, los ojos de la tía se encontraron con los suyos. La mujer habló con serenidad:

—Señorita Calthrop, ¿qué es exactamente lo que quiere que haga mi sobrino? Si el señor Seton ha desaparecido, ¿no convendría avisar a la policía local?

—¿Conviene o no conviene? ¡Ése es nuestro dilema! —La señorita Calthrop vació su copa como si el amontillado fuera jerez para cocinar y la acercó automáticamente para que volvieran a llenarla—. Tal vez Maurice desapareció con un propósito personal, quizá para reunir material para su próximo libro. Dio a entender que sería algo distinto..., un distanciamiento de sus novelas policíacas clásicas y habituales. Es un artista de lo más escrupuloso y no le gusta abordar ningún tema ajeno a su experiencia personal. Todos lo sabemos. Basta recordar que pasó tres meses con un circo ambulante antes de escribir *Asesinato en la cuerda floja*. Claro que esta actitud demuestra que está falto de imaginación creativa. Mis novelas no se limitan a mi experiencia personal.

—Querida Celia, me alegra oírselo decir en vista de las peripecias que vivió su última heroína —comentó Justin Bryce.

Dalgliesh preguntó cuándo habían visto a Seton por última vez. Sylvia Kedge tomó la palabra antes de que la señorita Calthrop pudiera decir esta boca es mía. El jerez y el calor del fuego habían teñido de color sus mejillas y había recuperado el dominio de sí misma. Se dirigió directamente a Dalgliesh, sin interrupciones:

—El lunes pasado, por la mañana, el señor Seton fue a Londres para pasar unos días en su club, el Cadaver Club de Tavistock Square. En octubre siempre pasa una o dos semanas allí. Prefiere Londres en otoño y le gusta documentarse para futuras obras en la biblioteca del club. Se llevó una pequeña maleta y la máquina de escribir portátil. Cogió el tren en Halesworth. Me dijo que pensaba comenzar un nuevo libro, algo diferente a su estilo de siempre, y me dio la impresión de que estaba bastante animado, si bien no se explayó conmigo. Dijo que todos quedarían sorprendidos. Decidió que mientras estuviera afuera yo sólo trabajaría en su casa por las mañanas y dijo que telefonearía alrededor de las diez para averiguar si había algún mensaje. Es lo que solemos acordar cuando trabaja en el club. Mecanografía el manuscrito a doble espacio, me envía las entregas por correo y yo las paso en limpio. Luego corrige todo el libro y vuelvo a mecanografiarlo para enviarlo a su editor. El material que me envía por correo no suele ser correlativo. Cuando está en Londres le gusta elaborar escenas urbanas..., nunca sé qué contendrá la siguiente entrega. Bueno, el martes por la mañana telefoneó para decirme que esperaba enviar un manuscrito el miércoles por la noche y para pedirme que hiciera algunos zurcidos.

La señorita Calthrop no pudo contenerse.

—Maurice ha hecho muy mal utilizándola para tareas como zurcirle los calcetines y sacar brillo a la plata. Es usted una taquimecanógrafa competente y lo considero un espantoso desperdicio de su capacidad profesional. Dios sabe que tengo mucho material grabado en cinta a la espera de que lo pase a máquina. Pero esto es otra historia. Todos conocen mis opiniones.

Todos las conocían. Habrían sido más comprensivos si no hubieran sospechado que la indignación de la querida Celia se refería, básicamente, a sí misma. Si se podía explotar algo o a alguien, esperaba tener prioridad.

La muchacha no reparó en la interrupción. Sus ojos oscuros seguían clavados en Dalgliesh, que preguntó afablemente:

—¿Cuándo volvió a tener noticias del señor Seton?

—Nunca más, señor Dalgliesh. El miércoles, mientras trabajaba en Seton House, no llamó, pero no me preocupé. Podía pasar varios días sin telefonear. Esta mañana fui a primera hora para terminar de planchar algunas cosas. Entonces llamó el señor Plant. Es el encargado del Cadaver Club y su esposa lleva la cocina. Dijo que estaban muy preocupados porque el señor Seton había salido el martes, antes de la cena, y no había regresado al club. Su cama seguía hecha y en la habitación aún estaban sus ropas y la máquina de escribir. Al principio, el señor Plant no quiso armar mucho revuelo. Pensó que el señor Seton quizá no pudo volver por alguna cuestión relacionada con su trabajo... pero se preocupó realmente cuando transcurrió otra noche y tampoco tuvo noticias suyas. Consideró que lo mejor era llamar a Seton House. Yo no sabía qué hacer. No podía contactar con el hermanastro del señor Seton porque se ha mudado hace poco y no conocemos las nuevas señas. No tiene otros parientes. Verá, no sabía si al señor Seton le caería bien que yo tomara alguna iniciativa. Propuse al señor Plant que esperáramos un poco más y acordamos que en cuanto hubiera alguna novedad, el primero que la supiera telefonearía al otro. Poco antes de mediodía trajeron el correo y recibí el manuscrito.

—Aquí lo tenemos —proclamó Calthrop—. También hemos traído el sobre.

Con gran aparatosidad los sacó de su enorme bolso y los entregó a Dalgliesh. El sobre era corriente, de tipo comercial, amarillo, de diez por veinticuatro, y estaba dirigido, a máquina, a Maurice Seton, Esq., Seton House, Monksmere, Suffolk. Contenía tres cuartillas de texto torpemente mecanografiado, a doble espacio. La señorita Kedge comentó lentamente:

—Siempre se dirigía el manuscrito a sí mismo. Señor Dalgliesh, esto no es obra suya. Ni lo escribió él ni lo pasó a máquina.

—¿Cómo puede estar segura?

Era una pregunta innecesaria. Pocas cosas hay más difíciles de disimular que un texto pasado a máquina, y seguramente la chica había copiado suficientes manuscritos de Maurice Seton para reconocer su estilo. Antes de que Sylvia pudiera responder, la señorita Calthrop apostilló:

—Lo mejor sería que leyéramos un fragmento.

Aguardaron a que sacara del bolso unas gafas enormes adornadas con pedrería, se las acomodara sobre la nariz y se repantigara en el sillón. Dalgliesh pensó que Maurice Seton estaba a punto de tener su primera lectura pública. Se habría alegrado de la profunda atención de los oyentes y también, probablemente, del histrionismo de la señorita Calthrop. Frente a la obra de un colega y segura del público, Celia estaba dispuesta a dar lo mejor de sí. Leyó:

—«Carruthers apartó la cortina de cuentas y entró en el club nocturno. Permaneció inmóvil en el umbral durante unos segundos, con su alta figura elegante como siempre en el smoking bien cortado, y su mirada fría e irónica escudriñó con cierto desdén las mesas en las que la gente se apretujaba, la sórdida decoración falsamente española, la desharrapada clientela. ¡De modo que éste era el centro de operaciones de la banda probablemente más peligrosa de toda Europa! Tras ese club nocturno sórdido y vulgar, en apariencia igual a otro centenar del Soho, se ocultaba un cerebro capaz de controlar a algunas de las bandas de delincuentes más poderosas de Occidente. Parecía inverosímil. Lo cierto es que toda esta aventura fantástica parecía inverosímil. Tomó asiento en la mesa más próxima a la puerta y se dispuso a vigilar y a esperar. Cuando se acercó el camarero, pidió langostinos a la plancha, ensalada verde y una botella de Chianti. El camarero, un chipriota escuchimizado y sucio, tomó nota del pedido sin abrir la boca. ¿Sabían que estaba allí?, se preguntó Carruthers. En el caso de que lo supieran, ¿cuánto tardarían en hacerse ver?

»En un extremo del club se alzaba un pequeño escenario en el que sólo había un biombo de mimbre y una silla roja. De pronto las luces se apagaron y el pianista comenzó a interpretar una canción lenta y sensual. Detrás del biombo apareció una chica. Era rubia y hermosa, no joven sino madura y de pechos llenos, con cierta gracia y arrogancia que, en opinión de Carruthers, podía indicar sangre rusa blanca. Se acercó sensualmente hasta la única silla y, con gran lentitud, bajó la cremallera de su traje de noche, que se deslizó por sus rodillas hasta el suelo. Debajo sólo llevaba tanga y sostén negros. Sentada de espaldas al público, torció las manos para desabrocharse el sostén. De las mesas atestadas se elevó instantáneamente un sordo murmullo: "¡Rosie! ¡Rosie! ¡Venga ya, Rosie! ¡Suéltalo! ¡Suéltalo!"»

La señorita Calthrop dejó de leer. Se hizo un silencio total. Casi todos los presentes estaban azorados. Bryce exclamó:

—¡Vamos, Celia, siga leyendo! No se detenga ahora que el texto se ha puesto realmente interesante. ¿Rosie cae encima del honorable Martin Carruthers y lo viola? Hacía años que lo deseaba. ¿O es pedir demasiado?

—No es necesario seguir adelante —declaró la señorita Calthrop—. La prueba que necesitamos está aquí.

Sylvia Kedge volvió a dirigirse a Dalgliesh:

—Señor Dalgliesh, el señor Seton jamás llamaría Rosie a un personaje. Es el nombre de su madre. En una ocasión me comentó que jamás lo usaría en sus novelas, y nunca lo hizo.

—Menos aún para una prostituta del Soho —intervino la señorita Calthrop—. Solía hablarme de su madre. La adoraba, la adoraba realmente. Estuvo a punto de partírsele el corazón cuando murió su madre y su padre contrajo nuevo matrimonio.

La voz de la señorita Calthrop palpitaba con los anhelos de la maternidad frustrada. Oliver Latham dijo de pronto:

—Déjeme ver eso.

Celia le entregó el manuscrito y todos lo observaron con preocupada expectación mientras lo estudiaba. Lo devolvió sin comentarlos.

—¿Qué? —inquirió la señorita Calthrop.

—Nada. Sólo quería echarle un vistazo. Conozco la letra de Seton, pero no su mecanografía. Usted insiste en que no fue él quien lo pasó a máquina.

—Estoy segura de que no lo mecanografió él, aunque no puedo explicar exactamente por qué —añadió la señorita Kedge—. No se parece a su trabajo, a pesar de que esté escrito con su máquina.

—¿Qué pueden decir del estilo? —quiso saber Dalgliesh.

El grupo meditó. Finalmente, Bryce dijo:

—No puede considerarse típico de Seton. Al fin y al cabo, el hombre podía escribir como le daba la gana. Aunque parece artificial, ¿no? Da la impresión de que intentaba escribir mal adrede.

Elizabeth Marley había guardado silencio hasta ese momento, sentada en un rincón como una niña descontenta que involuntariamente se ha visto obligada a soportar la compañía de adultos aburridos. Súbitamente dijo con impaciencia:

—Si se trata de una falsificación, evidentemente se pretendía que la descubriéramos. Justin tiene razón. El estilo es totalmente falso. Y me parece demasiada casualidad que el responsable de esto diera por azar con el único nombre que despertaría sospechas. ¿Por qué eligió Rosie? Si quieren saber mi opinión, considero que Maurice Seton intenta pasarse de listo y que todos han mordido el anzuelo. Ya lo leerán cuando aparezca su próximo libro. Le encanta experimentar.

—Sin duda, es el tipo de idea pueril que se le podría ocurrir a Seton —opinó Latham—. No quiero ser un participante involuntario en sus ridículos y absurdos experimentos. Propongo que olvidemos este asunto. Ya aparecerá cuando sea el momento.

—Maurice siempre fue muy estrafalario y reservado, de eso no hay duda —coincidió la señorita Calthrop—. Sobre todo con respecto a su trabajo. Pero hay algo más. Tiempo atrás le proporcioné uno o dos consejos útiles. Los usó, desde luego, pero jamás me hizo el menor comentario. Como es lógico, no esperaba un reconocimiento formal. Si puedo ayudar a un colega, lo hago encantada. Pero es desconcertante que se publique un libro en cuya trama aparecen una o dos ideas propias y que Maurice nunca te dé las gracias.

—Es probable que a esas alturas haya olvidado que no se le ocurrieron a él —añadió Latham con una especie de indulgente desdén.

—Jamás se le olvidaba nada, Oliver. Maurice tenía una mente muy lúcida y trabajaba metódicamente. Si le hacía una sugerencia, simulaba que no le interesaba y añadía que en algún momento intentaría probarla. Pero en su mirada se notaba que pensaba echar mano de ella y que estaba deseoso de volver a casa para apuntarla en una de sus fichas y archivarla. En realidad, no me molestaba, pero me parece que alguna vez podría haber agradecido la ayuda prestada. Hace un mes le di una idea y apuesto lo que sea a que aparecerá en su próximo libro.

Nadie quiso apostar. Bryce dijo:

—Celia tiene razón en lo que dice sobre él. De vez en cuando, uno contribuía con su granito de arena. Dios sabrá por qué, pero ocasionalmente a uno se le ocurría una idea sobre un nuevo método de asesinato y daba pena desperdiciarla cuando era evidente que el pobre Seton andaba tan escaso de recursos. Aparte del brillo depredador de su mirada... ¡ni una sola señal de agradecimiento! Por motivos que, supongo, todos comprenden, ahora no recibe mi ayuda. No la recibe después de lo que le hizo a Arabella.

—Mi idea no se refería a una nueva modalidad de asesinato —insistió la señorita Calthrop—. Tenía que ver con una situación. Pensé que serviría para un primer capítulo bastante impactante. Le dije a Maurice hasta la saciedad que hay que captar a los lectores desde el principio. Imaginé un cadáver a la deriva por el mar, en un bote, con las manos cortadas a la altura de las muñecas.

Se produjo un silencio tan absoluto, tan súbito, que las campanadas del reloj de pared desviaron las miradas de todos en esa dirección, como si estuviera tañendo la hora de la ejecución. Dalgliesh observaba a Latham. Se había puesto rígido y sujetaba el pie de la copa con tanta fuerza que a Adam le sorprendió que no se partiera. Era imposible discernir qué discurría tras esa máscara pálida y rígida. De pronto Bryce soltó una risa aguda y nerviosa y la tensión se quebró. Casi podían oírse los suaves suspiros de alivio.

—¡Celia, tiene usted una imaginación extraordinariamente malsana! Uno jamás lo habría imaginado. Debería controlar sus impulsos. De lo contrario, la Liga de Novelistas Románticos la expulsará del club.

Latham intervino con tono controlado y soso:

—Nada de eso sirve para resolver el problema que nos ocupa. ¿Debo entender que hemos acordado no tomar ninguna medida con respecto a la desaparición de Seton? Probablemente Eliza tiene razón y sólo se trata de una tontería inventada por Maurice. En ese caso, cuanto antes permitamos que el señor Dalgliesh disfrute en paz de sus vacaciones, tanto mejor.

Se disponía a marcharse como si súbitamente el tema lo hubiera agotado cuando se produjo una estruendosa y autoritaria llamada a la puerta de la casa. Jane Daigliesh miró sorprendida a su sobrino, se incorporó en silencio y cruzó el porche para abrir la puerta. El grupo permaneció en silencio y prestó total atención. Las visitas después del anochecer eran raras en esa comunidad aislada. Cuando caía la noche, sólo solían verse entre sí y, después de una larga experiencia, sabían a quién correspondían los pasos que se aproximaban. Sin embargo, esta enérgica llamada correspondía a un desconocido. Del porche llegó un suave e irregular murmullo de voces. La señorita Dalgliesh volvió a aparecer en la puerta del salón, seguida por dos hombres que llevaban impermeables y que se detuvieron entre las sombras. La mujer dijo:

—Son el inspector Reckless, de la brigada de detectives, y el sargento Courtney. Pertenecen al Departamento de Investigaciones Criminales. Están buscando a Digby Seton. Su bote de vela ha encallado en Cod Head.

—¡Qué extraño! —exclamó Justin Bryce—. Ayer a las cinco de la tarde estaba varado, como de costumbre, al pie de Tanner's Lane.

Todos parecieron comprender simultáneamente que era muy extraño que un inspector de la brigada de detectives y un sargento se presentaran a aquella hora para hablar de un bote desaparecido, pero fue Latham quien habló antes de que los demás pudieran expresar sus dudas.

—Inspector, ¿qué ocurre?

Fue Jane Dalgliesh la que respondió:

—Ha ocurrido algo horrible. En el bote estaba el cadáver de Maurice Seton.

—¡El cadáver de Maurice! ¿De Maurice? ¡Qué disparate! —la voz aguda y didáctica de la señorita Calthrop expresó una protesta inútil.

—No puede ser Maurice. Jamás usa el bote. A Maurice no le gusta navegar.

El inspector avanzó hasta la zona iluminada y tomó la palabra por primera vez:

—Señora, no estaba navegando. El señor Seton yacía muerto en el fondo del bote. Muerto y con las manos cortadas a la altura de las muñecas.

6

Como si saboreara su obstinación, Celia Calthrop repitió por enésima vez:

—¡Insisto en que no hablé con nadie de la trama, salvo con Maurice! ¿Por qué iba a hacerlo? Tampoco tiene sentido machacar sobre la fecha. Fue hace seis meses..., quizá más. No recuerdo el día exacto. Caminábamos por la playa hacia Walberswick y de pronto pensé que un buen modo de iniciar un relato policiaco sería descubriendo un cadáver sin manos en un bote que se desplaza a la deriva por el mar. Se lo sugerí a Maurice. Estoy segura de que, hasta esta noche, no lo comenté con nadie. Desde luego, Maurice pudo hablarlo con alguien más.

Elizabeth Marley estalló malhumorada:

—¡Evidentemente, se lo contó a alguien! No podemos pensar que se cortó las manos a efectos de verosimilitud. Y me parece demasiado casual sugerir que al asesino y a ti se os ocurrió la misma idea. Tampoco entiendo que estés tan segura de que no lo hablaste con nadie. Creo que en una ocasión me lo comentaste, cuando hablábamos de lo mucho que tardaba Maurice en elaborar sus argumentos.

Al parecer, nadie les creía. Justin Bryce habló en voz baja, pero no tanto como para que los demás no lo oyeran:

—¡Querida Eliza, siempre tan leal!

Oliver Latham se echó a reír y se produjo un breve e incómodo silencio interrumpido por la voz ronca y agresiva de Sylvia Kedge:

—Conmigo nunca lo comentó.

—Claro que no, querida —replicó dulcemente la señorita Calthrop—. Eran muchas las cosas que el señor Seton no comentaba con usted. Uno no le cuenta todo a la criada. Querida mía, ésa era la opinión que Maurice tenía de usted. Debió de ser más orgullosa y no dejarse utilizar como esclava del hogar. Los hombres prefieren un poco de carácter, ya me entiende.

Era un comentario gratuitamente viperino y Dalgliesh percibió la incómoda sorpresa de todos, pero nadie dijo nada. Casi le dio vergüenza mirar a la chica, que había bajado la cabeza como si aceptara humildemente un merecido reproche, al tiempo que los dos mechones de pelo negro caían y le ocultaban el rostro. En el brusco silencio que se produjo, Adam oyó el chirrido de la respiración de Sylvia y le habría gustado sentir compasión por ella. Sin lugar a dudas, Celia Calthrop era insufrible, pero había algo en Sylvia Kedge que provocaba crueldad. Se preguntó qué había tras ese impulso de ferocidad.

Hacía casi una hora que habían llegado el inspector Reckless y el sargento. El inspector apenas había hablado, y los demás, con excepción de Dalgliesh y su tía, se habían explayado hasta la saciedad. No todo lo que habían dicho era sensato. Nada más llegar, Reckless se había acomodado en una silla alta, contra la pared, y allí seguía, firme como un alguacil, con su mirada sombría atenta bajo el resplandor del fuego. Pese al calor de la estancia, llevaba puesto el impermeable, una gabardina desaliñada que parecía demasiado frágil para aguantar el peso de su armadura de botones, hebillas y tachones de metal. Sobre las rodillas acariciaba con mano cuidadosa un par de grandes guantes y un sombrero flexible, como si temiera que alguien pudiera arrebatárselos. Parecía un intruso: el funcionario menor que sigue presente por consentimiento tácito, el hombrecillo que no osa tomar una copa mientras está de guardia. Dalgliesh pensó que ésa era exactamente la impresión que pretendía dar. Como todo buen detective, era capaz de reprimir a voluntad la expresión de su personalidad, de modo que hasta su presencia se volvía tan inofensiva y vulgar como la de un mueble. Indudablemente, su aspecto contribuía a dar esta imagen. Era pequeño —seguramente apenas alcanzaba la estatura mínima exigida para ser policía— y la cara cetrina y preocupada era tan neutra y corriente como las de los miles de rostros que un sábado por la tarde se apiñan en un campo de fútbol. También su voz era apagada, desclasada, no daba pistas sobre su personalidad. Sus ojos, muy separados y hundidos bajo las cejas salientes, saltaban inexpresivamente de una cara a otra a medida que la gente hablaba, actividad que los presentes habrían considerado desconcertante si se hubieran tomado la molestia de reparar en ella. El sargento Courtney estaba a su lado con la actitud de alguien a quien han ordenado que se siente derecho, aguce ojos y oídos y mantenga la boca cerrada. Y eso era lo que estrictamente hacía.

Desde el otro extremo de la sala, Dalgliesh miró a su tía, sentada en su sillón. Se había puesto a tejer y parecía serenamente al margen del asunto que se estaba tratando. Le había enseñado a tejer una institutriz alemana y sostenía las agujas hacia arriba, al estilo continental. Celia Calthrop parecía hipnotizada por las puntas parpadeantes y las miraba, fascinada y agredida por la extraordinaria habilidad de la dueña de la casa. No estaba muy cómoda, cruzaba y descruzaba los pies y apartaba la cabeza del fuego como si el calor le resultara insoportable. Hacía mucho calor en la sala. Con excepción de Reckless, todos los presentes parecían percibirlo. Oliver Latham deambulaba de aquí para allá, con la frente húmeda de sudor, y su inquieta energía parecía aumentar un poco más la temperatura. Súbitamente, se volvió para mirar a Reckless:

—¿Cuándo murió? —preguntó—. ¡Venga, dénos algunos datos para variar! ¿Cuándo murió Seton?

—No lo sabremos con exactitud hasta que recibamos el informe de la autopsia.

—En resumen, no piensa decírnoslo. En ese caso, lo plantearé de otra manera. ¿Dentro de qué margen horario espera que presentemos una coartada?

Celia Calthrop soltó un corto chillido de protesta, pero, como todos los demás miró a Reckless y esperó ansiosa la respuesta del inspector.

—Pediré a cada uno una declaración desde el momento en que el señor Seton fue visto por última vez —que, por lo que sé, fue a las siete y media de la noche del martes— hasta la medianoche del miércoles.

—¿No cree que es demasiado tarde? —preguntó Latham—. Debieron de arrojarlo al mar mucho antes de la medianoche. La puesta del sol, el lucero de la tarde y una clara llamada para mí..., seré el primero en prestar declaración, ¿de acuerdo? El martes asistí al estreno en el New Theatre Guild y después acudí a la fiesta ofrecida por nuestro querido caballero del teatro. Regresé a mi piso poco después de la una y pasé el resto de la noche con una amistad. Ahora no puedo decirle de quién se trata, pero supongo que mañana podré darle su nombre. Nos levantamos tarde, almorzamos en el Ivy y nos separamos cuando fui a buscar el coche para venir a Monksmere. Llegué a mi casa de campo ayer por la noche, poco después de las siete y media, y no volví a salir salvo para dar un corto paseo por la playa antes de acostarme. Hoy he dedicado el día a pasear en coche por el campo y a comprar provisiones. Después de la cena descubrí que no había comprado café y apelé a la única vecina en la que puedo confiar para que me proporcione una mezcla bebestible sin darme una remilgada perorata sobre los hombres y su ineptitud para el manejo de la casa. Le facilitaré las cosas: evidentemente, tengo una coartada para la hora de la muerte, suponiendo que haya muerto el martes, pero no para la hora en que emprendió su último viaje, suponiendo que lo haya iniciado ayer por la noche.

Durante la primera parte del relato, la señorita Calthrop había adoptado una serie de expresiones variopintas —curiosidad, desaprobación, veleidad y afable pesar—, intentando decidir cuál le iba mejor. Optó por el afable pesar: una buena mujer que lamenta una vez más la debilidad masculina.

El inspector Reckless dijo pausadamente:

—Señor, me veo obligado a pedirle el nombre de la dama con quien estuvo.

—No puedo dárselo hasta que haya tenido ocasión de hablar con ella. De todos modos, ha sido usted muy amable al pensar que se trata de una mujer. ¡Vamos, inspector, sea sensato! Si hubiera tenido algo que ver con la muerte de Seton, a estas alturas ya habría urdido una coartada. Y si pretendiera inventármela, no implicaría a una mujer. Al margen de toda consideración con respecto a la caballerosidad fuera de lugar, no podríamos engañarlo mucho tiempo. Nadie recuerda todos los detalles. Bastaría con que nos preguntara de qué hablamos, quién corrió las cortinas, de qué lado de la cama me acosté, cuántas mantas usamos, qué desayunamos. Me sorprende que alguien intente falsear una coartada. Haría falta más facilidad que la que yo tengo para los detalles.

—Bueno, Oliver, parece que usted está limpio —declaró Celia severamente—. Al fin y al cabo, se trata de un caso de asesinato. Ninguna mujer sensata crearía dificultades.

Latham se echó a reír.

—Mi querida Celia, ella no es una mujer sensata, sino una actriz. Aunque no espero que me cree problemas. Mi padre sólo me dio un consejo valioso: nunca te acuestes con una mujer si a la mañana siguiente cualquiera de los dos puede avergonzarse de lo que habéis hecho. Esto limita bastante tu vida sexual, pero ahora se ven sus ventajas prácticas.

Dalgliesh no creía que Latham lo considerara realmente restrictivo. En su sofisticado círculo, a muy pocos les molestaba que una aventura se hiciera pública si ésta realzaba su posición, y Oliver Latham —acaudalado, de buen ver, galante y aparentemente difícil de atrapar— cotizaba alto en el mercado. Bryce dijo de mal talante:

—En ese caso, no tienes de qué preocuparte si, como parece probable, Seton murió el martes por la noche. A no ser que el inspector sea tan poco amable como para sugerir que tu compañera de cama es capaz de proporcionarte una coartada en cualquier caso.

—Bueno, sería capaz de proporcionarme casi cualquier cosa si se lo pido amablemente —replicó Latham con ligereza—. Pero resultaría peligroso. Es una cuestión de histrionismo. Mientras interpretara a la mentirosa galante que arriesga su reputación con tal de salvar a su amante de la cárcel, todo iría bien. ¿Y si decidiera cambiar de papel? Probablemente será mejor que le pida que se limite a decir la verdad.

Obviamente harta del interés de todos por la vida sexual de Latham, Celia Calthrop le interrumpió con un tono impaciente:

—Me parece innecesario describir mis movimientos. Era una queridísima amiga del pobre Maurice, tal vez la única amistad sincera que tuvo. Sin embargo, no tengo reparos en decirlo y supongo que contribuirá a aclarar los movimientos de otra persona. Toda información es valiosa, ¿no? Estuve en casa la mayor parte del tiempo. No obstante, el martes por la tarde llevé a Sylvia hasta Norwich y nos hicimos lavar el pelo y peinar en Estelle's, cerca del Maddermarket. Es un bonito y agradable regalo para Sylvia y me parece importante no descuidarse por el mero hecho de vivir en el campo. Tomamos el té, tarde, en Norwich, y alrededor de las ocho y media dejé a Sylvia en su casa. Luego me fui en coche hasta la mía. Ayer pasé la mañana trabajando —grabo en cintas—, y por la tarde fui a Ipswich también en coche para hacer unas compras y visitar a mi amiga lady Briggs, en Well Walk. Era una visita sorpresa. De hecho, mi amiga no estaba en casa, pero seguro que la doncella me recuerda. Lamentablemente me perdí al volver y cuando llegué a casa eran casi las diez. Mi sobrina ya había llegado de Cambridge y podrá responder de mí en lo que se refiere al resto de la noche. Esta mañana, poco antes de la comida, Sylvia telefoneó para hablarme del manuscrito y de la desaparición de Maurice. No sabía cuál era el mejor camino a seguir, pero cuando esta tarde vi pasar al inspector Dalgliesh, llamé al señor Bryce y le propuse que viniéramos a consultarle. Ya entonces tenía la premonición de que había ocurrido algo espantoso. ¡Qué acertada estaba!

Luego habló Justin Bryce. A Dalgliesh le sorprendió la buena disposición con que los sospechosos ofrecían por voluntad propia información que hasta ahora nadie les había solicitado oficialmente. Exponían sus coartadas con la labia de los conversos en una reunión evangelista. Sin duda, mañana pagarían esta indulgencia con la usual resaca emocional. Pero su tarea no consistía en ponerlos sobre aviso. Empezó a experimentar un respeto creciente por Reckless: al menos el hombre sabía quedarse quieto y poner la oreJa.

—Hasta ayer estuve en mi piso de Bloomsbury —dijo Bryce—, y si Seton murió a última hora de la noche del martes, quedo totalmente descalificado para esta carrera. Esa noche tuve que telefonear dos veces al médico. Me encontré terriblemente mal. Tuve un ataque de asma. Celia, usted ya sabe cuánto sufro. Mi médico, Lionel Forbes-Denby, puede confirmarlo. Le telefoneé poco antes de medianoche y le supliqué que me visitara inmediatamente. No quiso venir, por supuesto. Dijo que me tomara dos cápsulas azules y que volviera a llamarlo si después de una hora no habían surtido efecto. Fue muy desagradable por su parte. Le dije que tenía la sensación de estar agonizando. Por esta razón el tipo de asma que padezco es tan peligroso. Uno puede llegar a morirse si cree que va a morir.

—Pero no si el doctor Forbes-Denby te lo prohíbe, ¿verdad? —preguntó Latham.

—Oliver, todo eso está muy bien, pero podría equivocarse.

—¿No era también médico de Maurice? —preguntó la señorita Calthrop—. Maurice se fiaba totalmente de él. Debía ser muy precavido porque sufría del corazón y siempre decía que Forbes-Denby lo mantenía vivo.

—El martes por la noche tendría que haberme visitado —insistió Bryce agraviado—. Volví a telefonearle a las tres y media y a las seis se presentó, pero lo peor del ataque ya había pasado. De todos modos, no deja de ser una coartada.

—Justin, en realidad no es una coartada —puntualizó Latham—. No tenemos pruebas de que telefonearas desde tu piso.

—¡Por supuesto que telefoneé desde mi piso! Ya lo he dicho. Estaba prácticamente al borde de la muerte. Además, si hubiera enviado un aviso falso y hubiera atravesado medio Londres para asesinar a Seton, ¿qué habría hecho si Forbes-Denby se presentaba en mi casa? ¡Nunca más volvería a tratarme!

Latham soltó una carcajada.

—Mira, Justin... Si Forbes-Denby dice que no va, es porque no va. Lo sabes perfectamente.

Bryce asintió pesaroso. Pareció aceptar filosóficamente la destrucción de su coartada. Dalgliesh había oído hablar de Forbes-Denby. Era un médico muy competente del West End que estaba de moda. Tanto él como sus pacientes compartían la fe en la infalibilidad médica de Forbes-Denby y circulaba el rumor de que muy pocas personas a las que atendía estaban dispuestas a comer, beber, casarse, dar a luz, salir del país o morirse sin su consentimiento. Se enorgullecían de sus excentricidades, narraban con fervor su última grosería y se reunían a cenar con el pretexto del más reciente desafuero de Forbes-

Denby, ya fuera arrojar por la ventana su específico preferido o echar a la cocinera. Dalgliesh se alegró de que fueran Reckless o sus lacayos los que tuvieran que pedir a este impasible excéntrico información clínica sobre la víctima y sobre la coartada de un sospechoso.

Bruscamente, Justin tomó la palabra con un tono tan colérico que todos se volvieron a mirarlo.

—¡Yo no lo maté, pero no me pidan que lo compadezca después de lo que le hizo a Arabella!

Celia Calthrop dirigió a Reckless la mirada resignada y ligeramente culpable de una madre cuyo hijo está a punto de hacer una barrabasada que, sin embargo, podría tener justificación. Murmuró en tono confidencial:

—Arabella era su gata siamesa. El señor Bryce piensa que Maurice la mató.

—Celia, uno no lo piensa, uno lo sabe. —Se volvió hacia Reckless—. Hace tres meses atropellé a su perro. Fue un accidente. Me gustan los animales. ¡Puedo asegurarle que me gustan! Incluido Towser, que, reconózcalo, Celia, era el chucho más antipático, maleducado y feo que quepa imaginar. ¡Fue una experiencia horrible! Se metió bajo las ruedas de mi coche. Seton sentía un profundo afecto por él. Casi me acusó de atropellar deliberadamente al perro. Cuatro días más tarde asesinó a Arabella. ¡Así era ese individuo! ¿Le sorprende que alguien le cortara las alas?

La señorita Calthrop, la señorita Dalgliesh y Latham se pusieron a hablar al mismo tiempo, desbaratando eficazmente sus buenas intenciones.

—Querido Justin, no existía la menor prueba...

—Señor Bryce, nadie puede suponer que Arabella tenga algo que ver con este asunto.

—Por amor de Dios, Justine, ¿para qué desenterrar...?

—Señor, ¿cuándo llegó a Monksmere? —intervino Reckless serenamente.

—El miércoles por la tarde, poco antes de las cuatro. No traje el cadáver de Seton en el coche. Afortunadamente

51

para mí, desde Ipswich tuve problemas con la caja de cambios y tuve que dejar el coche en el taller de Baynes, a las afueras de Saxmundham. Vine en taxi. Me trajo el joven Baynes. Si quiere registrar el coche en busca de manchas de sangre y huellas dactilares, lo encontrará en el taller de Baynes. Le deseo suerte.

—¿Por qué diablos nos preocupamos? —quiso saber Latham—. ¿Qué hay de su pariente más cercano? Me refiero al hermanastro del querido Maurice. ¿No debería localizarlo la policía? Al fin y al cabo, es el heredero. Es él quien debe dar explicaciones.

—Anoche Digby estuvo en Seton House —dijo en voz baja Eliza Marley—. Lo traje en coche.

Era la segunda vez que hablaba desde la llegada del inspector, y Dalgliesh tuvo la sensación de que la joven no tenía muchos deseos de expresarse en ese momento. Nadie que deseara experimentar sensaciones podía esperar una respuesta más gratificante. La voz aguda e inquisitiva de la señorita Calthrop quebró el asombrado silencio:

—¿Qué significa que lo trajiste en coche?

Dalgliesh pensó que se trataba de una pregunta previsible. La joven se encogió de hombros.

—Lo que acabo de decir. Anoche llevé en coche a Digby Seton a su casa. Me telefoneó desde la estación de Ipswich antes de coger el enlace y me pidió que lo recogiera en Saxmundham, pues llegaría en el tren de las ocho y media. Sabía que Maurice no estaría en casa y supongo que quería ahorrarse el taxi. Sea como fuere, fui a buscarlo. Llevé el Mini.

—Cuando llegué a casa, no dijiste una sola palabra —la acusó la señorita Calthrop.

Los presentes se inquietaron, temerosos de verse obligados a presenciar una discusión familiar. Sólo la figura oscura sentada contra la pared no pareció inmutarse.

—Pensé que no te interesaría. Además, llegaste bastante tarde, ¿no?

—Y esta noche, ¿qué? Hasta ahora no habías dicho nada.

—¿Por qué tenía que hacerlo? Si Digby quería largarse de nuevo, no era asunto mío. Además, fue antes de que nos enteráramos de la muerte de Maurice Seton.

—¿Entonces te reuniste con Digby, a petición suya, cuando se apeó del tren de las ocho y media? —preguntó Latham, como si estuviera deseoso de que el relato quedara claro.

—Exactamente. Viajaba en el tren cuando entró en la estación. Digby no acechaba en la sala de espera ni perdía el tiempo en la puerta de la estación. Compré un billete de andén, lo vi apearse del vagón y estaba a su lado cuando entregó el billete. Dicho sea de paso, era un billete de Londres, se quejó del precio. De todas maneras, seguro que el revisor se acuerda de él. Sólo había media docena de pasajeros.

—Y probablemente no llevaba un cadáver a rastras —insistió Latham.

—No, a menos que lo ocultara en una maleta de sesenta por noventa.

—¿Lo llevaste directamente a su casa?

—Por supuesto. Esa era mi intención. Sax no es un lugar agradable después de las ocho y Digby no me parece la compañía más adecuada para tomar una copa. Ya he dicho que le estaba ahorrando el taxi.

—Continúa, Eliza —la alentó Bryce—. Acompañaste a Digby a Seton House. ¿Y después?

—Nada. Lo dejé en la puerta. La casa estaba en silencio y no había ninguna luz encendida. Es lógico. Todos saben que a mediados de octubre Maurice pasa unos días en Londres. Digby me invitó a tomar una copa, pero le dije que estaba cansada, que quería volver a casa y que probablemente tía Celia ya habría regresado y me estaría esperando. Nos despedimos y Digby abrió con su llave.

—¿Tiene una llave? —intervino Reckless—. ¿Las relaciones con su hermano llegaban a esa intimidad?

—Ignoro cuánta intimidad tenían, sólo sé que Digby tiene una llave.

Reckless se dirigió a Sylvia Kedge:

—¿Sabía que el señor Digby Seton tenía libre acceso a la casa?

—Hace dos años que el señor Maurice Seton entregó una llave a su hermano —replicó Sylvia Kedge—. Alguna vez dijo que le pediría que se la devolviera, pero el señor Digby la usaba en contadas ocasiones, cuando su hermano no estaba, y supongo que decidió dejársela.

—Sólo por curiosidad, ¿por qué quería que se la devolviera? —quiso saber Bryce.

Evidentemente, la señorita Calthrop consideraba que no cabía esperar que Sylvia respondiera a este tipo de pregunta. Con una expresión y un tono de voz que denotaban claramente que «estos temas no se mencionan delante de la servidumbre», respondió:

—En una ocasión, Maurice me habló de la llave y dijo que tal vez le pediría que se la devolviera. No es que desconfiara de Digby. Le preocupaba que pudiera perderla o que se la robaran en uno de esos clubs nocturnos a los que Digby es tan aficionado.

—Evidentemente, no la recuperó —sintetizó Latham—. Anoche, alrededor de las nueve, Digby usó la llave para entrar en la casa. Desde entonces nadie le ha visto el pelo. Eliza, ¿estás segura de que la casa estaba vacía?

—¿Cómo voy a estarlo? No entré. Pero lo cierto es que no oí a nadie ni había luces encendidas.

—Esta mañana, a las nueve y media, fui a la casa —dijo Sylvia Kedge—. La puerta de entrada tenía el cerrojo echado, como siempre, y la casa estaba vacía. Ninguna de las camas estaba deshecha. Todo estaba en orden. El señor Digby ni siquiera se había servido un trago.

Tuvieron la sospecha, aunque no la expresaron, de que había ocurrido algo drástico y repentino. Eran pocas las crisis que Digby Seton no se disponía a afrontar convenientemente fortalecido.

Celia ya estaba hablando:

—No podemos dejarnos llevar por eso. Digby siempre lleva encima un frasco. Es algo que irritaba profundamente a Maurice. ¿Adónde puede haber ido?

—¿No te dijo que volvería a salir? —preguntó Latham a Eliza Marley—. ¿Cómo estaba?

—No dijo nada. No soy muy sutil respecto al estado de humor de Digby, pero parecía estar como siempre.

—¡Es absurdo! —exclamó la señorita Calthrop—. No tiene sentido que Digby saliera nada más llegar. Además, ¿adónde se puede ir? ¿Estás segura de que no te habló de sus planes?

—Tal vez lo llamaron —respondió Elizabeth Marley.

—¡Lo llamaron! —la voz de su tía se tornó aguda—. ¡Nadie sabía que estaba aquí! ¿Quién lo llamó?

—No lo sé. Lo digo como posibilidad. Mientras iba hacia el coche, oí sonar el teléfono.

—¿Estás segura? —quiso saber Latham.

—Me gustaría que dejaran de preguntarme si estoy segura. Saben perfectamente qué ocurre en el promontorio: el silencio, la soledad y el misterio de este lugar, el modo en que el sonido se desplaza por la noche. ¡Digo que oí sonar el teléfono!

Se quedaron mudos. Elizabeth tenía razón. Sabían qué ocurría por la noche en el promontorio. Ese mismo silencio, la soledad y el misterio los aguardaban fuera. Celia Calthrop se estremeció a pesar de que en la sala hacía calor. La temperatura comenzaba a volverse insoportable.

Bryce había estado en un taburete bajo, delante del fuego, avivándolo compulsivamente con la leña que sacaba del cesto, como un fogonero enloquecido. Las grandes lenguas de fuego saltaban y siseaban alrededor de la madera arrastrada por el mar; parecía que las paredes de piedra de la sala rezumaban sangre. Dalgliesh se acercó a una ventana e intentó abrir los postigos. En cuanto consiguió abrir la hoja, las oleadas de aire frío y dulce pasaron por encima de su cabeza, separando las alfombras del suelo y acercando el embate del mar como si se tratara de un trueno. Se volvió y de nuevo pudo oír la voz monótona y sin modulaciones de Reckless:

—Sugiero que alguien lleve a la señorita Kedge a su casa. Parece que no se encuentra del todo bien. Esta noche no hablaré con ella.

La chica parecía a punto de protestar cuando Elizabeth Marley declaró con absoluta decisión:

—Yo la llevaré. A mí también me gustaría volver a casa. Aún estoy convaleciente y no puede decirse que hayamos tenido una velada sosegada. ¿Dónde está el abrigo de Sylvia?

Hubo un brote de actividad. Todos parecían encontrar alivio en el movimiento y se preocuparon por el abrigo de Sylvia Kedge, sus muletas y su bienestar. La señorita Calthrop se desprendió de las llaves del coche y declaró afablemente que regresaría andando a su casa en compañía, por descontado, de Oliver y Justin. Rodeada por una escolta de ayudantes, Sylvia Kedge empezó a cojear hacia la puerta.

Entonces sonó el teléfono. En un abrir y cerrar de ojos el grupo se convirtió en un cuadro vivo de temor. El estridente sonido, a un tiempo tan vulgar y agorero, los petrificó en el silencio. La señorita Dalgliesh se había acercado al aparato y levantado el auricular cuando Reckless se levantó de un salto y se lo quitó sin disculparse.

Apenas se enteraron de qué trataba la conversación que, por parte de Reckless, consistió básicamente en respuestas cortas y monosílabos. Parecía que hablaba con la comisaría. La mayor parte del tiempo escuchó en silencio, intercalando algunos gruñidos. Concluyó diciendo:

—De acuerdo. Muchas gracias... Lo veré en Seton House mañana a primera hora. Buenas noches. —Colgó y se volvió para mirar a los presentes, que no hacían el menor esfuerzo por disimular su curiosidad. Dalgliesh supuso que no abriría la boca, pero el inspector comentó—: Hemos encontrado al señor Digby Seton. Ha telefoneado a la comisaría de Lowestoft para avisar que anoche lo ingresaron en el hospital después de que se cayera con el coche en la cuneta en la carretera de Lowestoft. Le darán el alta mañana a primera hora. —La señorita Calthrop había abierto la boca para hacer una pregunta previsible, pero el inspector no le dio tiempo—: Ha dicho que anoche, poco después de las nueve, alguien le telefoneó para pedirle que fuera inmediatamente a la comisaría de Lowestoft a identificar el cadáver de su hermano. La persona que llamó dijo que el cuerpo del señor Maurice Seton había aparecido en un bote encallado y que tenía las manos tajadas a la altura de las muñecas.

—¡Pero eso es absolutamente imposible! —exclamó Latham incrédulo—. ¿No dijo que encontraron el cadáver a primera hora de esta noche?

—Exactamente, señor. Anoche, nadie telefoneó desde la comisaría de Lowestoft. Nadie sabía qué le había pasado al señor Maurice Seton hasta que esta noche su cadáver apareció en la orilla. Salvo una persona, obviamente.

Los miró y sus ojos melancólicos pasearon especulativamente de un rostro a otro. Nadie dijo nada ni se movió. Parecía que todos estaban fijados a ese instante, esperando en vano un cataclismo inevitable. Fue un instante para el que no existían palabras adecuadas, un instante que exigía acción, dramatismo. Como si intentara servicialmente lo imposible, Sylvia Kedge se deslizó con un gemido de los brazos sustentadores de Eliza y cayó redonda al suelo.

7

—Hora más o menos, murió la medianoche del martes —dijo Reckless—. Es la deducción que hice en virtud de la fase de rigidez cadavérica y de su aspecto general. Me sorprendería que la autopsia no lo confirmara. Le quitaron las manos después de la muerte. Aunque no había mucha sangre, parecía que habían usado la bancada del bote como tajo. Suponiendo que el señor Bryce dijera la verdad y que la embarcación siguiera varada aquí el miércoles a las cinco de la tarde, seguramente lo arrojaron al mar una hora después, con el cambio de marea. La carnicería debió de tener lugar después de que anocheciera. Pero llevaba muerto dieciocho horas, como mínimo, quizá más. No sé dónde ni cuándo murió, pero lo averiguaré.

Los tres policías estaban reunidos en la sala. Jane Dalgliesh se había inventado la excusa de preparar café para dejarlos a solas; de la cocina le llegaban a Dalgliesh débiles tintineos de actividad. Hacía diez minutos que los demás se habían ido. Reanimar a Sylvia Kedge no había llevado mucho tiempo ni esfuerzos y en cuanto ella y Liz Marley se pusieron en camino, se estableció el acuerdo tácito de que los sobresaltos de la velada debían terminar. Súbitamente las visitas parecieron abatidas por el cansancio. Como si sacara fuerzas y ánimos del agotamiento de los demás, Reckless comenzó a interrogarlos sobre una posible arma pero sólo encontró una fatigada incomprensión. Nadie podía recordar si tenía un hacha, una cuchilla o una tajadera, dónde guardaba estos utensilios ni cuándo los había usado por última vez. Nadie salvo Jane Dalgliesh. Incluso el sereno reconocimiento por parte de la señorita Dalgliesh de que unos meses atrás le había desaparecido un hacha de la leñera, apenas provocó un ligero interés. Esa noche los presentes ya estaban hartos de hablar de asesinato. Como niños fatigados al final de una fiesta, querían volver a casa.

Reckless sólo mencionó el caso cuando la señorita Dalgliesh los dejó a solas. Aunque era previsible, a Dalgliesh le molestó saber cuánto le irritaba la consecuencia obvia. Probablemente Reckless no era estúpido ni burdamente insensible. No haría advertencias. No suscitaría el antagonismo de Dalgliesh proponiendo una discreción y una cooperación que, ambos lo sabían, tenía derecho a dar por sentadas. Pero éste era su caso, él estaba a cargo de todo. Podía decidir libremente qué piezas del rompecabezas mostraría para que Dalgliesh las estudiara, hasta qué punto confiaría y en quién. Para Dalgliesh, la situación era novedosa y no estaba muy seguro de que le gustara.

La sala seguía resultando asfixiante. Aunque el fuego se apagaba convertido en una pirámide de ceniza blanca, el calor atrapado entre las paredes de piedra les abofeteaba el rostro como si saliera de un horno y la atmósfera estaba cargada. Al inspector no parecía molestarle.

—Señor Dalgliesh, hábleme de las personas que esta noche estuvieron aquí. ¿Se consideran escritores?

—Supongo que Oliver Latham preferiría presentarse como crítico de teatro —dijo Dalgliesh—. Signifique lo que signifique, a la señorita Calthrop le gusta ser conocida como novelista romántica. No sé qué se considera Justin Bryce. Publica mensualmente una revista literaria y política que fue creada por su abuelo.

—Ya lo sé —afirmó Reckless sorprendiendo a Dalgliesh—. La *Monthly Critical Review*. Mi padre solía comprarla. Eso fue en los tiempos en que seis peniques significaban algo para un trabajador. Y por seis peniques la *Monthly Crit.* transmitía el mensaje con ardor y energía. Hoy es tan rojilla como el *Financial Times*: da consejos sobre inversiones, hace crítica de libros que a nadie le interesa leer, propone reconfortantes concursos para la intelectualidad. No creo que con esto se gane la vida.

Dalgliesh aclaró que, lejos de ganarse la vida, se sabía que Bryce subvencionaba la revista de su propio bolsillo.

Reckless tomó de nuevo la palabra:

—Evidentemente es un hombre al que no le molesta que la gente lo tome por homosexual. Dígame, señor Dalgliesh, ¿lo es?

No era una pregunta impertinente. En una investigación por asesinato; ningún elemento sobre la personalidad de un sospechoso es impertinente y el caso se abordaba como si fuera un asesinato. Dalgliesh se sintió irracionalmente irritado.

—No lo sé. Tal vez sea algo ambivalente.

—¿Está casado?

—Que yo sepa, no. Supongo que no hemos llegado al extremo de suponer que todo soltero de más de cuarenta años se vuelve automáticamente sospechoso.

Reckless no abrió la boca. La señorita Dalgliesh se había presentado con la bandeja del café y aceptó una taza dando efusivamente las gracias, pero no parecía sentir un deseo real de beberlo. Cuando la mujer se retiró, bebió ruidosamente; sus melancólicos ojos, que asomaban por encima del borde de la taza, se clavaron en una acuarela de avocetas en pleno vuelo, pintada por Jane Dalgliesh y colgada en la pared de enfrente.

—Los maricas forman un grupo malévolo. En conjunto no son violentos, sino malévolos. Y este crimen, indudablemente, tiene trazas de ser malévolo. La secretaria, la lisiada... ¿de dónde proviene, señor Dalgliesh?

Dalgliesh respondió serenamente, a pesar de que se sentía como si estuviera pasando un examen oral.

—Sylvia Kedge es huérfana y vive sola en una casa de Tanner's Lane. Tiene fama de ser una taquimecanógrafa muy competente. Trabajaba principalmente para Maurice Seton, pero hace muchas colaboraciones para la señorita Calthrop y para Bryce. Sé muy poco sobre ella, sobre todos ellos.

—Señor Dalgliesh, sabe lo suficiente para satisfacer mis necesidades inmediatas. ¿Y la señorita Marley?

—También es huérfana y la ha criado su tía. Actualmente estudia en Cambridge.

—¿Todos son amigos de su tía?

Dalgliesh titubeó. Su tía no empleaba fácilmente la palabra amistad y, de hecho, pensó que sería dudoso que considerara amiga a más de una persona de Monksmere. Sin embargo, uno no reniega voluntariamente de sus conocidos cuando están a punto de convertirse en sospechosos de asesinato.

Rechazó el impulso de responder que se conocían íntimamente pero no a fondo, y dijo con cierta cautela:

—Será mejor que se lo pregunte a ella. Todos se conocen. Al fin y al cabo viven en una comunidad pequeña y aislada. Consiguen llevarse bien.

—Cuando no se dedican a matar sus respectivos animales —le apostilló Reckless. Dalgliesh no respondió. Reckless añadió—: No estaban muy alterados, ¿verdad? En toda la noche no pronunciaron una sola palabra de pesar. Puesto que son escritores, cabría pensar que a alguno se le ocurriera un epitafio corto y con estilo.

—A la señorita Kedge le sentó muy mal —opinó Dalgliesh.

—Eso no era pesar, sino conmoción. Conmoción clínica. Si mañana no se encuentra mejor, convendrá que alguien llame al médico.

Tenía razón, pensó Dalgliesh. Había sido una conmoción. En sí mismo, era un dato muy interesante. Sin duda la noticia de la noche había sido bastante chocante, pero, ¿habría sido tan chocante para quien no fuera una noticia? No había habido nada falseado en ese desmayo de último momento, que no sugería para nada un conocimiento culpable.

De pronto Reckless se levantó de la silla, miró la taza vacía como si desconociera cómo había llegado a su mano y con toda lentitud la depositó en la bandeja del café. Después de un instante de vacilación, el sargento Courtney hizo lo propio con la suya. Parecía que por fin estaban a punto de irse. Antes de que se retiraran, Dalgliesh debía decirle algo a Reckless. Puesto que se trataba de una información clara que podía resultar importante, a Dalgliesh lo irritó su propia reticencia. Se dijo que los próximos días serían bastante difíciles sin necesidad de que Reckless lo pusiera de un humor propenso al autoanálisis. Dijo firmemente:

—Creo que debería saber algo sobre el falso manuscrito. Tal vez me equivoque porque no tengo muchos datos en los que basarme, pero creo reconocer la descripción del club nocturno. Parece el Cortez Club del Soho, el local de L. J. Luker. Probablemente recuerda el caso. Ocurrió en 1959. Luker abatió de un disparo a su socio, fue condenado a muerte y salió en libertad cuando el tribunal de apelación anuló el veredicto.

—Me acuerdo de Luker —dijo Reckless lentamente—. El caso del juez Brothwick, ¿no? El Cortez Club sería un local útil para comprobar si uno pretendía acusar de asesinato a alguien. Y Luker sería tan bueno como el que más para endilgárselo. —Caminó hasta la puerta y el sargento lo siguió como si fuera su sombra. Se volvió para decir la última palabra—: Señor Dalgliesh, me doy cuenta de que será muy ventajoso tenerlo aquí.

Logró que sus palabras sonaran como un insulto.

8

El contraste entre la luz de la sala y la fría oscuridad de la noche de otoño era absoluto. Era como entrar en una mina. En cuanto la puerta de Pentlands se cerró tras ellos, Celia Calthrop experimentó un instante de pánico ciego. La noche presionó a su alrededor. Respiró la oscuridad como si poseyera peso físico. Parecía que el aire se había espesado con la noche, se había convertido en una masa a través de la cual tenía que abrirse paso a golpes. Ya no había dirección ni distancia. En ese vacío negro y sobrenatural, el embate hosco y melancólico del mar resonaba por doquier; se sintió amenazada como un viajero perdido en una desolada orilla. Cuando Latham iluminó el sendero con la linterna, el suelo pareció volverse irreal y muy lejano, como la superficie de la Luna. Era imposible que los pies humanos pudieran establecer contacto con ese terreno remoto e insustancial. Tropezó y habría perdido el equilibrio si Latham no la hubiera cogido del brazo con fuerza brusca y sorprendente.

Subieron por el sendero. Celia, que no había tenido la menor intención de regresar andando a casa, llevaba delicados zapatos de tacón que alternativamente resbalaban sobre los guijarros alisados por el mar que cubrían la senda o se hundían en los manchones de arena blanda, por lo que avanzaba a trompicones, como una niña sosa y esquiva, ayudada por Latham.

Ya había superado el ataque de pánico. Sus ojos se adaptaban a la noche y con cada traspié el rugido del mar se tornaba más débil y menos apremiante.

Sintió alivio cuando Justin Bryce habló con voz firme y normal:

—¡El asma es una enfermedad singular! Ha sido una velada traumática, el primer contacto que uno tiene con el asesinato y, a pesar de todo, uno se siente muy bien. Sin embargo, el martes pasado uno sufrió un ataque espantoso sin causas que lo expliquen. Claro que uno puede sufrir una reacción más adelante, por supuesto.

—Así es, sin duda, uno puede sufrirla —coincidió Latham mordazmente—. Sobre todo si Forbes-Denby no confirma la coartada de uno el martes por la noche.

—¡Vamos, Oliver, seguro que la confirmará! Y uno no puede dejar de pensar que su testimonio tendrá más peso que cualquiera de las palabras de tu compañera de cama.

Celia Calthrop, que había ganado seguridad por la compañía de sus vecinos, se apresuró a decir:

—Es un alivio que Adam Dalgliesh esté aquí. Al fin y al cabo, nos conoce. Quiero decir que nos conoce socialmente. Como también es escritor, tengo la impresión de que forma parte de Monksmere.

Latham soltó la carcajada.

—Si Adam Dalgliesh le produce alivio, debo reconocer que envidio la capacidad que tiene para engañarse a sí misma. Celia, díganos cómo lo ve. ¿Como el caballeroso sabueso que se mete en la investigación sólo por divertirse y que trata a los sospechosos con afectada cortesía? ¿Como una especie de Carruthers profesional recién salido de las horrorosas sagas de Seton? Mi querida Celia, Dalgliesh nos vendería a Reckless si pensara que de ese modo puede acrecentar un ápice su reputación. Es el hombre más peligroso que conozco.

Latham volvió a reír y Celia notó que le sujetaba el brazo con más fuerza. Le hacía daño, la obligaba a avanzar como si la llevara custodiada. A pesar de todo, no fue capaz de librarse de ese apretón.

Aunque el camino se ensanchaba, el terreno seguía siendo irregular. Tropezando y resbalando, con los pies magullados y los tobillos doloridos, no tenía la menor posibilidad de seguir junto a ellos si no aguantaba el despiadado apretón de Latham. Y no soportaría quedarse sola. La voz de Bryce silbó en su oído:

—Celia, reconozca que Oliver tiene razón. Dalgliesh es detective profesional y probablemente se trata de uno de los sabuesos más inteligentes del país. Aunque personalmente los admiro, no creo que sus dos libros de poemas puedan modificar la situación.

—Reckless tampoco es tonto. —Latham parecía pasárselo en grande—. ¿Vieron cómo apenas abrió la boca y nos alentó para que parloteáramos con nuestro estilo infantil y egoísta? Es probable que en cinco minutos haya averiguado más sobre nosotros que lo que otros sospechosos podrían decirle en varias horas de interrogatorio formal. ¿Cuándo aprenderemos a cerrar el pico?

—Puesto que no tenemos nada que ocultar, considero que no tiene la menor importancia —dijo Celia Calthrop. ¡Esa noche Oliver se había convertido en un verdadero incordio! Quizás había bebido más de la cuenta.

—¡Oh, Celia! —exclamó Justin Bryce—. Todos tenemos algo que ocultar a la policía. Por eso uno es tan ambivalente. Ya verá cómo Dalgliesh le preguntará por qué en todo momento se refirió a Seton en pasado, incluso antes de que nos enteráramos de que habían encontrado su cadáver. Supongo que se dio cuenta. Si incluso yo me di cuenta, tiene que haber llamado la atención de Dalgliesh. Me pregunto si se considerará obligado a mencionárselo a Reckless.

Celia era demasiado inflexible para dejarse intimidar por Bryce y dijo de mal talante:

—¡Justin, no sea ridículo! No le creo. Aunque hubiera hablado de Maurice en pasado, probablemente lo hice porque me refería a él como escritor. Por alguna razón, una siente que, como escritor, el pobre Maurice llevaba bastante tiempo acabado.

—¡Es verdad! —se regocijó Latham—. Muerto y enterrado. Liquidado. Borrado. En toda su vida, Maurice Seton sólo escribió una prosa impresionante, una prosa indudablemente salida del corazón. Y del cerebro. Provocó exactamente las consecuencias que buscaba. Escogió cada palabra para herir y el conjunto... fue letal.

—¿Se refiere a su obra de teatro? —quiso saber Celia—. Suponía que la despreciaba. Maurice siempre sostuvo que fue su reseña lo que la mató.

—Querida Celia, si mis reseñas pudieran matar una obra, la mitad de las piezas que en este momento se representan en Londres habrían fracasado después del estreno.

Latham la empujó con renovado ímpetu y durante unos instantes Justin Bryce quedó rezagado. Corrió para alcanzarlos y comentó jadeante:

—Maurice debió morir el martes por la noche. Y su cuerpo fue arrojado al mar a última hora del miércoles por la noche. ¿Cómo hizo el asesino para traerlo a Monksmere? Oliver, el miércoles viniste de Londres. ¿No lo trajiste por casualidad en el maletero del Jaguar?

—No, querido —replicó Latham afablemente—. Soy muy cuidadoso con lo que pongo en el maletero del Jaguar.

—Yo estoy libre de toda sospecha —añadió Celia, satisfecha de sí misma—. Sylvia puede proporcionarme una coartada hasta última hora del martes, y evidentemente ése es el horario crucial. Reconozco que estuve fuera y sola el miércoles por la noche, pero dudo de que Reckless sospeche que fui yo quien mutiló el cadáver. Esto me recuerda una cosa. Sólo hay una persona que ni se molesta en tener una coartada para el martes o el miércoles: Jane Dalgliesh. Y por si fuera poco... ¡fue con su hacha!

—¿Por qué razón la señorita Dalgliesh iba a querer matar a Seton? —preguntó Latham.

—¿Y por qué razón iba a querer matarlo cualquiera de nosotros? —espetó Celia—. No estoy afirmando que Jane Dalgliesh lo haya hecho. Me limito a señalar que, al parecer, fue con su hacha.

—En una ocasión me hubiera gustado hacerlo —comentó Bryce dichoso—. Me refiero a matar a Seton. Fue después de lo que le hizo a Arabella. Entonces lo habría matado de buena gana, pero no lo hice. De todos modos, no puedo lamentarlo. Me pregunto si debería pedir que me dejen ver el cadáver después de la investigación. Tal vez me arranque de esta insensibilidad que no puedo dejar de considerar muy malsana.

Latham seguía pensando en el hacha desaparecida, y añadió impetuosamente:

—¡Cualquiera pudo cogerla, cualquiera! Entramos y salimos de nuestras casas como nos da la gana. Aquí nadie cierra nada con llave. Nunca ha surgido la necesidad de hacerlo. Y todavía no sabemos si el hacha fue o no el arma utilizada.

—Queridos, piensen en lo que voy a decirles y cálmense —propuso Bryce—. Hasta que averigüemos la causa de la muerte, ni siquiera podemos estar seguros de que Maurice ha sido asesinado.

9

La dejaron en la puerta de Rosemary Cottage y los vio perderse en la noche. La voz aguda de Justin y la risa de Latham llegaron a sus oídos mucho después de que sus figuras se hubieran fundido con las sombras más oscuras del seto y la arboleda. En la casa no había luces encendidas y la sala estaba vacía. Así pues, Elizabeth ya se habría acostado. Debió de volver rápidamente a casa desde Tanner's Lane. Su tía no supo si alegrarse o lamentarlo. Aunque tenía una súbita necesidad de compañía, no estaba en condiciones de afrontar preguntas ni discusiones. Había muchas cosas de las que hablar, pero no esa noche. Estaba demasiado cansada. Encendió la lámpara de la mesa, se arrodilló en la alfombrilla del hogar y atizó inútilmente las tablillas y la ceniza del fuego mortecino. Se puso de pie con dificultad, protestó como una vieja por el esfuerzo y se dejó caer en un sillón. Frente a ella se erguía un sólido sillón idéntico, lleno de almohadones, vacío y conmovedor. En él se había sentado Maurice aquella tarde de octubre hacía seis años. Fue el día de la investigación, un día frío y en el que soplaban intermitentes rachas de viento. Aquella tarde ardía un buen fuego. Lo esperaba y se había ocupado de preparar tanto la sala como su persona. La luz del fuego y de una discreta lámpara habían arrojado un brillo perfectamente calculado sobre la caoba lustrada y tendido pálidas sombras en los rosas y los azules pastel de los cojines y de la alfombra. Había puesto a mano la bandeja de las bebidas. Nada había quedado al azar. Y lo había esperado con la misma impaciencia de una muchacha ante su primera cita. Se había puesto un delicado vestido de lana gris azulada. Realmente le había dado un aspecto muy esbelto, muy juvenil. Aún seguía en el ropero. Nunca se había tomado la molestia de volver a ponérselo. Y él se había sentado frente a ella, rígido y de negro por el luto formal, un ridículo y menudo maniquí con la corbata y el brazalete negros y el rostro demudado por el pesar. En aquel momento ella no se dio cuenta de que era pesar. ¿Cómo podía saberlo? Era imposible que él sintiera pesar por esa ninfómana superficial, egoísta y monstruosa. Claro que había quedado perturbado por la noticia de la muerte de Dorothy, de su suicidio, por el horror de identificar el cuerpo ahogado, la ordalía de la investigación, de hacer frente a las hileras de caras pálidas y acusadoras. Él sabía perfectamente lo que decían: que había arrojado a su esposa al suicidio. No era extraño que pareciera perturbado y abrumado. Pero, ¿y el pesar? A ella jamás se le había ocurrido que él pudiera sentir pesar. Había dado por supuesto que, en el fondo de su corazón, debió de abrirse una grieta de alivio. Alivio porque por fin habían concluido los largos años de tormento y dominio de sí mismo, porque podía volver a vivir. Y ella estaría presente para ayudarlo, del mismo modo en que lo había auxiliado con su comprensión y sus consejos en vida de Dorothy. Era un escritor, un artista. Necesitaba afecto y comprensión. A partir de esa noche, nunca más volvería a estar solo.

Se preguntó si lo había amado. Era difícil recordarlo. Quizá no. Tal vez no había sido amor en los términos en que ella lo concebía. Pero había sido lo más próximo que lograría estar de ese cataclismo anhelado, esquivo y a menudo imaginado. Había distribuido la falsa moneda en cerca de cuarenta novelas, pero la verdadera acuñación jamás había estado a su alcance.

Sentada delante del fuego mortecino, recordó el instante en que había sabido la verdad, y la evocación puso color en sus mejillas. De pronto él se había echado a llorar con la torpeza de un crío. En ese instante desapareció todo ingenio y sólo quedó la compasión. Ella se había arrodillado a su lado, meciénlole la cabeza con los brazos y murmurando palabras de consuelo y de amor. Entonces fue cuando todo el cuerpo de él se tensó y se apartó. La miró conteniendo la respiración y ella vio su rostro. Todo se reflejaba en sus facciones: compasión, turbación, un rastro de miedo y —lo más duro de aceptar— rechazo físico En un doloroso instante de claridad absoluta, se vio a sí misma con los ojos de él. Maurice sentía pesar por aquel ser esbelto, alegre y bello; una mujer fea entrada en años había escogido ese instante para arrojarse en sus brazos. Él se recuperó. No dijeron nada. Hasta el desagradable sollozo se interrumpió, como el de un niño al que súbitamente se le ofrece un caramelo. Pensó con amargura que no había nada como el peligro personal para embotar el dolor. Se las ingenió para regresar torpemente a su sillón, con la cara ardiendo. Él se quedó tanto tiempo como exigía la buena educación y ella le sirvió unas copas, escuchó los sentimentales recuerdos sobre su esposa —¿el pobre idiota había olvidado tan pronto?— y simuló interés ante sus proyectos de pasar una larga temporada en el extranjero «para tratar de olvidar». Pasaron seis meses hasta que él consideró prudente volver a visitar Rosemary Cottage, y más tiempo antes de que, provisionalmente, expresara la comprensión de que ella estaría disponible cada vez que quisiera aparecer públicamente en compañía de una mujer. Poco antes de partir para el extranjero, le había escrito comunicándole que figuraba en su testamento «en agradecimiento por su simpatía y comprensión cuando murió mi querida esposa». Lo había entendido perfectamente. Era el gesto tosco e insensible, que él consideraría una disculpa adecuada y correcta. Su primera reacción no había sido de cólera ni de humillación; simplemente se había preguntado a cuánto ascendería. Desde entonces se lo había planteado cada vez con más frecuencia y ahora la cuestión adquiría una inmediatez fascinante. Desde luego, podían ser unos pocos cientos de libras. Podían ascender a millares. Incluso podía tratarse de una fortuna. Al fin y al cabo, todo el mundo sabía que Dorothy había sido una mujer de fortuna y Maurice no tenía a nadie más a quien legar sus bienes. Nunca había sentido gran estima por su hermanastro y últimamente se habían distanciado aún más. Además, ¿no se lo debía?

Un rayo de luz procedente del pasillo atravesó la alfombra. En silencio, Elizabeth Marley entró descalza en la sala y su bata roja brilló en la penumbra. Se acomodó rígidamente en el sillón situado frente a su tía, con los pies cerca del fuego mortecino y el rostro oculto por las sombras, y dijo:

—Creo que te he oído llegar. ¿Te sirvo algo? ¿Un vaso de leche caliente o de cacao?

Aunque el tono era brusco y tajante, se trataba de un ofrecimiento inesperado y la señorita Calthrop no pudo dejar de sentirse enternecida.

—No, gracias, querida. Vuelve a la cama. Cogerás frío. Prepararé algo de beber y te lo subiré.

La chica no se movió. La señorita Calthrop intentó, una vez más, avivar el fuego. Esta vez una lengua de llamas siseó en torno a las brasas y sintió sobre las manos y la cara la primera y acogedora ola de calor.

—¿Has tenido problemas para llevar a Sylvia a su casa? —preguntó—. ¿Cómo estaba?

—No muy bien. Aunque nunca tiene buen aspecto.

—Después pensé que tendríamos que haber insistido para que se quedara en casa. Parecía estar realmente mal y no era seguro dejarla sola.

Elizabeth se encogió de hombros.

—Le dije que tenemos una cama de más hasta que llegue la nueva *au pair* y que podía usarla. Ni siquiera quiso pensarlo. La presioné, pero como se alteró mucho lo dejé estar. Al fin y al cabo tiene treinta años. No es una niña. Tampoco podía obligarla.

—No, claro que no.

Celia Calthrop pensó que su sobrina no habría recibido a Sylvia con los brazos abiertos. Había notado que la mayoría de las mujeres eran menos comprensivas que los hombres con ella y Elizabeth no ocultaba su antipatía. La voz procedente del otro sillón preguntó:

—¿Qué ocurrió cuando nos fuimos?

—Casi nada. Al parecer, Jane Dalgliesh opina que tal vez lo mataron con su hacha. Le desapareció hace cuatro semanas.

—¿El inspector Reckless dijo que lo habían matado con el hacha?

—No, pero seguramente...

—En ese caso, seguimos sin saber cómo murió. Pudieron asesinarlo de doce maneras distintas y tajarle las manos después de muerto. Sospecho que fue así como ocurrió. No sería fácil cortarle las manos a la víctima si estuviera viva y consciente. El inspector Reckless debe saber que ocurrió de ese modo. En primer lugar, no habría una gran hemorragia. Supongo que aproximadamente conoce la hora de la muerte sin haber leído el informe de la autopsia.

—¿Seguro que murió el martes por la noche? Ese día debió de ocurrirle algo —dijo la tía—. Maurice jamás dejaría el club de esa manera intempestiva ni pasaría la noche fuera sin decírselo a nadie. Murió el martes por la noche, mientras Sylvia y yo estábamos en el cine. —Se expresó con porfiada seguridad. Como deseaba que fuera así, tenía que ser así. Maurice había muerto el martes por la noche y su coartada estaba asegurada. Añadió—: Es lamentable que, esa noche, Justin y Oliver estuvieran en la ciudad. Claro que tienen una especie de coartada, pero no deja de ser lamentable.

—Yo también estaba en Londres el martes por la noche —declaró la chica sin inmutarse. Antes de que la tía pudiera arrebatarle la palabra, se apresuró a seguir hablando—: De acuerdo, ya sé lo que vas a decir. Supuestamente me encontraba en mi lecho de enferma en Cambridge. Me dejaron salir antes de lo que dije. El martes por la mañana cogí el primer rápido a Liverpool Street. Tenía que reunirme con alguien para comer. No lo conoces. Alguien de Cambridge. Ya ha pasado a la historia. De todos modos, no se presentó. Dejó una nota muy amable, muy pesarosa. Es una pena que quedáramos en encontrarnos donde nos conocen. No me hizo ninguna gracia ver que el *maître* se compadecía de mí. Tampoco es que me llevara una gran sorpresa. Carece de importancia. Pero no estaba dispuesta a permitir que Oliver y Justin cotillearan a costa mía. Tampoco creo que tenga que decírselo a Reckless, puede averiguarlo por su cuenta.

¡Pero a mí me lo has contado!, pensó Celia. Experimentó una oleada de felicidad tan aguda que se alegró de que estuvieran a oscuras. Era la primera confidencia seria que su sobrina le hacía. La felicidad la volvió sensata. Rechazó el impulso de consolarla o hacerle preguntas y dijo:

—Querida, no me parece muy inteligente que pasaras el día en la ciudad. Todavía no estás totalmente recuperada, aunque no parece que te haya afectado. ¿Qué hiciste después de comer?

—Por la tarde trabajé en la Biblioteca de Londres y luego fui a un teatro de vanguardia. Como se hacía tarde, me pareció mejor pasar la noche en Londres. Después de todo, tú no me esperabas a una hora determinada. Cené en el Lyons de Coventry Street y conseguí alquilar una habitación en el Walter Scott Hotel de Bloomsbury. Pasé la mayor parte del tiempo caminando por Londres. Creo que recogí la llave y subí a mi habitación poco antes de las once.

—En ese caso, el conserje podrá responder de ti —declaró impaciente la señorita Calthrop—. Es posible que alguien del Lyons se acuerde de ti. Creo que, por ahora, has hecho bien en no abrir la boca. Es asunto tuyo. Lo que haremos será esperar a que nos comuniquen la hora de la muerte. Entonces volveremos a valorar la cuestión.

Le costaba trabajo disimular la felicidad que la embargaba. Era con lo que siempre había soñado. Estaban charlando, haciendo planes. Aunque indirecta y de mala gana, Elizabeth buscaba en ella palabras tranquilizadoras y consejos. Era extraño que Maurice hubiese tenido que morir para que se sintieran unidas. Siguió farfullando:

—Me alegro de que la cita fallida para comer no te haya afectado. Los jóvenes de hoy carecen de educación. Si no pudo telefonearte el día anterior, debió de presentarse. Al menos ahora sabes a qué atenerte. —La joven se levantó del sillón y caminó hasta la puerta sin pronunciar palabra. La tía gritó tras ella—: Prepararé algo de beber y lo tomaremos en tu habitación. Tardaré dos segundos. Sube y acuéstate.

—Gracias, pero no me apetece tomar nada.

—Dijiste que querías beber algo caliente. Deberías tomarlo. Te prepararé un Ovaltine... o quizás un vaso de leche caliente.

—Ya te dije que no quiero nada. Me voy a la cama. Quiero que me dejes en paz.

—Pero Eliza...

La puerta se cerró tras ella. Celia no oyó nada más, ni siquiera débiles pisadas en la escalera. Sólo se percibía el chisporroteo del fuego y, afuera, el silencio, la soledad de la noche.

10

Los timbrazos del teléfono despertaron a Dalgliesh la mañana siguiente. Su tía debió de responder deprisa pues el ruido cesó casi en el acto y volvió a hundirse en ese dichoso trance entre la vigilia y el sueño que sigue a una buena noche. Debió de pasar media hora antes de que el teléfono sonara de nuevo y esta vez le pareció más ruidoso e insistente. Abrió los ojos y, enmarcado por la ventana, vio un rectángulo translúcido de luz azul en el que sólo un trazo leve separaba el cielo del mar. Prometía ser otro maravilloso día de otoño. Ya era otro maravilloso día de otoño. Comprobó sorprendido que el reloj marcaba las diez y cuarto. Se puso el batín y las chinelas y bajó la escalera justo a tiempo de oír que su tía contestaba.

—Inspector, se lo diré en cuanto despierte. ¿Es urgente? No, si exceptuamos el hecho de que está de vacaciones... Estoy segura de que irá encantado cuando haya desayunado. Adiós.

Dalgliesh se agachó y apoyó fugazmente la mejilla en la de su tía. Como siempre, era suave y flexible como un guante de gamuza.

—¿Era Reckless?

—Sí. Dice que está en casa de Seton y que le gustaría que esta misma mañana te reunieras allí con él.

—¿Dijo en calidad de qué espera que me reúna con él? ¿Tengo que ponerme a trabajar o limitarme a admirar su trabajo? ¿O soy uno de los sospechosos?

—Adam, yo sí estoy entre los sospechosos. Es casi seguro que lo hicieron con mi hacha.

—Ah, veo que han reparado en eso. Aun así, considero que eres menos sospechosa que la mayoría de tus vecinos. Sin duda, menos que Digby Seton. En el fondo, los policías somos almas cándidas. Nos gusta ver los motivos antes de proceder a una detención. Y no hay motivo que alegre más nuestro corazón que las posibilidades de beneficio. ¿Me equivoco al suponer que Digby es el heredero de su hermanastro?

—Es lo que todos suponemos. Adam, ¿uno o dos huevos?

—Dos, por favor. Ya los haré yo. Quédate conmigo y charlemos. ¿Hubo dos llamadas telefónicas? ¿Quién llamó antes?

La tía le explicó que R. B. Sinclair había telefoneado para invitarlos a cenar el domingo. Había quedado en llamar para darle una respuesta. Dalgliesh, que prestaba amorosa atención a los huevos que estaba friendo, se sintió intrigado. Pero apenas habló salvo para decir que le gustaría aceptar la invitación. Esto sí que era novedoso. Dedujo que su tía visitaba con bastante frecuencia Priory House, pero no cuando él estaba en Pentlands. Al fin y al cabo, estaba perfectamente claro que R. B. Sinclair no visitaba ni recibía visitas. Su tía gozaba de un singular privilegio. Tampoco era difícil deducir las causas de esa innovación. Sinclair quería hablar del asesinato con el único que, previsiblemente, podía dar una opinión profesional. Resultaba tranquilizador aunque algo frustrante comprobar que el gran hombre no era inmune a la curiosidad del resto de los mortales. La muerte violenta ejercía una fascinación macabra incluso en ese decidido no participante en la comedia humana. Pero por descontado que Dalgliesh asistiría a la cena. La tentación era irresistible. Había vivido lo suficiente como para saber que muy pocas experiencias pueden provocar más desencanto que conocer a los famosos. Sin embargo, en el caso de R. B. Sinclair, cualquier escritor estaría más que dispuesto a correr el riesgo.

Después de desayunar, Dalgliesh se lavó parsimoniosamente, se puso una chaqueta de tweed sobre el jersey y se detuvo en la puerta de la casa, donde una abigarrada colección de bastones dejados por invitados anteriores como rehenes para un feliz regreso, lo tentaron a añadir el toque de gracia al papel de activo hombre de vacaciones. Eligió un robusto palo de fresno, lo sopesó y volvió a guardarlo. No tenía sentido esperar. Gritó adiós a su tía y echó a andar por el promontorio. Habría sido más rápido ir en coche, torciendo a la derecha en el cruce, avanzando ochocientos metros por la carretera de Southwold y cogiendo la pista estrecha pero bastante transitable que cruzaba el promontorio hasta la casa. Con toda intención, Dalgliesh decidió caminar. Al fin y al cabo, estaba de vacaciones y el inspector no había dicho que fuera urgente. Lo lamentaba por Reckless. Para un detective no hay nada más molesto y decepcionante que la incertidumbre sobre el alcance de sus responsabilidades. De hecho, no existían. Reckless era el encargado exclusivo de la investigación y ambos lo sabían. Aunque el jefe de policía decidiera solicitar ayuda a Scotland Yard, parecía sumamente improbable que asignaran el caso a Dalgliesh. Estaba personalmente demasiado implicado. Pero a Reckless no podía hacerle ninguna gracia realizar la investigación bajo la mirada de un inspector del Departamento de Investigaciones Criminales, sobre todo de alguien con la reputación de Dalgliesh. Bueno, mala suerte para Reckless y peor suerte para mí, pensó Dalgliesh. Ya podía despedirse de pasar unas vacaciones solitarias y sin complicaciones, esa bendita semana de paz sin demandas que, casi sin esfuerzo por su parte, serviría para calmarle los nervios y resolver sus problemas personales. Probablemente, desde el principio, su plan no era más que una quimera fundada en la fatiga y en la necesidad de escapar. Sin embargo, lo desconcertaba comprobar que se hubiera desmoronado tan pronto. Sentía tantos deseos de entrometerse en el caso como Reckless de pedirle ayuda. Seguramente había habido discretas llamadas telefónicas a y desde Scotland Yard. Todos los interesados darían por sentado que por la familiaridad de Dalgliesh con Monksmere y por su trato con las personas implicadas estaría al servicio del inspector. Era el deber de cualquier ciudadano para con la policía. Pero si Reckless pensaba que Dalgliesh deseaba una participación mayor, tendría que apresurarse a sacarle del error.

Era imposible no alegrarse por la belleza del día y, a medida que caminaba, la irritación de Dalgliesh se desvanecía. Todo el promontorio estaba bañado por la tibieza amarilla del sol de otoño. La brisa era fresca sin llegar a fría. El sendero arenoso estaba firme bajo sus pies, a veces pasaba entre las aulagas y los brezos y otras caracoleaba entre las densas zarzas y los espinos canijos que formaban una sucesión de pequeñas cuevas donde la luz se perdía y el camino se reducía a un hilillo de arena. Durante la mayor parte de la caminata, Dalgliesh saboreó la panorámica del mar, salvo cuando pasó detrás de los muros grises de Priory House. Se alzaba directamente sobre el mar, a cien metros del borde del acantilado: al sur estaba rodeada por un elevado muro de piedra y al norte por una franja de abetos. Por la noche la casa producía algo pavoroso y desagradable que recalcaba su aislamiento natural. Dalgliesh pensó que, deseoso de aislamiento, Sinclair no podía haber encontrado un emplazamiento más idóneo. Se preguntó cuánto tardaría el inspector Reckless en violar con sus preguntas esa intimidad. No tardaría mucho en saber que Sinclair disponía de una escalera particular que bajaba de su finca a la playa. Suponiendo que el cadáver hubiese sido trasladado al bote en lugar de remar una considerable distancia por la costa hasta el sitio donde se encontraba el cuerpo, tuvieron que bajarlo a la playa por alguno de los tres caminos existentes. No había otros accesos. Uno de los caminos —tal vez el más común— era Tanner's Lane, que pasaba junto a la casa de Sylvia Kedge. Puesto que el bote había estado varado al pie de Tanner's Lane, éste habría sido el camino más directo. El segundo correspondía a la ladera empinada y arenosa que iba de Pentlands a la orilla. Era muy difícil de franquear durante el día. De noche sería peligroso, incluso para los que lo conocían y no llevaban cargas. Descartó que el asesino se hubiera arriesgado a utilizar ese acceso. Aunque su tía no oyera el lejano motor del coche, notaría que alguien pasaba delante de la casa. Las personas que viven solas y en un lugar tan apartado perciben rápidamente los ruidos extraños por la noche. Su tía era la mujer más independiente y poco curiosa que conocía, y las costumbres de las aves siempre le habían interesado más que las de los humanos. Pero ni siquiera ella miraría sin inmutarse mientras trasladaban un cadáver delante de su casa. También existía el problema de trasladar el cuerpo por los ochocientos metros de playa hasta donde estaba varado *Sheldrake*. A menos que el asesino lo dejara semienterrado en la arena mientras cogía el bote y regresaba remando. Pero esto incrementaría innecesariamente los riesgos y sería imposible quitar del cadáver hasta el último resto de arena. Además, necesitaría remos y escálamos. Se preguntó si Reckless había contrastado estos datos.

El tercer acceso a la playa correspondía a la escalera de Sinclair. Sólo se encontraba a cincuenta metros del pie de Tanner's Lane y conducía a una pequeña y recogida cala entre los acantilados, que aquí eran más altos que en cualquier otro punto, si bien se habían desmoronado y el mar los había erosionado hasta formar una suave curva. Era la única zona de la playa donde el asesino —si es que hubo asesino— pudo manipular el cadáver sin temor a que lo vieran desde el norte o el sur. Sólo en el caso improbable de que algún lugareño decidiera dar un paseo tardío por la playa existiría el riesgo de que lo descubrieran. En cuanto caía la noche, los habitantes de la zona no salían a caminar solos por la playa.

Priory House había quedado atrás y Dalgliesh llegó al ralo hayal que bordeaba Tanner's Lane. El suelo estaba cubierto de hojas y entre las celosías de las ramas peladas se distinguía una bruma azul que podía ser cielo o mar. El bosquecillo acababa bruscamente. Dalgliesh trepó por la escalera para pasar encima de la cerca y se dejó caer en el camino. Ante él se alzaba la casa cuadrada y de ladrillo rojo donde Sylvia Kedge vivía sola desde la muerte de su madre. Era una construcción horrible, tan cuadrada como una casa de muñecas, con sus cuatro ventanitas de gruesas cortinas. Habían ensanchado el portal y la puerta principal, probablemente para que pasara la silla de ruedas, pero el cambio no había mejorado las proporciones de la casa. Tampoco habían intentado embellecerla. El diminuto jardín delantero era una parcela oscura dividida en dos por una senda de grava; la pintura de puertas y ventanas era de un intenso color marrón institucional. Dalgliesh pensó que durante generaciones debió de existir una casa Tanner, cada una construida un poco más arriba hasta que se desmoronaba o era arrastrada por las grandes tormentas. Esta caja cuadrada, roja y del siglo XX se alzaba firme y dispuesta a resistir los embates del mar. Presa de un impulso irresistible, Dalgliesh abrió el portal del jardín y subió por el sendero. De pronto percibió un sonido: alguien estaba también de exploración. Elizabeth Marley rodeó un ángulo de la casa. Sin inmutarse, lo miró con frialdad y exclamó:

—¡Ah, es usted! Me pareció oír a alguien que curioseaba. ¿Qué busca?

—Nada. Curioseo por naturaleza. Supongo que estás buscando a la señorita Kedge.

—Sylvia no está en casa. Pensé que podría encontrarse en el cuarto oscuro del fondo de la casa, pero me equivoqué. Vengo a traer una nota de mi tía. Al parecer, quiere cerciorarse de que Sylvia está bien después de la sorpresa de anoche. En realidad, quiere que vaya a escribir al dictado antes de que Oliver Latham o Justin puedan pescarla. Habrá una gran competencia para hacerse con la Kedge y sin duda Sylvia sacará el máximo partido de la situación. A todos les gusta la idea de disponer de una secretaria privada por dos chelines las mil palabras, copias incluidas.

—¿Seton le pagaba esa miseria? ¿Por qué no lo dejó?

—Estaba consagrada a él, o simulaba estarlo. Supongo que tenía motivos para quedarse. Sin duda no le resultaría fácil conseguir un piso en la ciudad. Me gustaría saber qué le ha dejado en el testamento. Además, le gustaba aparecer como la compañera leal y abrumada de trabajo a la que le habría encantado pasarse a la tía si ello no significara fallarle al pobre señor Seton. Como es lógico, mi tía nunca vio claras sus intenciones y hay que reconocer que no es demasiado inteligente.

—Tú, en cambio, nos has etiquetado a todos. ¿Estás sugiriendo que alguien mató a Maurice Seton para hacerse con su mecanógrafa?

Elizabeth se volvió furiosa hacia él, con su pesado rostro enrojecido de ira.

—¡Me importa un bledo quién lo mató y por qué! Sólo sé que no fue Digby Seton. Fui a buscarlo a la estación el miércoles por la noche. Si quiere saber dónde estuvo la noche del martes, puedo decírselo. Me lo contó mientras veníamos. A partir de las once de la noche estuvo encerrado en la comisaría de West Central. Lo detuvieron borracho y el miércoles por la mañana tuvo que presentarse ante el juez. Afortunadamente para él, estuvo bajo custodia policial desde las once de la noche del martes hasta casi el mediodía del miércoles. Inspector, si puede, desbarate esa coartada.

Dalgliesh puntualizó amablemente que desbaratar

coartadas no era asunto suyo, sino de Reckless. La chica se encogió de hombros, hundió las manos en los bolsillos de la chaqueta y cerró de una patada el portal de Tanner's Cottage. Dalgliesh y Elizabeth subieron en silencio por el camino. De pronto, la joven dijo:

—Supongo que bajaron el cadáver al mar por este camino. Es la senda más fácil para llegar a donde estaba varado *Sheldrake*. Evidentemente, el asesino tuvo que acarrearlo los últimos cien metros. El camino es muy estrecho para un coche e incluso para una moto. Quizá lo trasladó en coche hasta el prado de Coles y aparcó en el margen de hierba. Cuando pasé por ahí, vi una pareja de policías de paisano buscando huellas de neumáticos. No conseguirán nada. Anoche alguien dejó la puerta abierta y esta mañana las ovejas de Coles circulaban por el sendero.

Dalgliesh sabía que eso ocurría a menudo. Ben Coles, que disponía de un centenar de hectáreas improductivas al este de la carretera de Dunwich, no mantenía las vallas en perfecto estado y, con la ciega perversidad típica de su especie, las ovejas se paseaban tanto por Tanner's Lane como por el prado. En la temporada turística, el camino se convertía en un caos cuando el rebaño balador se mezclaba con la manada de automovilistas amantes del claxon mientras hacían frenéticos esfuerzos por esquivarse en el único espacio posible para aparcar. Sin embargo, el vallado roto pudo ser muy conveniente para alguien. En sus felices correteos, las ovejas de Coles probablemente respetaban una arraigada tradición local. Se sabía que, en tiempos de los contrabandistas, por la noche los rebaños recorrían las sendas para ovejas que atravesaban los pantanos de Westleton para eliminar todo rastro de cascos de caballos antes de que los recaudadores de impuestos hicieran su registro matinal.

Caminaron juntos hasta la escalera para cruzar la cerca que daba acceso a la mitad de Monksmere Head. Dalgliesh se había detenido para despedirse cuando súbitamente la joven le espetó:

—Supongo que me considera una desagradecida. Claro que me pasa una ayuda. Recibo cuatrocientas libras anuales aparte de la beca. Supongo que está enterado, aquí casi todos parecen saberlo.

No hacía falta preguntar de quién hablaba. Dalgliesh podría haber dicho que Celia Calthrop no era el tipo de mujer que permitiera que su generosidad pasara desapercibida. Pero la suma lo asombró. La señorita Calthrop no ocultaba que carecía de bienes personales —«Pobre de mí, sólo soy una trabajadora. Gano cada penique con el sudor de mi frente»—, pero ello no significaba que careciera de dinero. Vendía bien y trabajaba duro, muy duro según los criterios de Latham o de Bryce, proclives a suponer que a la querida Celia le bastaba repantigarse en un cómodo sillón con el magnetofón en marcha para que sus censurables creaciones salieran disparadas en un torrente fácil y bien remunerado. No era difícil ser despiadado al criticar sus libros. Pero si alguien compraba afecto, y el precio de una tolerancia reticente era la educación en Cambridge y cuatrocientas libras anuales, tal vez hiciera falta mucho: una novela cada seis meses; una colaboración semanal en *Home and Hearth*; cada vez que su agente lo conseguía, apariciones en esos debates televisivos increíblemente aburridos; cuentos bajo uno u otro seudónimo para los semanarios femeninos; graciosas apariciones en ventas benéficas de la iglesia donde la publicidad era gratuita pero había que pagar hasta el té. Sintió un arrebato de compasión por Celia. Las veleidades y ostentaciones que para Latham y Bryce no eran más que una fuente de divertido desdén, parecían los patéticos atavíos de una vida solitaria e incierta. Se preguntó si Celia había cuidado realmente de Maurice Seton. También se preguntó si estaría incluida en el testamento de Seton.

Elizabeth Marley no tenía prisa por despedirse de él o

era difícil apartarse de esa figura decididamente pertinaz. Adam estaba acostumbrado a recibir confidencias. Al fin y al cabo, formaba parte de su oficio. Pero ahora no estaba de servicio y sabía demasiado bien que los que más confiaban eran los que antes se arrepentían. Tampoco deseaba hablar de Celia Calthrop con su sobrina. Esperaba que la joven no decidiera acompañarlo hasta Seton House. La miró y vio a qué dedicaba al menos una parte de las cuatrocientas libras. Su chaqueta forrada en piel era de cuero auténtico. La falda plisada de fino tweed parecía hecha a medida. Sus zapatos eran resistentes y elegantes. Recordó algo que le había oído decir a Oliver Latham, ya no sabía cuándo ni a título de qué: «Elizabeth Marley siente pasión por el dinero. Es algo muy simpático en una época en la que todos simulamos estar por encima del vil metal.»

Elizabeth estaba apoyada en la escalera y le interceptaba eficazmente el paso.

—Fue ella la que consiguió que ingresara en Cambridge. Es algo imposible sin dinero e influencias o si sólo se es relativamente inteligente, como en mi caso. Está muy bien para los grandes cerebros, todos están dispuestos a aceptarlos. Para el resto se trata de la escuela correcta, los empollones correctos, los apellidos correctos en la solicitud. La tía logró arreglar incluso esto. Tiene un talento extraordinario para usar a la gente. No la asusta convertirse en un verdadero incordio, lo que, por supuesto, facilita las cosas.

—¿Por qué te cae tan mal? —preguntó Dalgliesh.

—No es nada personal. Aunque hay que reconocer que no tenemos muchas cosas en común, ¿no le parece? Se trata de su trabajo. Las novelas son bastante mediocres. Gracias a Dios no llevamos el mismo apellido. En Cambridge la gente es muy tolerante. A nadie le importaría un bledo que, con el pretexto de mantener a flote un burdel, fuera receptora de mercancías robadas, como la mujer del barquero. Ni siquiera a mí. ¡Pero la columna que escribe es realmente humillante! Más asquerosa que sus libros. Ya conoce esa basura. —Su voz adoptó un tono de empalagoso falsete—. Querida, no te entregues a él. Los hombres sólo quieren una cosa.

En opinión de Dalgliesh, los hombres —incluido él— a menudo sólo quieren una cosa, pero le pareció más sensato guardar silencio. De pronto se sintió maduro, aburrido e irritado. Ni quería ni esperaba tener compañía y si su soledad iba a ser perturbada, podría nombrar acompañantes más afables que esta adolescente protestona e insatisfecha. Apenas escuchó el resto de sus lamentaciones. Elizabeth había bajado el tono de su voz y la brisa fresca se llevó sus palabras. Dalgliesh sólo oyó sus últimos murmullos:

—Es totalmente amoral en el más amplio sentido de la palabra. La virginidad como un señuelo cuidadosamente preservado para el mejor partido. ¡En esta época!

—Personalmente no comulgo con esa perspectiva —dijo Dalgliesh—. Pero es indudable que tu tía me considerará poco neutral en virtud de mi condición masculina. Al menos soy realista. No puedes acusar a la señorita Calthrop de dar semana tras semana el mismo consejo pues recibe infinidad de cartas de lectoras en las que se lamentan de no haberlo seguido.

La muchacha se encogió de hombros.

—Es lógico que adopte la línea ortodoxa. La bruja no le daría trabajo si se atreviera a ser sincera. Tampoco creo que sepa cómo ser sincera. Y esa columna le hace falta. No tiene más dinero que el que gana y las novelas no seguirán vendiéndose eternamente.

Dalgliesh percibió cierta preocupación en la voz de Elizabeth y dijo brutalmente:

—Yo no me preocuparía. Seguirá vendiendo. Escribe sobre el sexo. Es posible que el embalaje no sea de tu agrado, pero siempre habrá demanda de este producto de primera necesidad. Yo diría que tus cuatrocientas libras no correrán riesgos en los próximos tres años.

Durante un segundo, Dalgliesh pensó que Elizabeth lo abofetearía. Sorprendentemente, la joven se echó a reír y se apartó de la escalera.

—¡Me lo merezco! Me he tomado demasiado en serio. Lamento haberle dado la lata. ¿Va a Seton House?

Dalgliesh respondió afirmativamente y le preguntó si, en el caso de encontrarla, quería que le transmitiera algún aviso a Sylvia Kedge.

—A Sylvia, no. No veo por qué tendría que hacer de correveidile de la tía. No, es para Digby. Dígale que tendrá comida en casa hasta que se organice, si es que decide venir. Hoy sólo habrá carne fría y ensalada, así que si no aparece no se perderá gran cosa. Sospecho que no quiere depender de Sylvia. Se detestan. Inspector, no me interprete mal. Puedo estar dispuesta a llevar a Digby en coche y darle de comer uno o dos días, pero eso es todo. Los maricas no me atraen.

—Ya... —dijo Dalgliesh—. Suponía que no te interesaban. —Por algún motivo Elizabeth se ruborizó. Ya se alejaba cuando Dalgliesh, acicateado por una ligera curiosidad, dijo—: Hay algo que me intriga. Digby Seton telefoneó para pedirte que lo recogieras en Saxmundham. ¿Cómo sabía que no estabas en Cambridge?

La joven se volvió e hizo frente a su mirada sin temor ni incomodidad. La pregunta no pareció molestarla. Para sorpresa de Dalgliesh, Elizabeth se echó a reír.

—Me preguntaba cuánto tardarían en hacerme esa pregunta. Tendría que haber sabido que la plantearía usted. La respuesta es sencilla. El martes por la mañana, por pura casualidad, me encontré en Londres con Digby. Para ser exactos, en la estación de metro de Piccadilly. Pasé esa noche en Londres, sola. Evidentemente, no tengo coartada... ¿Piensa contárselo al inspector Reckless? Seguro que sí.

—No —respondió Dalgliesh—. Se lo contarás tú misma.

11

Maurice Seton había tenido suerte con el arquitecto y su casa poseía esa característica típica de las buenas viviendas: parecía oriunda del lugar. Los muros de piedra gris se curvaban a partir de los brezos hasta sostener el punto más elevado de Monksmere Head, hacia el norte con la panorámica de Sole Bay y, hacia el sur, las marismas y la reserva de aves hasta Sizewell Gap. Era un edificio acogedor y sin pretensiones, de dos plantas y en forma de L, que se alzaba a sólo cincuenta metros del borde del acantilado. Probablemente algún día esos muros elegantes —como los del resistente baluarte de Sinclair— se derrumbarían en el mar del Norte, pero no parecía haber un peligro inminente. Allí los acantilados tenían fuerza y altura, lo que creaba alguna esperanza de que el mar no los alcanzaría. El palo largo de la L daba al sudeste y se componía casi exclusivamente de puertaventanas de doble cristal que daban a una terraza enlosada. Era evidente que Seton había intervenido en la planificación de la terraza. A Dalgliesh le pareció improbable que el arquitecto eligiera instalar los dos jarrones rebuscados que señalaban los extremos de la terraza y en los que no lograban prosperar dos arbustos con las ramas contorsionadas por los vientos fríos de la costa de Suffolk, y el pretencioso letrero con letra gótica que se balanceaba entre dos postes bajos y en el que se leía «Seton House».

Dalgliesh no necesitaba ver aparcado el coche junto a la terraza para saber que Reckless ya estaba allí. Aunque no vio a nadie, supo que observaban su llegada. Las altas ventanas parecían plagadas de ojos. Una puertaventana estaba entreabierta. Dalgliesh acabó de abrirla y entró en la sala.

Fue como internarse en una escenografía. Hasta la última esquina de la larga y estrecha estancia estaba iluminada, como bañada por la luz cegadora de focos. Era un escenario moderno. A partir del centro se curvaba una escalera abierta que conducía al primer piso. Hasta el mobiliario contemporáneo, funcional y de aspecto caro acentuaba la atmósfera de precariedad e irrealidad. Casi todo el espacio del ventanal quedaba ocupado por el escritorio de Seton, un mueble ingeniosamente diseñado con una sucesión de cajones, armarios y estanterías para libros que se extendían a ambos lados de la superficie central de trabajo. Probablemente lo habían fabricado de acuerdo con los requisitos de su dueño: un símbolo funcional de estatus en roble claro y encerado. De las paredes color gris claro colgaban dos conocidas reproducciones de Monet enmarcadas con muy poca imaginación.

Las cuatro personas que se volvieron sin sonreír cuando Dalgliesh franqueó el umbral de la puertaventana estaban tan inmóviles y cuidadosamente dispuestas como actores que han adoptado sus posturas porque está a punto de levantarse el telón. Digby Seton estaba tendido en un sofá diagonalmente situado en el centro de la sala. Vestía un batín malva de seda artificial sobre el pijama rojo y habría parecido más apto para el papel de galán romántico de no ser por el gorro de tejido elástico que se ceñía a su cabeza y le llegaba a las cejas. Ese moderno método de vendar es eficaz pero muy poco favorecedor. Dalgliesh tuvo la impresión de que Seton tenía fiebre. Dudaba de que en el hospital le hubieran dado el alta si no estaba en condiciones y sabía que Reckless, que no era inexperto ni arriesgado, habría telefoneado al médico para cerciorarse de que el hombre estaba en condiciones de ser interrogado. Sin embargo, los ojos de Seton estaban excesivamente brillantes y en cada pómulo ardía una luna roja, por lo que parecía un payaso llamativo, un estrafalario objeto de interés en medio del sofá gris. El inspector Reckless estaba sentado ante el escritorio, con el sargento Courtney a su lado. Bajo la luz de la mañana, por primera vez Dalgliesh vio claramente al joven y le sorprendió su apostura. Tenía ese tipo de rostro abierto y honesto que mira desde los anuncios en los que se ensalzan las ventajas de una carrera en la banca para los jóvenes inteligentes y ambiciosos. Bueno, el sargento Courtney había preferido el cuerpo de policía. Dado su estado de ánimo, a Dalgliesh le pareció lamentable.

No podía decirse que el cuarto intérprete estuviera en el escenario. A través de la puerta abierta que conducía al comedor, Dalgliesh divisó a Sylvia Kedge. Estaba sentada a la mesa, en su silla de ruedas. Delante tenía una bandeja de plata y se dedicaba a sacar brillo a un tenedor con el mismo entusiasmo de un actor secundario que sabe que la atención del público está en otra parte. Alzó fugazmente la mirada para observar a Dalgliesh y éste quedó sorprendido por la tristeza que reflejaba su rostro desencajado. Parecía estar muy enferma. Volvió a enfrascarse en su tarea.

—Lo siento mucho y todo lo que quieran —dijo Seton—, no deseo ser grosero, pero esa mujer me pone los pelos de punta. ¡Maldita sea, ya he dicho que le pagaré las trescientas libras que le legó Maurice! ¡Inspector, gracias a Dios, ha venido! ¿Se hará cargo del caso?

Las cosas no podían empezar peor. Dalgliesh replicó:

—No, no tiene nada que ver con Scotland Yard. Seguramente el inspector Reckless ya le habrá comunicado que está a cargo de la investigación. —Pensaba que Reckless se merecía esa sarcástica indirecta.

—Supongo que cuando se trata de un asesinato complicado, siempre se apela a Scotland Yard —protestó Seton.

—¿Qué es lo que le hace pensar que se trata de un asesinato? —preguntó Reckless. Clasificaba lentamente los papeles del escritorio y no se volvió cuando se dirigió a Seton. Su voz sonaba tranquila, monótona, casi desinteresada.

—¿No lo es? Respóndanme, para eso son expertos. De todos modos, no creo que Maurice pudiera cortarse las manos. Tal vez una, pero dudo que las dos. Y si no es un asesinato, ¿de qué se trata? Maldita sea, aquí presente hay un tío de Scotland Yard.

—De vacaciones, no lo olvide —le puntualizó Dalgliesh—. Estoy exactamente en la misma situación que usted.

—¡Y un cuerno! —Seton giró hasta sentarse y buscó los zapatos bajo el sofá—. El hermano Maurice no le ha dejado doscientas mil libras. ¡Es de locos! ¡Es increíble! ¡Algún cabrón ajusta viejas cuentas y yo heredo una fortuna! A propósito, ¿de dónde diablos sacó Maurice tanta pasta?

—Una parte procede de su madre y la otra de la herencia de su difunta esposa —replicó Reckless.

Había terminado de examinar los papeles y ahora estudiaba un pequeño cajón de fichas con la metódica concentración de un erudito en busca de una referencia.

Seton soltó una carcajada burlona.

—¿Eso le dijo Pettigrew? ¡Pettigrew! ¡Dalgliesh, estoy hablando con usted! Imagínese, el abogado de Maurice se llama Pettigrew. ¿Qué otra cosa podía ser un pobre infeliz con semejante apellido? ¡Pettigrew! Condenado desde nacimiento a convertirse en un respetable picapleitos de provincias. ¿Se lo imagina? Aburrido, puntilloso, sesentón, con una leontina resplandeciente y traje a rayas. Confío en que sepa redactar un testamento válido.

—No creo que tenga que preocuparse por esto —aseguró Dalgliesh. De hecho, conocía a Charles Pettigrew, también abogado de su tía. Aunque se trataba de una vieja firma, el propietario actual, que la había heredado de su abuelo, era un hombre entrado en los treinta, competente y dinámico, reconciliado con el tedio de los procedimientos judiciales en provincias por la cercanía del mar y el amor a la navegación. Preguntó—: ¿Ya ha encontrado una copia del testamento?

—Aquí está.

Reckless le entregó una sola hoja de papel grueso y Dalgliesh le echó un vistazo. Era un testamento corto que se leía rápido. Luego de dar instrucciones para que su cadáver fuera utilizado para la investigación médica y posteriormente incinerado, Maurice Seton dejaba dos mil libras a Celia Calthrop «en reconocimiento por su simpatía y comprensión a la muerte de mi querida esposa» y trescientas libras a Sylvia Kedge «siempre y cuando lleve diez años a mi servicio en el momento de mi muerte». Legaba el resto de sus bienes a Digby Kenneth Seton, en fideicomiso hasta que contrajera matrimonio, momento en que todo revertiría en él. Si éste moría antes que su hermanastro o sin casarse, todos los bienes irían a parar a Celia Calthrop.

—¡Pobre y vieja Kedge! —exclamó Seton—. Perdió las trescientas libras tan sólo por dos meses. ¡No me extraña que tenga tan mala cara! Sinceramente, no sabía nada del testamento. En realidad, imaginaba que probablemente sería el heredero de Maurice. En una ocasión lo dio a entender. De todos modos, no tenía a nadie más a quien dejarle sus bienes. Aunque nunca fuimos muy íntimos, éramos hijos del mismo padre y Maurice sentía un gran respeto por el viejo. ¡Doscientas mil libras! Dorothy debió de dejarle un dineral. Hace gracia si se piensa que cuando ella murió su matrimonio estaba a punto de irse a pique.

—¿La señora Seton no tenía parientes? —quiso saber Reckless.

—Que yo sepa, no. Fue una suerte para mí, ¿no le parece? Cuando se mató, alguien habló de que había que contactar con una hermana... ¿o era un hermano? Sinceramente, no me acuerdo. De todos modos, no se presentó nadie y en el testamento sólo mencionaba a Maurice. Su padre especulaba con fincas y Dorothy heredó un pastón. Todo fue a parar a manos de Maurice. ¡Pero doscientas mil libras...!

—Tal vez los libros de su hermanastro se vendían muy bien —sugirió Reckless.

Había terminado de registrar el fichero y seguía sentado ante el escritorio, tomando notas en una libreta y, en apariencia, apenas interesado en las reacciones de Seton. Dalgliesh, que también era profesional, sabía que la entrevista discurría de acuerdo con lo programado.

—¡Yo diría que no! Maurice siempre aseguraba que lo que ganaba con sus libros no alcanzaba ni para calcetines. El asunto lo tenía muy amargado. Decía que ésta es la época de la «literatura del jabón en polvo». Si el escritor no contaba con un truco, a nadie le interesaba. Los *bestsellers* los creaban los anunciantes, escribir bien era un claro inconveniente y las bibliotecas públicas habían acabado con las ventas. Pienso que tenía razón. No sé por qué se preocupaba si tenía doscientas mil libras. Salvo que le gustaba ser escritor. Supongo que afirmaba su amor propio. Jamás comprendí por qué se lo tomaba tan a pecho, aunque hay que reconocer que él nunca entendió por qué yo quiero ser dueño de mi propio club. Ahora podré conseguirlo. Si todo sale como quiero, podré tener una cadena de clubs. Desde ahora mismo quedan invitados a la inauguración. Si quiere puede traer a todo el personal de la comisaría de West Central. Nada de sisar en los gastos para controlar lo que se bebe y ver si el espectáculo es demasiado picante. Nada de sargentos femeninos emperifollados como fulanas para pasar por turistas provincianas que están de juerga. Las mejores mesas. Todo a cargo de la casa. Dalgliesh, ¿sabe una cosa? Podría haber intentado comprar el Golden Pheasant si hubiera tenido el capital que me respaldara. Pues bien, ahora cuento con él.

—No, a menos que también se case —le recordó Dalgliesh sin la menor amabilidad.

Se había fijado en los nombres de los fideicomisarios del testamento de Seton y no creía que esos caballeros precavidos y conservadores se desprendieran de los fondos a su cargo para financiar un segundo Golden Pheasant. Preguntó por qué razón Maurice Seton estaba tan interesado en que Digby se casara.

—Maurice siempre decía que yo debería sentar cabeza. Le preocupaba mucho el apellido. No tuvo hijos, al menos que yo sepa, y dudo que quisiera volver a casarse después del fracaso con Dorothy. Además, tenía el corazón debilucho. También temía que me fuera a vivir con un maricón. No quería que compartiera su dinero con un tío de la acera de enfrente. ¡Pobre Maurice! Creo que no reconocería un homosexual aunque lo tuviera delante de las narices. Tenía la idea fija de que Londres, y sobre todo los clubs del West End, están plagados de maricones.

—¡Extraordinario! —exclamó Dalgliesh secamente.

Seton no pareció enterarse de la ironía y añadió preocupado:

—Escuche, usted cree lo de la llamada telefónica, ¿no? El asesino me telefoneó el miércoles por la noche, en cuanto llegué, y me hizo ir a Lowestoft a cumplir un encargo descabellado. Se proponía alejarme de la casa y cerciorarse de que no tenía coartada para la hora de la muerte. Al menos, eso creo. De lo contrario, carece de sentido. Me coloca en un buen aprieto. Ojalá Liz hubiera entrado conmigo. No sé cómo demostrar que, cuando llegué, Maurice no estaba en casa o que no fui a dar un paseo por la playa con él, a última hora, convenientemente armado con un cuchillo de cocina. A propósito, ¿han encontrado el arma?

El inspector se limitó a responder que aún no la habían hallado y añadió:

—Señor Seton, me sería de gran utilidad que recordara más cosas sobre esa llamada.

—No puedo. —De pronto Seton parecía malhumorado. Prosiguió con hosquedad—: No hace más que preguntarme por esa llamada y le repito que no la recuerdo. ¡Maldita sea! Desde entonces he recibido un fuerte y sangriento golpe en la cabeza. Si me dijera que me lo he inventado, no me sorprendería, pero tuvo que ocurrir porque, de lo contrario, no habría sacado el coche. Estaba rendido y de ningún modo habría partido a Lowestoft sólo por diversión. Estoy seguro de que alguien telefoneó. Pero no consigo recordar el timbre de esa voz, ni siquiera si era hombre o mujer.

—¿Y el mensaje?

—¡Inspector, se lo he dicho mil veces! La voz dijo que hablaba desde la comisaría de Lowestoft, que el cadáver de Maurice había llegado a la playa en mi bote, con las manos tajadas.

—¿Tajadas o cortadas?

—¡No lo recuerdo! Creo que tajadas. Resumiendo, debía trasladarme inmediatamente a Lowestoft para identificar el cadáver. Fui. Sabía dónde guardaba Maurice las llaves del coche y, por supuesto, el depósito del Vauxhall estaba lleno. O por desgracia. Estuve a punto de matarme. Oh, ya sé que pensará que la culpa fue mía. Reconozco que durante el trayecto bebí uno o dos tragos del frasco. ¡Es asombroso! Estaba terriblemente cansado antes de salir, el martes había pasado una mala noche..., no puede decirse que West Central sea un hotel. Y a eso hay que añadir el largo viaje en tren.

—¿Y se fue directamente a Lowestoft sin molestarse en comprobar la veracidad de la llamada? —preguntó Reckless.

—¡Claro que la comprobé! Cuando llegué a la carretera, decidí ver si *Sheldrake* había desaparecido realmente. Bajé por Tanner's Lane tanto como pude y luego caminé hasta la playa. El bote no estaba. Me pareció suficiente. Supongo que piensa que tendría que haber telefoneado a la comisaría, pero no se me ocurrió que el mensaje podía ser falso hasta que me puse en camino, y entonces lo más fácil era comprobar si el bote aún estaba. Diría que...

—Diga —lo aguijoneó Reckless serenamente.

—Diría que quien telefoneó debía saber que estaba aquí. No pudo ser Liz Marley porque acababa de irse cuando sonó el teléfono. Bueno, ¿quién más podía serlo?

—Tal vez lo vieron llegar —comentó Reckless—. Supongo que al entrar encendió la luz. La casa iluminada se ve desde varios kilómetros de distancia.

—Encendí la luz, ya lo creo, todas las luces. De noche este lugar me pone los pelos de punta. De todos modos, no deja de ser extraño.

Era extraño, pensó Dalgliesh. Probablemente la explicación del inspector era corriente. Todo Monksmere Head pudo divisar esas luces llameantes. Cuando se apagaron, alguien tuvo la certeza de que Digby Seton había salido. ¿Por qué lo mandaron a un recado disparatado? ¿Aún había algo que hacer en Seton House? ¿Había que buscar algo? Era necesario destruir alguna prueba. ¿El cadáver estaba escondido en Seton House? Eso era imposible si Digby decía la verdad sobre el bote desaparecido.

Súbitamente, Digby preguntó:

—¿Qué tengo que hacer para que el cadáver se consagre a la investigación médica? Maurice nunca me dijo que el asunto le interesara. De todos modos, si era eso lo que quería...

Miró inquisitivo de Dalgliesh a Reckless, y éste respondió:

—En su caso, yo ahora no me preocuparía. Entre los papeles de su hermano figuran las instrucciones y los formularios oficiales necesarios. Pero habrá que esperar.

—Sí, supongo que sí —dijo Seton—. Pero no me gustaría..., quiero decir que si era eso lo que quería...

Se interrumpió porque no sabía qué añadir. Había perdido gran parte de su entusiasmo y parecía muy cansado. Dalgliesh y Reckless se miraron, compartiendo la idea de que se tendría más información sobre el cadáver de Maurice en cuanto Walter Sydenham acabara con él, el eminente y minucioso doctor Sydenham, cuyo texto sobre patología forense dejaba claro que era partidario de una incisión inicial del cuello a la ingle. Tal vez los miembros de Seton fueran útiles para las prácticas de los estudiantes de medicina, que probablemente no era en lo que había pensado el escritor. Sin embargo, su cadáver ya había contribuido a la ciencia médica.

Reckless se disponía a marcharse. Comunicó a Seton que se requeriría su presencia en la investigación, dentro de cinco días —invitación que recibió sin entusiasmo—, y reunió sus papeles con la satisfecha eficacia de un agente de seguros al concluir una buena mañana de trabajo. Digby lo contemplaba con la actitud desconcertada y ligeramente temerosa de un chiquillo que considera pesada la compañía de adultos pero que no está convencido de si desea que lo dejen solo. Reckless cerró su maletín e hizo la última pregunta como quien no quiere la cosa:

—Señor Seton, ¿no le parece extraño que su hermanastro decidiera nombrarlo su heredero? Da la impresión de que no estaba en muy buenas relaciones con él.

—¡Ya se lo he dicho! —gimió Seton a modo de protesta—. No hay nadie más. Además, éramos bastante amigos. Quiero decir que me ocupé de llevarme bien con él. No era difícil si uno le alababa sus espantosos libros y se esforzaba en llevarle la corriente. Siempre que puedo, me gusta llevarme bien con la gente. Me desagradan las disputas y los disgustos. Creo que no habría soportado mucho tiempo su compañía, pero no venía aquí muy a menudo. Ya le he dicho que no lo había visto desde las vacaciones de agosto. Y Maurice se sentía solo. Soy el único pariente que le quedaba y le gustaba pensar que tenía a alguien con quien estaba emparentado.

—De modo que usted lo aguantó por su dinero —dijo

Reckless—. ¿Y él lo aguantó porque tenía miedo de quedarse totalmente solo?

—¡Qué se le va a hacer, así es la vida! —Seton no se inmutó—. No hay nada que hacer. Todos queremos algo de los demás. Inspector, ¿hay alguien que lo quiera sólo por sí mismo?

Reckless se levantó y cruzó la puertaventana abierta. Dalgliesh lo siguió y, en silencio, permanecieron juntos en la terraza. Aunque el viento era fresco, el sol aún brillaba tibio y dorado. En el mar azul verdoso, un par de velas blancas se desplazaban a rachas, como rollos de papel impulsados por el viento. Reckless se sentó en los escalones que iban de la terraza hasta la estrecha línea de césped y el borde del acantilado. Con la irracional sensación de que no podía permanecer de pie pues ponía a Reckless en situación desventajosa, Dalgliesh se sentó a su lado. Las piedras estaban inesperadamente frías al contacto con sus manos y sus muslos, lo que recordaba que el calor del sol otoñal carecía de fuerza. El inspector dijo:

—Desde aquí no se puede bajar a la playa. Supuse que a Seton le habría gustado tener un camino particular. Hay un buen trecho hasta Tanner's Lane.

—Aquí los acantilados son muy altos y la roca es poco firme. Sería difícil construir una escalera —explicó Dalgliesh.

—Tal vez. Debió de ser un hombre extraño. Quisquilloso y metódico. Piense por ejemplo en el fichero. Sacaba ideas para sus obras de periódicos, de revistas y de los comentarios de la gente. O se las inventaba. Todo está perfectamente catalogado, esperando el momento de ser utilizado.

—¿Y la aportación de la señorita Calthrop?

—No está, pero no creo que tenga demasiada importancia. Sylvia Kedge me dijo que cuando Seton vivía aquí, normalmente la casa no se cerraba con llave. Parece que todos dejan abierta la puerta de su casa. Cualquiera pudo entrar y llevarse la ficha. En este sentido, cualquiera pudo leerla. Tengo la impresión de que entran y salen de sus casas como les da la gana. Supongo que tiene que ver con la soledad. Y lo digo suponiendo que Seton redactara esa ficha.

—O que la señorita Calthrop le diera esa idea —acotó Dalgliesh.

Reckless lo miró.

—¿A usted también le llamó la atención? ¿Qué opina de Digby Seton?

—Lo mismo que siempre he pensado de él. Se necesita un esfuerzo de voluntad para entender a un hombre cuya mayor ambición es dirigir su propio club. Hay que reconocer que probablemente a él le cuesta el mismo trabajo entender por qué nosotros somos policías. No creo que Digby tenga valor o cerebro suficientes para planificar este asesinato. Es un hombre mediocre.

—Estuvo en comisaría casi toda la noche del martes. Telefoneé a West Central y comprobé que era verdad. Además, estaba borracho, no había nada fingido.

—Muy conveniente para él.

—Señor Dalgliesh, tener una coartada siempre resulta muy conveniente. Sin embargo, hay algunas que no pienso perder un minuto en tratar de desbaratar. Por ejemplo, la de Digby Seton. Además, a menos que ahora estuviera representando, ignora que el arma no fue un cuchillo. Está convencido de que Seton murió el miércoles por la noche. Maurice no podía estar vivo, en su casa, cuando el miércoles llegaron Digby y la señorita Marley. Eso no significa que su cadáver no estaba aquí. Pero no me imagino a Digby procediendo a la carnicería ni veo por qué razones podía haberlo hecho. Si hubiera encontrado el cadáver y le hubiese entrado el pánico, habría empinado el codo y regresado corriendo a la ciudad, pero no se le habría ocurrido organizar una complicada comedia. Chocó en la carretera de Lowestoft, no en la de Londres. Tampoco creo que estuviera enterado del simpático primer capítulo propuesto por la señorita Calthrop para una novela policiaca.

—A menos que Eliza Marley se lo comentara durante el viaje.

—¿Por qué iba a contárselo a Digby Seton? No es el tema de conversación más agradable para el viaje a casa. Está bien supongamos que ella lo sabía y se lo contó a Digby o que, de alguna manera, él se enteró. Llega y encuentra el cadáver de su hermano. En el acto decide crear una novela policiaca de la vida misma tajando las manos de Maurice y arrojando su cuerpo al mar. ¿Por qué? ¿Qué arma utilizó? Recuerde que yo vi el cuerpo y juraría que tenía las manos tajadas, no cortadas ni serruchadas, sino tajadas. ¡De cuchillo de cocina, nada! El hacha de Seton sigue guardada. Y la de su tía..., si es que fue el arma homicida..., la robaron hace tres semanas.

—Entonces Digby Seton está excluido. ¿Qué puede decir del resto?

—Sólo hemos tenido tiempo de hacer una comprobación preliminar. Esta tarde les tomaré declaración. Parece que todos pueden ofrecer una coartada para la hora de la muerte, todos menos la señorita Dalgliesh. No resulta sorprendente, dado que vive sola.

La voz llana y monótona no se demudó. Los ojos melancólicos seguían contemplando el mar. Dalgliesh no se dejó engañar. De modo que ése era el motivo de su convocatoria a Seton House, lo habían llamado para oír el inesperado arranque de sinceridad del inspector. Sabía que Reckless estaba en una situación incómoda. Había una mujer mayor y soltera que llevaba una vida solitaria y aislada. No tenía coartada para la hora del deceso ni para la noche del miércoles, cuando se arrojó el cadáver al mar. Disponía de un acceso casi privado a la playa. Sabía dónde estaba varado *Sheldrake*. Medía casi metro ochenta, era una mujer de campo fuerte y ágil, le gustaban las caminatas hasta el agotamiento y estaba acostumbrada a la noche.

Hay que admitir que el móvil no se veía por ningún lado. ¿Y eso qué significaba? A pesar de lo que le había dicho a su tía esa misma mañana, Dalgliesh sabía perfectamente que el móvil no es lo más importante. El detective que se concentraba con toda lógica en «dónde, cuándo y cómo» encontraba inevitablemente el «porqué», que le era revelado con su despreciable insuficiencia. El viejo jefe de Dalgliesh solía decir que cuatro cosas —amor, lujuria, odio y lucro— abarcaban todos los móviles del crimen. Aparentemente era bastante cierto. Sin embargo, los móviles eran tan variados y complejos como la personalidad humana. Estaba seguro de que la mente terriblemente experimentada del inspector estaba ocupada recordando casos anteriores en los que la mala hierba del recelo, la soledad o una aversión irracional habían desembocado en violencia y muerte inesperadas.

De pronto Dalgliesh fue presa de una cólera tan intensa que durante unos segundos se le paralizó el habla e incluso el pensamiento. La ira recorrió su cuerpo como una náusea avasalladora que lo dejó pálido y estremecido de asco hacia sí mismo. Afortunadamente, el ahogo de furia lo salvó de los peores desatinos de la palabra, del sarcasmo, de la indignación y de la absurda protesta de que su tía sólo prestaría declaración en presencia de su abogado. Su tía no necesitaba abogado, contaba con él. ¡Dios mío, qué vacaciones!

Se oyó un crujido de ruedas. Sylvia Kedge pasó la silla a través de las puertaventanas y maniobró hasta situarse junto a ellos. En lugar de hablar, miró concentrada el sendero que bajaba hacia la carretera. Siguieron su mirada. La furgoneta de Correos, brillantemente compacta como un juguete, se deslizaba por el promontorio hacia la casa.

—Es el cartero —dijo Sylvia.

Dalgliesh notó que la mujer se aferraba a los bordes de la silla y que tenía los nudillos blancos. Cuando la furgoneta paró delante de la terraza, vio que su cuerpo se erguía a medias y se tensaba como dominado por una súbita rigidez. En el silencio que estalló al apagarse el motor de la furgoneta, oyó su ahogada respiración.

El cartero cerró violentamente la puerta de la furgoneta y se acercó, saludándolos con entusiasmo. No obtuvo respuesta de la joven y, asombrado, paseó la mirada de su rostro rígido a las figuras inmóviles de los dos hombres. Entregó la correspondencia a Reckless. Sólo traía un sobre de color amarillo con las señas escritas a máquina.

—Es igual que el anterior, señor, como el que ayer le entregué a Sylvia Kedge —dijo, inclinó la cabeza hacia la señorita Kedge y, como no obtuvo respuesta, retrocedió torpemente hacia la furgoneta. Murmuró—: Buenos días.

Reckless se dirigió a Dalgliesh:

—Está dirigido a Maurice Seton, Esq. Lo llevaron a la oficina de Correos de Ipswich a última hora del miércoles o a primera del jueves. El matasellos es de ayer a mediodía.

Sujetó delicadamente el sobre por una esquina, como si no quisiera añadir más huellas digitales. Lo abrió con el pulgar derecho. Contenía un solo folio mecanografiado a doble espacio. Reckless leyó en voz alta:

—«El cadáver sin manos yacía en el fondo de un pequeño bote de vela que iba a la deriva y apenas se divisaba desde la costa de Suffolk. Era el cuerpo de un hombre de mediana edad, un cadáver pequeño y atildado; su mortaja, un traje de rayas oscuras que en la muerte se adaptaba a su delgado cuerpo tan elegantemente como en vida...»

Súbitamente Sylvia Kedge extendió la mano y dijo:

—Déjeme ver. —Reckless titubeó, pero finalmente le entregó la hoja—. Lo escribió él —dijo Sylvia con voz ronca—. Lo escribió él. Ésta es la letra de su máquina.

—Tal vez —aceptó Reckless—, pero no pudo enviarlo por correo. Aunque entrara en el buzón a última hora de la noche del miércoles, él no pudo enviarlo. Ya estaba muerto.

—¡Lo mecanografió él! —chilló Sylvia—. Se lo digo porque conozco su trabajo. ¡Lo mecanografió y eso que no tenía manos!

Soltó varias carcajadas de risa histérica. Resonaron en el promontorio como un eco salvaje y sobresaltaron una bandada de gaviotas que, gritando alarmadas, se elevaron desde el borde del acantilado en una única nube blanca.

Reckless miró el cuerpo rígido y la boca gritona con especulativa tranquilidad, sin hacer el menor ademán por consolarla o ayudarla a dominarse. Digby Seton apareció súbitamente en las puertaventanas, pálido bajo el grotesco vendaje.

—¿Qué demonios...?

Reckless lo miró sin inmutarse y dijo con voz monocorde:

—Señor Seton, acabamos de tener noticias de su hermano. ¿No le parece agradable?

12

Tardaron un rato en apaciguar a la señorita Kedge. A Dalgliesh no le cabía la menor duda de que su histeria era genuina, de que no estaba representando. Simplemente, se sorprendió de que ella se alterara tanto. De todos los miembros de la reducida comunidad de Monksmere, sólo Sylvia Kedge parecía sinceramente sorprendida y dolida por la muerte de Seton. Y, sin duda, la conmoción era auténtica. Se había mostrado y comportado como una mujer que tiene un precario dominio de sí misma y que en cierto momento se derrumba. Hizo notorios esfuerzos por serenarse y logró recuperarse lo suficiente como para ser acompañada a Tanner's Cottage por Courtney, que había sucumbido plenamente al patetismo de su rostro tenso y sus ojos suplicantes, y que empujó la silla de ruedas por el camino como una madre que expone a su frágil recién nacido a las luces deslumbradoras de un mundo potencialmente hostil. Dalgliesh se alegró de verla partir. Se había dado cuenta de que Sylvia no le caía bien y se sentía más que avergonzado pues sabía que el origen de este sentimiento era irracional e innoble: la consideraba físicamente repelente. La mayoría de los vecinos usaban a Sylvia Kedge para satisfacer a bajo precio su propensión a la compasión, al tiempo que se aseguraban la recuperación de lo que invertían. Como tantos inválidos, era tratada con condescendencia y también explotada. Dalgliesh se preguntó qué opinaba Sylvia de sus vecinos. Lamentó su falta de compasión, pero le era difícil no contemplar con cierto desdén el modo en que

Sylvia sacaba ventaja de su incapacidad. ¿Tenía alguna otra arma? Dalgliesh despreció al joven policía por haber capitulado tan fácilmente y a sí mismo por su insensibilidad, y emprendió el regreso a Pentlands para comer. Decidió ir a pie por la carretera. Aunque se tardaba más y era menos interesante, le desagradaba volver sobre sus pasos. El itinerario lo obligaba a pasar por la casa de Bryce. Al llegar, se abrió una ventana de la planta alta; el propietario asomó la cabeza y gritó:

—Querido Adam, pase. Lo estaba esperando. Sé que ha estado espiando para su horrible amiguito, pero no le reprocho nada. Deje afuera su látigo de rinoceronte y sírvase una copa de lo que más le guste. Bajo en un momento.

Dalgliesh titubeó, pero finalmente abrió la puerta de la casa. La reducida sala estaba desordenada, como de costumbre: un depósito de curiosidades que Bryce no tenía posibilidad de albergar correctamente en su piso londinense. Dalgliesh decidió esperar antes de servirse una copa y gritó escaleras arriba:

—No es mi horrible amiguito, sino un policía muy competente.

—¡Ah, por supuesto! —la voz de Bryce sonaba amortiguada. Evidentemente una prenda de vestir le tapaba la cara—. Lo bastante competente para detenerme si no soy astuto. Hace seis semanas me pararon por exceso de velocidad en la A13 y el agente, una bestia fornida de mirada camaleónica, fue de lo más descortés. Le escribí al jefe de policía. Fue una tontería, lo reconozco. Ahora me doy cuenta. Me la tienen jurada, no cabe duda. Seguro que mi nombre figura en alguna lista negra.

Bryce había entrado en la sala y Dalgliesh reparó con sorpresa en que parecía preocupado. Murmuró palabras tranquilizadoras, aceptó una copa de jerez —las bebidas que servía Bryce siempre eran excelentes— y se acomodó en la última adquisición, una encantadora silla victoriana de respaldo alto.

—Ya está bien, Adam, suelte el rollo. ¿Qué ha averiguado Reckless? ¡Qué apellido tan absurdo!*

—No me ha confiado todas sus preocupaciones, pero sé que ha llegado por correo otra entrega del manuscrito. Está mucho mejor escrita que la anterior. Se trata de una descripción de un cuerpo sin manos en un bote y, aparentemente, la mecanografió el propio Seton.

Dalgliesh consideraba que no había motivos para ocultar esta información a Bryce. No era probable que Sylvia Kedge la guardara para sí.

—¿Cuándo salió por correo?

—Ayer, antes de mediodía, desde Ipswich.

Bryce gimió consternado.

—¡Ay, no! ¡Es increíble que llegara de Ipswich! El jueves uno estuvo en Ipswich, donde va a menudo. Uno va a hacer la compra. Uno no tiene coartada.

—Probablemente no es usted el único que carece de coartada —reconoció Dalgliesh con tono consolador—. La señorita Calthrop salió en coche. Lo mismo que Latham. Y si a eso vamos, yo también. Hasta esa mujer de Priory House salió en la calesa. La vi mientras subía por el promontorio.

—Ésa debe de ser Alice Kerrison, el ama de llaves de Sinclair. No creo que haya pasado de Southwold. Probablemente fue a buscar comida.

—¿El jueves por la tarde? ¿No es el día en que las tiendas cierran temprano?

—Vamos, amigo Adam, ¿qué importancia tiene? Supongo que salió a dar un paseo. No creo que sea capaz de ir a Ipswich en calesa sólo para echar al correo un documento incriminador. Aunque hay que tener en cuenta que odiaba a Seton. Fue ama de llaves de Seton House hasta la muerte de Dorothy. Sinclair la contrató después del

* Reckless significa, literalmente, imprudente, temerario. (*Nota de la T.*)

suicidio de Dorothy y desde entonces está con él. ¡Fue algo realmente extraordinario! Alice se quedó con Seton hasta que acabó la investigación y luego, sin decir esta boca es mía, lió los petates y caminó hasta Priory House para preguntarle a Sinclair si podía darle trabajo. Evidentemente, Sinclair había llegado a una situación en la que el deseo de bastarse a sí mismo no incluía la colada, y la contrató. Por lo que sé, ninguno de los dos se ha arrepentido.

—Hábleme de Dorothy Seton —propuso Dalgliesh.

—¡Ah, Adam, qué hermosa era! En alguna parte tengo una foto de ella que me gustaría mostrarle. Era extraordinariamente neurótica, sin duda, pero bellísima. Creo que la definición correcta es maníaca depresiva. Agotadoramente alegre un instante, y al siguiente tan deprimida que su melancolía resultaba contagiosa. Para mí era muy negativo. Tengo bastantes dificultades para convivir con mi propia neurosis como para hacer frente a la de los demás. Tengo entendido que se las ingenió para hacer la vida imposible a Seton. Uno podría llegar a sentir lástima por él si no fuera por la pobre Arabella.

—¿Cómo murió? —quiso saber Dalgliesh.

—¡Fue espeluznante! Seton la colgó del gancho de la carne que hay en una de las vigas de la cocina. Jamás olvidaré ese cuerpo querido y peludo que colgaba como un conejo. Aún estaba caliente cuando la bajamos. Venga, se lo mostraré.

Dalgliesh ya había sido arrastrado a la cocina cuando se dio cuenta de que Bryce hablaba de la gata. Logró dominar la tentación de soltar una carcajada y siguió a Bryce. Éste temblaba de ira, sujetaba el antebrazo de Dalgliesh con sorprendente fuerza y señalaba el gancho con impotente furia, como si el objeto compartiera la culpa de Seton. No había la menor posibilidad de obtener información sobre la muerte de Dorothy Seton ahora que recordaba tan vívidamente el fin de Arabella. Dalgliesh entendía el punto de vista de Bryce. Su amor hacia los felinos también era profundo, aunque no lo expresara tan estentóreamente. Si Seton había eliminado sin motivo, con malicia y con sed de venganza un animal hermoso, era difícil perdonárselo. Sin duda debió de ganarse un montón de enemigos.

Dalgliesh preguntó quién había encontrado a Arabella.

—Sylvia Kedge. Había quedado en dictarle unos textos y me retrasé cuando venía de Londres. Llegué cinco minutos tarde. Sylvia había telefoneado a Celia para pedirle que viniera y descolgara a Arabella del gancho. Ella no podía coger a la gata porque no llegaba desde la silla. Como es lógico, ambas estaban muy nerviosas. A Sylvia se le revolvió el estómago. Tuvimos que empujar la silla de ruedas hasta la pila y me vomitó en los platos fregados. No me extenderé sobre mis sufrimientos. Creí que conocía esta historia. Le pedí a la señorita Dalgliesh que le escribiera. Esperaba que viniera para demostrar que Seton era el autor de semejante ignominia. La policía local no movió un dedo. ¡Piense en el revuelo y las tonterías que habría provocado si hubiera sido un ser humano! Típico de Seton. Es realmente absurdo. No soy un sentimental que opina que los seres humanos son más importantes que cualquier otra forma de vida. Somos demasiados y la mayoría ni sabemos ser felices ni hacer felices a los otros. Y somos horribles. ¡Horribles! Adam, usted conoció a Arabella. ¿No cree que era un ser bellísimo? ¿No cree que mirarla era un privilegio? Esa gata realzaba la vida.

Aunque se estremeció por las palabras elegidas por Bryce, Dalgliesh hizo los cumplidos de rigor sobre Arabella que, por cierto, había sido una gata hermosa y pagada de sí misma. Su tía le había mencionado el incidente en una de las cartas quincenales, pero —y esto no lo sorprendía— no le había pedido que se presentara y se hiciera cargo de la investigación. Dalgliesh evitó señalar que no existía la menor prueba material que incriminara a Seton. El problema había estado cargado de ira, resenti-

111

mientos y recelos, pero no se había hecho una valoración racional del mismo. Ahora no tenía ganas de resolverlo. Convenció a Bryce de que regresaran a la sala y volvió a preguntarle cómo había muerto Dorothy Seton.

—¿Dorothy? Había ido con Alice Kerrison a pasar las vacaciones de otoño en Le Touquet. La relación entre Seton y Dorothy iba de mal en peor. Se había vuelto muy dependiente de Alice y supongo que Seton pensó que sería bueno que alguien estuviera pendiente de ella. Llevaban fuera una semana cuando Seton se dio cuenta de que no soportaba la idea de seguir conviviendo con ella y le escribió para decirle que quería la separación. Nadie conoce el contenido exacto de la carta, pero Alice Kerrison estaba con Dorothy cuando la leyó y durante la investigación declaró que trastornó profundamente a la señora Seton y que ésta dijo que regresarían inmediatamente a casa. Seton había escrito desde el Cadaver Club, y cuando regresaron no había nadie. Alice afirmó que Dorothy parecía estar bien, muy serena y mucho más animada que de costumbre. Se puso a preparar la cena para las dos mientras Dorothy trabajaba un rato en su escritorio. Cuando acabó, dijo que iría a dar un paseo por la playa para ver el reflejo de la luna en el mar. Caminó hasta el pie de Tanner's Lane, se desnudó, hizo una ordenada pila con su ropa, le puso una piedra encima y se internó en el mar. Recuperaron el cadáver una semana después. Fue un suicidio, no cabe duda. Dejó una nota bajo la piedra, en la que decía que se había dado cuenta de que no era útil para sí misma ni para nadie y había decidido quitarse la vida. Era una nota muy directa, totalmente clara, totalmente lúcida. Recuerdo que entonces pensé que la mayoría de los suicidas hablan de ponerle fin a todo. Dorothy escribió, simplemente, que había decidido quitarse la vida.

—¿Qué pasó con la carta que escribió Seton?

—Nunca apareció. No estaba con las pertenencias de Dorothy y Alice tampoco la había visto destruirla. Pero

Seton fue muy sincero. Lo lamentaba mucho, pero había hecho las cosas lo mejor que podía. Le resultaba imposible perpetuar esa situación. No me di cuenta exacta de lo que había significado para él la convivencia con Dorothy hasta que dos años después vi su obra de teatro. Trataba del matrimonio con una neurótica, pero en la obra el que se suicida es el marido. Parece bastante coherente. Seton quería interpretar el papel principal. No me refiero literalmente, por supuesto. Pero podría haberlo hecho. No habría estado mucho peor que el pobre Barry. Tampoco es que uno responsabilice de todo a los actores. ¡Adam, la obra era pésima! Pero fue escrita con tremenda sinceridad y sufrimiento.

—¿Asistió a la representación? —le preguntó Dalgliesh.

—Amigo, estaba en una butaca del medio de la tercera fila, encogido de vergüenza. Seton ocupaba un palco. Lo acompañaba Celia, y uno no puede menos que reconocer que ella lo ponía por las nubes. Iba casi desnuda de cintura para arriba y resplandecía cubierta de bisutería como un árbol de Navidad. ¿Cree que Seton pretendía que la gente la tomara por su amante? Tengo la sospecha de que a Maurice le gustaba que lo consideraran un conquistador. Parecían una pareja de miembros de la familia real emigrados y venidos a menos. Seton incluso lucía una condecoración, una medalla de la Guardia Real o algo por el estilo. Yo estaba con Paul Markham, un muchacho muy sensible. Al final del primer acto, mi amigo estaba hecho un mar de lágrimas. Es verdad que lo mismo le ocurría a la tercera parte del público, pero sospecho que en su caso era de risa. Nos fuimos durante el primer intervalo y pasamos el resto de la velada bebiendo en Moloneys. Soporto una buena dosis de sufrimiento siempre que no me pertenezca, pero no paso por las ejecuciones públicas. Celia, que es una chica espléndida, aguantó hasta que cayó el telón. Después celebraron una fiesta en Ivy. Cada vez que recuerdo aquella velada, pienso que la pobre Arabella ha sido más que vengada.

—La crítica de Latham fue realmente despiadada, ¿verdad? ¿Tuvo la impresión de que estaba personalmente interesado en cargarse la obra?

—Me parece que no. —Los grandes ojos de Bryce, que miraban fijamente a Dalgliesh, eran inocentes como los de un niño. El inspector sentía un profundo respeto por la inteligencia de su interlocutor—. Oliver no soporta las obras malas ni a los malos actores, y cuando ambos factores coinciden se pone frenético. Si Oliver hubiera aparecido muerto y con las manos acuchilladas, uno podría haberlo entendido. La mitad de esas modelos analfabetas y de segunda categoría que pululan por Londres creyéndose actrices, lo habrían matado de buena gana si alguien les hubiera dicho cómo hacerlo.

—Latham conocía a Dorothy Seton, ¿no es verdad?

—¡Vamos, Adam! ¡No me venga con ésas! Amigo, es muy poco sutil. Claro que la conocía. Todos la conocíamos. Dorothy solía presentarse a cualquier hora. Unas veces borracha y otras sobria, pero siempre aburrida.

—¿Latham y ella eran amantes? —preguntó Dalgliesh sin ambages.

Tal como esperaba, la pregunta no desconcertó ni sorprendió a Bryce. Como todo cotilla inveterado, se interesaba básicamente por la gente. Era una de las primeras preguntas que se haría a sí mismo sobre cualquier hombre o mujer de su círculo que encontrara agradable la compañía de otro.

—Celia siempre dijo que lo eran, pero ya sabe cómo es Celia. Quiero decir que nuestra querida muchacha no imagina que pueda existir otro tipo de relación entre un hombre heterosexual y una mujer atractiva. En lo que a Latham se refiere, probablemente no se equivoca. Tampoco se puede culpar a Dorothy, encerrada en ese invernadero con Seton, llevando una vida tan monótona. Te-

114

nía derecho a buscar consuelo donde pudiera, siempre que no fuera conmigo.

—¿Cree que Latham sentía un afecto especial por ella?

—No lo sé, pero yo diría que no. El pobre Oliver siente ascos de sí mismo. Persigue a una mujer y cuando por fin ella se enamora de él, la desprecia por haber elegido tan mal. Las pobres nunca pueden ganar. Debe ser muy agotador sentir tanto desagrado por uno mismo. En este sentido soy muy afortunado, pues me encuentro fascinante.

Esa fascinación empezaba a cansar a Dalgliesh. Consultó la hora, comentó con firmeza que era la una menos cuarto y que lo esperaba la comida e hizo ademán de partir.

—Espere, debería ver esa fotografía de Dorothy. La tengo guardada en algún rincón. Así tendrá idea de qué hermosa era. —Abrió la tapa corredera del escritorio y revolvió las pilas de papeles. Dalgliesh pensó que era un trabajo imposible. En ese caos debía de existir cierto orden porque, en menos de un minuto, Bryce encontró la foto y se la entregó a Dalgliesh—. La hizo Sylvia Kedge un día de julio en que fuimos a la playa. Es muy aficionada a la fotografía.

Sin lugar a dudas, la foto carecía de cualquier viso de profesionalidad. El grupo de excursionistas se había agrupado alrededor de *Sheldrake*. Estaban todos: Maurice y Digby Seton; Celia Calthrop con una chiquilla en actitud huraña en la que reconoció a Liz Marley; Oliver Latham y el propio Bryce. Dorothy Seton, en bañador, estaba apoyada contra el casco del bote y sonreía a la cámara. Aunque la instantánea era buena, no mostraba nada a Dalgliesh, salvo que Dorothy tenía una figura atractiva y sabía cómo exhibirla. El rostro pertenecía a una mujer agraciada, pero eso era todo. Bryce contempló la foto por encima del hombro de Dalgliesh. Como alcanzado por esta prueba renovada de la perfidia del tiempo y del recuerdo, comentó pesaroso:

—Es extraño...; en realidad, no transmite la menor impresión de cómo era..., creía que la foto era mejor...

Bryce lo acompañó hasta la verja. Dalgliesh ya se iba cuando una furgoneta subió traqueteando por el camino y paró con un batacazo junto a la verja. Del vehículo se apeó una mujer robusta y de negra melena, con piernas como jambas por encima de los calcetines blancos y las sandalias de escolar, a la que Bryce saludó con grititos de entusiasmo.

—¡Señora Bain-Porter! ¡No me diga que los ha traído! ¡Los ha traído! Es todo un detalle.

La señora Bain-Porter poseía una voz femenina, cultivada, ronca y resonante, acostumbrada a intimidar a los ilotas del imperio o a cruzar un campo de hockey en pleno vendaval. Sus palabras retumbaron estentóreamente en los oídos de Dalgliesh.

—Cuando ayer recibí su carta, decidí correr el riesgo. He traído a los tres más guapos de toda la camada. Creo que es mucho mejor poder elegirlos en casa. También es mejor para ellos.

La señora Bain-Porter abrió la puerta trasera de la furgoneta y, con ayuda de Bryce, extrajo con suma delicadeza tres cestas para gatos de las que en el acto se elevó un contrapunto agitado, chirriante y de soprano a la voz de bajo de la señora Bain-Porter y a los gozosos gorjeos de Bryce. Los concertistas franquearon la puerta de la casa. Dalgliesh emprendió el regreso en actitud contemplativa. Era una de esas minucias que pueden significarlo todo o nada. Sin embargo, si el jueves la señora Bain-Porter recibió una carta de Julian Bryce, éste tuvo que enviarla, a más tardar, el miércoles. Lo que significaba que el miércoles Bryce había decidido arriesgarse con relación a la propensión de Seton a matar gatos o había sabido que ya no había nada que temer.

13

El viernes por la tarde los sospechosos fueron a pie, en coche o trasladados hasta la modesta fonda de las afueras de Dunwich que Reckless había elegido como cuartel general y prestaron declaración. Siempre habían considerado Green Man como su bar local —a decir verdad, daban por sentado que George Prike llevaba el bar fundamentalmente en beneficio de ellos— y criticaron la elección del inspector por tosca e insensible y por no tener en cuenta el bienestar del grupo. A pesar de que iba a Green Man menos que los demás, Celia Calthrop fue muy severa y condenó con mordacidad el desatino de George al permitir que lo colocaran en una posición tan odiosa. Dudaba de que pudiera seguir comprándole el jerez a George si se veía obligada a recordar al inspector Reckless cada vez que tomara una copa o visitara el salón interior; la experiencia se volvería insoportablemente traumática. Latham y Bryce compartían su opinión sobre el inspector. La primera impresión que les había causado era desfavorable y, a medida que lo evaluaron, llegaron a la conclusión de que les caía mal. Bryce sugirió que tal vez un conocimiento demasiado íntimo del inspector Briggs, creado por Seton, les había aguado la fiesta. Briggs, al que en un exceso de falsa camaradería el honorable Martin a veces llamaba Briggsy, poseía una humildad que no habían percibido en el inspector Reckless. Pese a su importancia para Scotland Yard, Briggsy siempre se alegraba de desempeñar un papel secundario para Carruthers y, lejos de molestarse por la interferencia del honorable Martin en sus casos, apelaba a él cada vez que era necesaria su enorme pericia. Puesto que Carruthers era experto en vinos, mujeres, heráldica, terratenientes, venenos esotéricos y en las sutilezas de los poetas isabelinos de segunda fila, a menudo su opinión era de un valor inapreciable. Como señaló Bryce, el inspector Briggs no citaba jamás a la gente en su pub preferido para someterla a interrogatorios ni la miraba fijamente con sus ojos oscuros y taciturnos como si sólo oyera a medias lo que decía y no se lo creyera. Tampoco daba la impresión de considerar a los escritores distintos de los hombres inferiores, salvo en su capacidad para inventar coartadas más ingeniosas. Si el inspector Briggs pedía a sus sospechosos que prestaran declaración —algo que sólo ocurría en contadas ocasiones—, la investigación se llevaba a cabo, por regla general, en la comodidad de sus hogares, asistidos por policías obsequiosos y en presencia de Carruthers para asegurar, de la manera más cordial posible, que el inspector Briggs no se pasara de la raya.

Tuvieron la precaución de no llegar todos juntos a la fonda. Las cándidas confidencias del jueves por la noche habían dado paso a cierta cautela. Hasta el viernes por la tarde habían tenido tiempo para pensar, y la muerte de Seton ya no se veía como una estrafalaria excursión de la literatura en la vida, sino como una realidad muy perturbadora. Reconocieron algunas verdades desagradables. Aunque Seton fue visto con vida por última vez en Londres, su cuerpo mutilado fue lanzado al mar desde la playa de Monksmere. No hacían falta complicados cálculos con cartas marinas, fuerzas de los vientos o el arrastre de la marea y las corrientes para que se convencieran de que había sido así. Quizás había tenido problemas en Londres con su ingenua búsqueda del original, pero el manuscrito falso, las manos cortadas y la llamada telefónica a Seton House poseían un sabor local. Celia Calthrop era la partidaria más acérrima de la teoría de que lo había matado una pandilla de ladrones de Londres, pero no pudo dar una explicación convincente sobre cómo sabían los delincuentes dónde estaba varado *Sheldrake* o por qué habían decidido devolver el cadáver de Seton a Suffolk. Todos coincidieron en que la frase «para arrojar las sospechas sobre nosotros, naturalmente» era muy poco convincente, dado que planteaba más preguntas de las que respondía.

Después de prestar declaración, hubo varias llamadas telefónicas. Con cautela, como si creyera que los teléfonos estaban intervenidos, la reducida comunidad intercambió fragmentos de información, rumores o conjeturas que, aunados, probablemente transmitían todo lo que se sabía. En ese momento eran reacios a encontrarse, temerosos de lo que pudieran oír o, peor aún, de lo que pudieran decir involuntariamente. Sin embargo, estaban ávidos de información.

Amable, reservada y nada colaboradora, Jane Dalgliesh respondió a todas las llamadas que hicieron a Pentlands. Salvo Celia Calthrop, nadie quiso traicionarse preguntando por Adam, pero tuvo tan poco éxito que le pareció mejor pensar que el inspector no tenía nada que decir. Hablaron entre sí, abandonando paulatinamente la cautela en su necesidad de confiar en los otros y de estar al tanto de las novedades. Los retazos de información —la mayoría de los cuales cambiaron sutilmente al ser expresados, y algunos basados en la esperanza más que en la realidad— crearon una imagen incompleta y ambigua. Nadie había modificado su explicación y las diversas coartadas del martes por la noche, planteadas con impaciente confianza, habían resistido las investigaciones hasta entonces realizadas por la policía. Se daba por sentado que la invitada de Latham no había puesto objeciones para corroborar su exposición, pero como Reckless no comunicaba nada y Latham mostraba una caballerosa reticencia, quedó insatisfecha la curiosidad general sobre el nombre de la dama en cuestión. La noticia de que Eliza Marley había reconocido que pasó la noche del martes en Londres creó toda suerte de especulaciones, estimuladas por las frecuentes y poco convincentes explicaciones de Celia en el sentido de que su sobrina tenía necesidad de visitar la Biblioteca de Londres. Como comentó Bryce con Latham, sería comprensible si la pobre chica estudiara en Redbrick pero, por lo que él recordaba de sus tiempos en Cambridge, allí había libros más que suficientes. La policía había registrado los coches de Bryce y Latham, y como éstos prácticamente no protestaron, todos coincidieron en que no tenían nada que temer. Se comentó que el doctor Forbes-Denby había sido reconfortantemente ofensivo con el inspector Reckless cuando lo telefoneó desde Green Man mientras Bryce prestaba declaración, y había insistido en considerar la llamada de Bryce como un asunto de estricta confianza entre él y su paciente. Al final y gracias a la insistencia histérica de Bryce, había accedido a decir que recordaba la llamada. La exposición de Celia en el sentido de que había dado a Seton la idea de un cadáver flotante quedó corroborada por un viejo marinero de Walberswick, que telefoneó a Green Man para decir que recordaba que unos meses atrás el señor Seton le había preguntado si un cadáver metido en un bote regresaría a la orilla después de ser arrojado en la playa de Monksmere. Como nadie había puesto en duda la declaración de Celia, el asunto no resultó más que ligeramente interesante. Frente a su deseo compartido de encontrar apoyo para la teoría de que el crimen era obra de una pandilla de maleantes londinenses, fue deprimente el hecho de que nadie, salvo Bryce, hubiera visto desconocidos en Monksmere la noche del miércoles. Estaba fuera, sacando leña de la leñera, poco después de las siete, cuando un motorista cogió el camino desde la carretera y cambió de sentido a las puertas de su casa. Justin detestaba las motos y el ruido había sido insufrible. Había lanzado gritos de protesta y el conductor se había vengado acelerando el motor durante varios minutos, a la puerta de su casa, haciendo lo que Bryce describió como ademanes grotescos. Al final, con un bocinazo ensordecedor, se había alejado a todo gas. Ignoraban qué opinaba Reckless de este asunto, si bien solicitó a Bryce una descripción completa del motorista, descripción que probablemente habría apuntado si Bryce hubiera podido darla. El hombre llevaba traje de cuero negro, casco y gafas, y Bryce sólo pudo decir que evidentemente era joven y tenía unos modales abominables. Celia estaba segura de que formaba parte de la pandilla. ¿Qué otra cosa podía hacer semejante individuo en Monksmere?

A mediodía del sábado, los rumores se habían reproducido y multiplicado. Digby había heredado cien mil, doscientas mil, medio millón de libras; la autopsia se retrasaba porque el doctor Sydenham no lograba descubrir la causa de la muerte; la causa de la muerte era asfixia, estrangulamiento, envenenamiento, ahogo, hemorragia; Forbes-Denby le había dicho a Reckless que Seton estaba en condiciones de durar veinte años más, el corazón de Seton podía dejar de latir en cualquier momento; Adam Dalgliesh y el inspector Reckless apenas se dirigían la palabra; Reckless habría detenido a Jane Dalgliesh si hubiera logrado dar con el móvil; Sylvia Kedge se mantenía en sus trece y no quería aceptar las trescientas libras legadas que Digby estaba dispuesto a pagarle; el viernes por la noche Reckless se había presentado a última hora en Priory House, y él y sus hombres fueron vistos recorriendo con la ayuda de linternas el sendero de los acantilados; la audiencia estaba programada para el miércoles a las dos y media. Sólo había unanimidad sobre este punto. La pesquisa judicial fue acordada, sin lugar a dudas, para el miércoles siguiente. Habían requerido la comparecencia de Digby Seton y Sylvia Kedge. Los que podían elegir no sabían si su presencia despertaría curiosidad, si serviría para apaciguar las sospechas o si sería prudente asistir como expresión de su debido respeto hacia el muerto.

El sábado por la mañana corrió la voz de que a última hora del viernes el inspector Reckless había abandonado Monksmere en dirección a Londres y de que no se esperaba su regreso hasta el domingo por la mañana. Probablemente había ido a comprobar las coartadas de los que se encontraban en Londres y a investigar el Cadaver Club. Nadie se sorprendió de que se esperara su regreso en tan breve plazo. Era obvio que sabía claramente dónde estaba su campo de acción. No obstante, esa ausencia transitoria supuso un alivio para todos. Fue como si las nubes se alejaran de Monksmere Head. Esa presencia melancólica, silenciosa y acusadora se había llevado sus preocupaciones a otra parte y, con su partida, el aire se volvía más respirable. Dejó tras de sí una impaciencia que encontró salida en la acción. Todos estaban ansiosos por alejarse de Monksmere. Incluso vieron que Jane Dalgliesh y su sobrino —los menos afectados por Reckless— partían a primera hora por la playa en dirección a Sizewell, cargados con material de dibujo, prismáticos y mochilas. Evidentemente no regresarían antes del anochecer. Latham partió en coche poco después; el Jaguar pasó a más de cien por delante de Rosemary Cottage, y Celia observó agriamente que Oliver intentaba, una vez más, romperse la crisma. Eliza y ella llevarían a Sylvia Kedge de excursión a Aldeburgh, pero en el último momento su sobrina desistió y prefirió dar un paseo en solitario hasta Walberswick. Aunque nadie sabía qué pensaba hacer Digby Seton, la llamada telefónica que la señorita Calthrop hizo a Seton House para convencerlo de que fuera con ellas de excursión no obtuvo respuesta. Bryce comunicó a todos que se iba a Saxmundham a la subasta del mobiliario de una casa de campo, donde pensaba pujar por unas porcelanas del siglo XVII. A las nueve y media él también estaba lejos y Monksmere quedó en manos de la media docena de excursionistas que iban en solitario o en pareja y aparcaban sus coches en Tanner's Lane, y de la ocasional pareja de paseantes de Dunwich o de Walberswick que avanzaban penosamente por los médanos rumbo al santuario de aves

Reckless debió de regresar a Monksmere el sábado por la noche. Al clarear, su coche ya estaba aparcado frente a Green Man, y a las nueve de la mañana el sargento Courtney ya había telefoneado a casi todos los sospechosos para solicitar su presencia en la fonda. Aunque la invitación fue muy afable, nadie se hizo la ilusión de que podía elegir entre ir o no ir. Tardaron lo suyo en llegar y, una vez más, se basaron en el acuerdo tácito de que no comparecerían juntos. Como de costumbre, el sargento Courtney recogió a Sylvia Kedge en un coche patrulla. En cierto sentido, daba la sensación de que Sylvia lo estaba pasando bien.

La máquina de escribir portátil de Maurice Seton los aguardaba en la fonda, aposentada y brillante en el extremo de una pequeña mesa de roble del salón interior. Las atenciones de los expertos en huellas dactilares y en máquinas de escribir parecían dotarla de mayor lustre. Parecía al mismo tiempo corriente y amenazadora, inocente y peligrosa. Tal vez era el objeto más íntimo que Seton había poseído. Al ver el brillante teclado resultaba imposible dejar de pensar con repugnancia en los tocones apenas sangrantes, no preguntarse qué había ocurrido con las manos cortadas. Todos supieron en el acto por qué estaba allí. Se les pidió que mecanografiaran dos fragmentos en prosa: la descripción de la visita de Carruthers al club nocturno y la del cadáver sin manos, en un bote que iba a la deriva.

El sargento Courtney, que estaba a cargo de la tarea, comenzaba a tenerse por un estudioso de la naturaleza humana, y las diversas reacciones de los sospechosos le proporcionaron materia de reflexión. Sylvia Kedge tardó un rato en acomodarse, pero, una vez lista, sus dedos fuertes —huesudos como los de un hombre— bailaron sobre las teclas y produjeron, en un tiempo sorprendentemente breve, dos copias exactas elegantemente compuestas y perfectamente mecanografiadas. Siempre produce satisfacción ver un trabajo realizado a la perfección, y el sargento Courtney aceptó con respetuoso silencio la labor de la señorita Kedge. La señorita Dalgliesh, que se presentó en la posada con veinte minutos de retraso, demostró una sorprendente competencia. Estaba acostumbrada a pasar a máquina los sermones de su padre y la revista de la iglesia y había aprendido por su cuenta con la ayuda de un manual. Usaba correctamente todos los dedos, pero no era muy rápida y, a diferencia de la señorita Kedge, no apartaba la vista del teclado. Mirando la máquina como si fuera la primera vez que veía semejante artilugio, la señorita Calthrop declaró que no sabía usarla, que grababa todos sus trabajos en cinta y que no entendía por qué debía perder el tiempo intentándolo. Al final la persuadieron de que lo intentara y, después de sudar la gota gorda media hora, logró dos hojas horrorosamente mecanografiadas que entregó con cara de mártir al sargento. Al ver las largas uñas de la señorita Calthrop, Courtney se sorprendió de que hubiera podido pulsar las teclas. En cuanto se armó de valor para tocar la máquina de escribir, Bryce se mostró sorprendentemente veloz y preciso, aunque consideró imprescindible hacer un comentario mordaz sobre el estilo de la prosa. Latham era casi tan competente como la señorita Kedge y tecleó en medio de un tétrico silencio. La señorita Marley se limitó a decir que, aunque no sabía escribir a máquina, estaba dispuesta a intentarlo. Rehusó la ayuda de Courtney, pasó cinco minutos estudiando el teclado y el carro y emprendió la laboriosa tarea de copiar el fragmento palabra por palabra. El resultado fue digno de elogio y el sargento Courtney se dijo para sus adentros que la señorita Marley era una trabajadora eficiente y meritoria, pese a la afirmación de su tía de que «si se lo propusiera, podría hacerlo mejor». Digby Seton era un caso perdido y ni siquiera Courtney pudo creer que estuviera fingiendo. Al final, y para alivio de todos, permitieron que desistiera. Como era de prever, ninguna de las copias —incluido el frustrado intento de Digby— tenía la menor similitud con los originales. El sargento Courtney, que estaba convencido de que el segundo y probablemente también el primero fueron mecanografiados por Maurice Seton, se habría sorprendido si hubiese sido realmente así. Sin embargo, el veredicto final no estaba en sus manos. Las copias serían enviadas a un experto y examinadas en busca de semejanzas más sutiles. No se lo dijo a los sospechosos, ni estaba obligado a hacerlo. Por algo habían leído a Maurice Seton.

Antes de abandonar la posada les tomaron las huellas dactilares. Cuando le tocó el turno, la señorita Calthrop se mostró ofendida. Por primera vez lamentó su afán de ahorrar, que la había llevado a tomar la decisión de no solicitar la asistencia de su abogado. De todos modos, mencionó libremente su nombre, así como el de su representante ante el Parlamento y el del jefe de policía. El sargento Courtney se mostró tan tranquilizador, tan comprensivo ante sus opiniones, tan deseoso de contar con su colaboración y fue en todo momento tan distinto al rústico inspector, que finalmente la convenció para que cooperara. «Zorra vieja y estúpida», pensó el sargento mientras movía sus dedos rollizos. «Si los demás arman tanta bulla, no podré terminar antes de que regrese el viejo.»

Los demás no armaron bulla. Digby Seton se mostró tediosamente jocoso e intentó disimular su nerviosismo mediante un exagerado interés por la técnica de recogida de huellas. Eliza Marley estuvo hoscamente condescendiente y Jane Dalgliesh se comportó como si estuviera en otro mundo. Bryce fue el que se mostró más contrariado. Había algo siniestro e irrevocable en el hecho de separarse de un símbolo tan singularmente peculiar de uno mismo. Comprendió por qué las tribus primitivas ponían tanto esmero en que ninguno de sus cabellos cayera en manos del enemigo. Al apretar los dedos sobre la almohadilla, con una mueca de desagrado, sintió que aquella cualidad atávica se le escapaba de las manos.

Oliver Latham clavó los dedos en la almohadilla como si fueran los ojos de Reckless. Al alzar la mirada, comprobó que el inspector permanecía en silencio y lo observaba. El sargento Courtney se puso de pie. Reckless dijo:

—Buenas tardes, señor. Sólo se trata de una formalidad.

—He sido informado. Gracias por repetírmelo. El sargento ya ha soltado todas las palabras tranquilizadoras de rigor. Estaba pensando en dónde se había metido después del paseo por la ciudad. Supongo que se divirtió interrogando a «mi amiga la dama», como sin duda la llama. ¿Tuvo tiempo de hablar también con el portero? Espero que Duncombe lo haya ayudado en todo lo que pudiera.

—Todos fueron muy serviciales. Muchas gracias, señor.

—¡Me lo imagino! No me cabe duda de que lo han pasado pipa. Últimamente todo está muy tranquilo en la ciudad. Debo de haberles proporcionado el mejor motivo de cotilleo de las últimas semanas. Hablando de ser serviciales, ¿qué tal si es usted el que ahora coopera un poco? Supongo que no pondrá reparos a que me entere de cómo murió Seton.

—Ninguno, señor..., pero cada cosa a su tiempo. Aún no hemos recibido el informe de la autopsia.

—Su compañero es un poco lento, ¿no le parece?

—Al contrario, señor. El doctor Sydenham es muy eficaz, pero aún le falta realizar algunas pruebas. Éste no es un caso sencillo.

—Inspector, me gustaría considerar ese comentario como el eufemismo del año.

Latham sacó un pañuelo del bolsillo y se frotó los dedos, que ya estaban limpios. El inspector no dejó de mirarlo y comentó con toda parsimonia:

—Señor Latham, si está tan impaciente, ¿por qué no les pregunta a sus amigos? Sabe usted tan bien como yo que alguien de Monksmere puede explicarle exactamente cómo murió Maurice Seton.

14

Desde la muerte de su hermanastro, Digby Seton acostumbraba a caer por Rosemary Cottage a la hora de la comida y de la cena y los vecinos no se privaron de comentar maliciosamente la frecuencia con que veían aparcado el Vauxhall en el arcén de la hierba. Reconocían que era improbable que Celia rechazara la compañía de un joven muy rico, aunque los motivos de Digby no estaban tan claros. Nadie pensaba que se sintiera atraído por los encantos de Eliza ni que viera en su taciturno desgarbo el modo de hacerse con el patrimonio de Maurice. La gran mayoría pensaba que probablemente prefería la mesa de Celia —por muy poco interesante que fuera— al aburrimiento de conducir dos veces por día hasta Southwold o al esfuerzo de cocinar; además, se alegraba de estar lejos de Sylvia Kedge. Desde la muerte de Maurice, la chica había aparecido por Seton House con la perseverancia de una plañidera que espera cobrar. El cuidado obsesivo que había dedicado a las obras de Maurice pareció consagrarlo ahora a su casa y fregaba, lustraba, limpiaba, contaba la ropa blanca y se arrastraba sobre las muletas, plumero en mano, como si esperara que el difunto propietario se presentara en cualquier instante y pasara el dedo por los antepechos de las ventanas. Digby le comentó a Eliza Marley que Sylvia lo ponía nervioso. Nunca le había gustado Seton House, una casa que, pese a su brillante modernidad, encontraba extrañamente siniestra y deprimente. Y ahora que esos ardientes ojos negros podían observarlo desde cualquier rincón o armario, Digby sentía que vivía en un drama griego de los más tenebrosos, en el que las erinias acechaban a las puertas, prestas para entrar.

El comentario había despertado el interés de Eliza pues sugería que Digby tal vez fuera más perspicaz y sensible de lo que todos suponían. Aunque físicamente no se sentía atraída en lo más mínimo por él, empezaba a encontrarlo interesante, incluso fascinante. Era sorprendente lo que la posesión de doscientas mil libras podía significar para un hombre. Ya había percibido la sutil pátina de éxito, la seguridad y complacencia que inevitablemente produce la posesión de poder o dinero. La fiebre glandular le había provocado cansancio y depresión. Con ese estado de ánimo, sin energías para trabajar e irritada por el aburrimiento, prácticamente cualquier compañía era mejor que ninguna. Despreció la fácil entrega al egoísmo por la que su tía cambió de la noche a la mañana la opinión que tenía del joven —dejó de ser el hermano problemático de Maurice para convertirse en un muchacho realmente encantador—, al tiempo que tuvo que reconocer que tal vez Digby Seton tuviera algo más que lo que saltaba a la vista. Pero no mucho más.

Aunque Digby no había aceptado la invitación a cenar que la señorita Calthrop le hizo para la noche del domingo, poco después de las nueve se presentó en Rosemary Cottage y no mostró la menor prisa por irse. Eran casi las once y allí seguía, girando de un lado a otro sobre el taburete del piano e interpretando intermitentemente fragmentos de sus propias melodías o de otros autores. Apoltronada en su sillón junto al fuego, Eliza lo miraba y escuchaba, sin preocuparle el tiempo que Digby pudiera tardar en irse. No tocaba mal. Carecía de verdadero talento, pero cuando hacía un esfuerzo —sólo en contadas ocasiones—, resultaba placenteramente competente. Recordó que una vez Maurice había hablado de convertir a Digby en pianista. ¡Pobre Maurice! Corrían los tiempos en que aún hacía esfuerzos desesperados por convencerse a sí mismo de que su único pariente vivo poseía algunas cualidades que justificaran su relación con él. Incluso cuando Digby aún estudiaba, sus modestos éxitos —por ejemplo, el año en que ganó el campeonato de boxeo— fueron anunciados por Maurice como logros de suma importancia. Era impensable que el hermanastro de Maurice Seton careciera totalmente de talento. Tenía algunos puntos a su favor. Sin ayuda de nadie, había diseñado y construido *Sheldrake* y lo había gobernado con eficacia, aunque su entusiasmo sólo durara un par de temporadas. Pero estos intentos —hasta cierto punto, tan atípicos en Digby— no podían impresionar a un intelectual esnob como Maurice. Por último, dejó de disimular, del mismo modo en que Celia renunció a la esperanza de que su sobrina fuera bonita y de que tuviera éxito como mujer. Eliza miró la enorme ampliación de sí misma, esa foto en color que daba testimonio de las ambiciones absurdas y humillantes de Celia. Se la hicieron cuando tenía once años, tres después de la muerte de sus padres. La espesa cabellera morena estaba ridículamente rizada y cubierta de lazos, y el vestido de organdí blanco con cinturón rosa era vulgarmente inadecuado para una niña de facciones acentuadas y con tan poca gracia. No, su tía no había tardado en abandonar esa ilusión. Pero se había hecho otra: si la querida Eliza no era bonita, tenía que ser inteligente. Ahora la cantinela era: «Mi sobrina tiene una cabeza privilegiada. Como sabe, estudia en Cambridge.» ¡Pobre tía Celia! Era mezquino ver con malos ojos este placer intelectual sentido por otro. Al fin y al cabo lo estaba pagando con esfuerzo y al contado. Eliza se identificó con Digby Seton. Hasta cierto punto, ambos habían padecido las presiones de la personalidad de otro, fueron aceptados por cualidades que jamás llegarían a poseer y estigmatizados como los malos de la película.

Sin reflexionar, Eliza preguntó de pronto:

—De todos nosotros, ¿quién crees que mató a tu hermano?

Digby canturreaba una melodía de uno de los últimos espectáculos de Londres, pero lo hacía incorrectamente y produciendo demasiado ruido. Casi tuvo que gritar para hacerse oír.

—Tú sabrás. Se supone que tú eres la más inteligente.

—No tanto como cree mi tía, pero lo bastante para preguntarme por qué me pediste por teléfono que fuera a recogerte a Saxmundham. Nunca fuimos muy amigos.

—Tal vez pensé que había llegado el momento de que lo fuéramos. Además, suponiendo que quisiera que alguien me trajera gratuitamente a Monksmere, ¿a quién más podía telefonear?

—A eso iba. También se puede suponer que buscabas una coartada para la hora del viaje en tren.

—Ya tenía la coartada. El revisor me reconoció y en el vagón sostuve una interesante charla con un viejo caballero sobre la mala conducta de la nueva generación. Supongo que me recuerda. Puedo demostrar que viajé en ese tren sin necesidad de pedirte ayuda.

—¿Puedes demostrar en qué estación subiste?

—En Liverpool Street. Había tanta gente que dudo de que alguien reparara en mí. Dejemos que Reckless intente demostrar que no fue así. ¿A qué se debe esta muestra repentina de desconfianza?

—De desconfianza, nada. Creo que no pudiste hacerlo.

—Gracias. Lo mismo opina la policía de la comisaría de West Central.

La joven se estremeció y dijo con sorprendente ímpetu:

—Esas manos..., fue un acto horrible. ¡Horrible! ¿No estás de acuerdo? Sobre todo tratándose de un escritor. Fue algo horrible y significativo. No creo que tú lo odiaras tanto.

Digby retiró las manos de las teclas y se volvió para mirarla.

—¡Yo no lo odiaba, Eliza! ¿Te parezco un asesino?

—¿Cómo puedo saberlo? Eres tú el que tiene un móvil que asciende a doscientas mil libras.

—No hasta que me case. ¿Te gustaría solicitar ese puesto?

—No, gracias. Prefiero que los hombres tengan un cociente de inteligencia que como mínimo se aproxime al mío. No congeniaríamos. Seguramente quieres para tu club una rubia atractiva, pechugona, con un corazón de oro de pocos quilates y la mente como una calculadora.

—¡Nada de eso! —exclamó Digby con seriedad—. Sé lo que quiero para el club. Y ahora tengo dinero para pagarlo: quiero clase.

En ese momento se abrió la puerta del estudio, la señorita Calthrop asomó la cabeza y los miró ligeramente desconcertada. Se dirigió a Eliza:

—Parece que he perdido una de las nuevas cintas. ¿No la has visto, por casualidad?

La respuesta de la sobrina consistió en un desinteresado encogimiento de hombros; Digby se incorporó de un salto y miró esperanzado a su alrededor como si esperara que la cinta se materializara encima del piano o saltara de debajo de los almohadones. Al ver sus inútiles piruetas, Eliza pensó: «Parece todo un caballero. Hasta hoy nunca se había molestado en agradar a mi tía. ¿A qué diablos está jugando?»

La búsqueda fue infructuosa y Digby concentró su sonrisa encantadora y decepcionada en la señorita Calthrop.

—Lo siento muchísimo. Parece que aquí no está.

Celia, que había esperado con abierta impaciencia, le dio las gracias y regresó a su trabajo. En cuanto cerró la puerta, Digby añadió:

—Se lo ha tomado bastante bien, ¿no?

—¿De qué hablas?

—Del testamento de Maurice. Al fin y al cabo, si no fuera por mí, tu tía sería una mujer muy rica.

¿Creía realmente el muy imbécil que no estaban enteradas, que no sabían cuántas son dos y dos? Eliza lo miró y captó su mueca de íntima satisfacción, su mueca complacida y divertida. De pronto pensó que Digby debía de saber algo sobre la muerte de Maurice, que esa sonrisa íntima significaba algo más que el momentáneo regocijo ante su desilusión y ante su propia buena suerte. Estaba a punto de lanzarle un aviso. Si realmente había descubierto algo, Digby corría peligro. Era el típico tonto que tropieza con un fragmento de la verdad y no es lo bastante sentado para mantener la boca cerrada. Eliza se contuvo, irritada por ese esbozo de íntima satisfacción. Probablemente sólo eran imaginaciones suyas. Probablemente Digby no había descubierto nada. ¿Y a ella qué le importaba si había averiguado algo? Digby Seton tendría que cuidar de sí mismo, correr los mismos riesgos que los demás.

15

La cena estaba a punto de concluir en el comedor de Priory, House. Dalgliesh había disfrutado con la comida. No sabía a ciencia cierta qué era lo que esperaba de esa reunión. Podría haber sido un ágape de seis platos servidos en porcelana de Sèvres, o chuletas en platos de madera con el colofón del fregado de los platos entre todos. Nada le habría sorprendido. De hecho, los habían convidado a un agradable pollo a la cazuela con finas hierbas, seguido de ensalada y quesos. El tinto de Burdeos era barato y algo áspero, aunque abundante, y Dalgliesh —que no era especialista en caldos— jamás había aprobado la opinión de que la única alternativa correcta al vino es no tomar vino. Ahora estaba contento, casi feliz, en medio de una suave bruma de bienestar, y paseó la mirada por la inmensa estancia donde los cuatro, empequeñecidos como títeres, se encontraban sentados alrededor de la sencilla mesa de roble.

No era difícil darse cuenta de que antaño la casa había formado parte de un monasterio. La estancia en que se encontraban había sido seguramente el refectorio. Era una versión descomunal del salón de Pentlands y aquí los grupos de vigas de roble, ahumados por el paso del tiempo, se arqueaban contra el techo como enormes árboles y se fundían en un negro vacío casi seis metros por encima de la débil esfera formada por los seis velones que iluminaban la mesa del comedor. La chimenea era como el hogar de piedra de Pentlands, pero acrecentado hasta formar una pequeña caverna en la que los grandes troncos ardían firmes como el carbón. Las seis ventanas abovedadas que daban al mar tenían los postigos cerrados, pero Dalgliesh aún percibía el rumor de las olas y, de vez en cuando, un suave susurro que sugería que el viento arreciaba.

Alice Kerrison estaba sentada frente a Sinclair. Era una mujer rolliza, serena y dueña de sí misma, segura del lugar que ocupaba y fundamentalmente interesada —por lo que Dalgliesh pudo observar— en que Sinclair comiera copiosamente. Cuando los presentaron, la primera impresión de Adam fue que ya la conocía, que incluso la conocía mucho. Casi al instante supo el motivo. Era la personificación de la esposa de Noé del arca de su infancia. La misma cabellera lisa, negra y suave como la de la lámina, separada con raya al medio y recogida en un apretado moño en la nuca. Aquí veía la misma figura regordeta y compacta, con su cintura de avispa y el rostro perfectamente recordado, redondo, de mejillas rubicundas y adornadas con dos ojos brillantes. Hasta su atuendo le resultaba conocido. Llevaba un sencillo vestido negro de manga larga, con el cuello y los puños adornados con delgadas tiras de encaje. La escena era tan evocadora de los domingos de la infancia en la vicaría de su padre como el sonido de las campanas de la iglesia o el olor matinal a ropa interior de lana recién lavada.

Dalgliesh la observó mientras servía el café y se preguntó cuál sería su relación con Sinclair. Era imposible adivinarlo. Ella no lo trataba como si fuera un genio ni él la trataba como a una criada. Era evidente que disfrutaba cuidándolo, pero había algo prosaico, casi irreverente en su sereno modo de aceptarlo. En algunos momentos —cuando llevaron juntos la cena a la mesa, como indudablemente tenían por costumbre, o cuando comentaron preocupados qué vino ponían— parecían tan íntimos y reservados como cómplices. Dalgliesh se preguntó qué la había llevado, una mañana de hacía seis años, a recoger sus cosas y cambiar a Maurice Seton por Sinclair. Pensó que probablemente Alice Kerrison sabía más cosas de Seton y de la relación con su esposa que cualquier otra persona. Se preguntó qué más sabría.

Desvió la mirada hasta donde estaba Sinclair, de espaldas al fuego. Aunque el escritor parecía más menudo de lo que sugerían las fotografías, los hombros anchos y los brazos largos y casi simiescos aún transmitían una sensación de fortaleza. Como su rostro engordaba con la edad, las facciones aparecían emborronadas y amorfas, como una foto poco expuesta. Los gruesos pliegues de piel le colgaban alrededor de la cara. Los ojos cansinos estaban tan hundidos bajo las tupidas cejas que resultaban casi invisibles, pero eran inconfundibles el orgulloso porte de su cabeza y la gran cúpula de pelo blanco que brillaba a la lumbre como una zarza ardiente, reforzando la impresión de un Jehová arcaico. Dalgliesh se preguntó qué edad tendría. Hacía más de tres décadas que había publicado la última de sus tres grandes novelas y ya entonces era un hombre maduro. Tres obras eran un cimiento insignificante para una reputación tan sólida. Despechada por su incapacidad de convencer a Sinclair para que participara en el Festival Literario de Monksmere, para que accediera a dedicarle una de sus novelas o para que le invitara a tomar el té, Celia Calthrop solía decir que era un escritor sobrevalorado, que la grandeza no sólo se componía de calidad sino de cantidad. A veces Dalgliesh pensaba que Celia tenía razón, pero siempre volvía sobrc las novelas con un sentimiento de admiración. Se alzaban como grandes rocas en la playa donde tantas reputaciones literarias se habían derrumbado como castillos de arena bajo la incesante marea de las modas culturales. Un día, Priory House se hundiría bajo el mar, pero la reputación de Sinclair seguiría incólume.

Dalgliesh no era tan ingenuo como para suponer que un gran escritor es, necesariamente, un conversador ameno, ni tan presumido como para esperar que Sinclair dialogara con él. Sin embargo, el anfitrión no había estado mudo durante la cena. Se había referido erudita y elogiosamente a los dos libros de poemas de Dalgliesh, y éste percibió que no lo hacía por el afán de agradar. Poseía la franqueza y el ensimismamiento de un niño. En cuanto un asunto dejaba de interesarle, cambiaba de tema. Casi toda la plática versó sobre libros, aunque parecía interesarse exclusivamente por los suyos, y su lectura de evasión preferida eran las novelas policíacas. Le tenían sin cuidado las cuestiones mundanas.

—Amigo Dalgliesh, los seres humanos tendrán que aprender a quererse en el sentido más pragmático y no sentimental de la palabra o se destruirán entre sí. Pase lo que pase, yo no tengo más influencia.

Dalgliesh tuvo la sensación de que Sinclair no estaba desilusionado ni era cínico. Se había apartado del mundo, pero sin asco ni desesperación; simplemente, a sus años había dejado de importarle.

Estaba hablando con Jane Dalgliesh y evidentemente se preguntaban si cabía la posibilidad de que ese año anidaran las avocetas. Ambos dedicaban al tema una profunda atención que otros temas no habían conseguido despertar. Dalgliesh miró a su tía. Llevaba una blusa rojo cereza de lana fina, cuello alto y mangas abotonadas casi hasta los codos. Era la vestimenta apropiada para salir a cenar en la fría costa este, y la había lucido casi sin variaciones desde que Adam tenía memoria. Inexplicablemente, ahora estaba de moda y añadía al refinamiento individual e informal de su tía un toque de elegancia contemporánea que Dalgliesh consideraba ajeno a su naturaleza. Tenía la mano izquierda apoyada en la mejilla. Los dedos largos y bronceados estaban adornados con los anillos de la familia, que sólo usaba de noche. Los rubíes y los diamantes parecían arder a la luz de las velas Hablaban de una calavera que Sinclair había encontrado recientemente en su trozo de playa. Era corriente que los cementerios sumergidos devolvieran los huesos y, después de las tormentas, los que salían a caminar por la orilla solían encontrar un fémur o una escápula blanqueados por el mar y fácilmente desmenuzables por el paso del tiempo. Sin embargo, encontrar un cráneo entero no era tan corriente. Sinclair hablaba con bastante pericia de su posible edad. Hasta ahora nadie había mencionado el otro cadáver, el más reciente. Dalgliesh pensó que tal vez se había equivocado sobre los motivos para celebrar esa cena. Quizás a Sinclair no le interesaba lo más mínimo la muerte de Seton. No obstante, era difícil creer que hubiera tenido el capricho de conocer al sobrino de Jane Dalgliesh. De pronto, el anfitrión se volvió hacia él y dijo con voz pausada y cavernosa:

—Supongo que mucha gente le pregunta por qué eligió ser detective.

Dalgliesh respondió tranquilamente:

—No mucha a la que me interese responder... En realidad, me gusta mi trabajo; puedo cumplirlo relativamente bien; me permite dedicarme a mi curiosidad por la gente y casi nunca me aburre.

—¡Ah, sí! El aburrimiento. Es un estado intolerable para cualquier escritor. ¿Está seguro de que no hay nada más? ¿El hecho de ser policía no protege su intimidad? Tiene un motivo profesional para mantenerse al margen. Los policías son distintos al resto de los humanos. Al igual que a los curas, los tratamos con camaradería superficial e instintiva desconfianza. Nos sentimos incómodos en su presencia. Creo que es usted un hombre que valora su intimidad.

—En ese caso, nos parecemos —sugirió Dalgliesh—. Yo tengo mi trabajo, y usted, Priory, House.

—Esta tarde no me sirvió de nada —dijo Sinclair—. Recibimos la visita de su colega, el inspector Stanley Gerald Reckless. Alice, cuéntaselo al señor Dalgliesh.

Dalgliesh estaba harto de hacerse responsable de Reckless, pero sentía curiosidad por saber cómo había averiguado Sinclair el nombre completo del inspector. Probablemente mediante el simple recurso de preguntarlo.

—Reckless —dijo Alice Kerrison—. No es un apellido de Suffolk. Tuve la sospecha de que está enfermo. Probablemente padece de úlcera. Tal vez debido a las preocupaciones y al exceso de trabajo... —Quizá tenía razón con respecto a la úlcera, pensó Dalgliesh al recordar la palidez, los ojos cargados de dolor, las grietas profundas entre la nariz y la boca. Siguió escuchando la voz apacible de Alice—: Vino a preguntar si habíamos matado al señor Seton.

—Seguramente lo planteó con más discreción, ¿verdad? —preguntó Dalgliesh.

—Fue tan discreto como pudo —intervino Sinclair—. De todos modos, a eso vino. Le expliqué que, aunque había intentado leer una de las novelas de Seton, no lo conocía personalmente. Nunca pisó esta casa. El mero hecho de que yo ya no escriba no me obliga a perder el tiempo con los que nunca fueron capaces de hacerlo. Afortunadamente, Alice y yo podemos proporcionarnos una coartada mutua para las noches del martes y el miércoles, que, por lo que entendimos, son las fechas claves. Le dije al inspector que ninguno de los dos había salido de casa. No estoy seguro de que me creyera. Dicho sea de paso, Jane, preguntó si le habíamos pedido un hacha. De esa pregunta deduje que había proporcionado involuntariamente el arma. Mostramos al inspector las dos hachas que tenemos, ambas en perfecto estado, me alegra decirlo, y vio con sus propios ojos que nadie las había usado para tajar las manos del malogrado Maurice Seton.

Inopinadamente, Alice Kerrison dijo:

—Era un hombre perverso y más le vale estar muerto. Pero no hay excusa para el asesinato.

—¿En qué sentido dice usted que era perverso? —preguntó Dalgliesh.

La pregunta era un simple formulismo. Le interesara o no, se lo dirían. Notó que la mirada divertida e interesada escudriñaba su rostro. De modo que éste era uno de los motivos de la invitación a cenar... No se trataba tan sólo de que Sinclair quería obtener información. Tenía datos y quería transmitirlos. Alice Kerrison estaba sentada muy recta, con la cara enrojecida de emoción y las manos cruzadas bajo la mesa. Dirigió a Dalgliesh la mirada feroz y suplicante de un niño metido en apuros y murmuró:

—Señor Dalgliesh, la carta que le envió a ella era perversa. La empujó al suicidio como si la hubiera obligado a entrar en el mar y le hubiese sujetado la cabeza bajo el agua.

—¿De modo que leyó esa carta?

—No toda. Ella me la entregó casi sin pensar y en cuanto se serenó me la quitó de las manos. Era una carta que ninguna mujer querría que otra leyera. Decía cosas que no me atrevería a contarle a nadie, cosas que preferiría olvidar. Él quería que ella muriera. Fue un asesinato.

—¿Está segura de que la escribió Seton? —quiso saber Dalgliesh.

—Era su letra, señor Dalgliesh. Cinco hojas de su puño y letra. Sólo mecanografió el nombre de ella en el ángulo superior de la primera hoja, eso fue todo. Sería incapaz de confundir la letra del señor Seton.

Dalgliesh estaba seguro de que no la había confundido. Y de que existían aún menos posibilidades de que la esposa de Seton la confundiera. En consecuencia, Seton había empujado deliberadamente a su esposa al suicidio. Si era cierto, se trataba de un acto de inhumana crueldad, mayor pero de la misma naturaleza que la matanza de la gata de Bryce. Por alguna razón, esta imagen de un sádico calculador quedaba ligerarnente desenfocada. Aunque

Dalgliesh sólo había visto dos veces a Seton, no le había parecido un monstruo. ¿Era posible que aquel hombrecillo pedante, nervioso y obstinado, que sobrevaloraba patéticamente su propio talento, alimentara tanto odio? ¿O este escepticismo no era más que la arrogancia de un detective que empieza a considerarse diagnosticador del mal? Al fin y al cabo, si uno concedía a Crippen el beneficio de la duda, estaban fichados muchísimos hombres nerviosos e inútiles que habían demostrado no ser nada inútiles cuando decidieron librarse de sus esposas. ¿Era posible que él, después de dos breves encuentros, pudiera conocer al Seton esencial tan profundamente como debió de conocerlo Alice Kerrison? Y existía la prueba de la carta, carta que Seton —cuya correspondencia pulcramente archivada en Seton House estaba escrita a máquina— se había tomado la molestia de escribir de su puño y letra.

Estaba a punto de preguntar qué había hecho Dorothy Seton con la carta, cuando en ese momento sonó el teléfono. Fue un sonido inesperado y estridente en medio del silencio de aquella estancia inmensa iluminada por las velas. Sobresaltado, Dalgliesh se dio cuenta de que, de manera irracional, había dado por sentado que en Priory House no había electricidad. Buscó el teléfono con la mirada. Los timbrazos parecían provenir de una librería situada en un hueco oscuro del extremo del comedor. Ni Sinclair ni Alice Kerrison hicieron ademán de contestar.

—Se ha equivocado de número —dijo Sinclair—. Aquí nunca llama nadie. Tenemos teléfono por si surge algún problema, pero el número no figura en la guía. —Miró complacido el aparato, como si le alegrara saber que funcionaba correctamente.

Dalgliesh se puso de pie y dijo:

—Discúlpeme, pero podría ser para mí.

Buscó a tientas el aparato y sujetó su tersa frialdad entre los obstáculos que ocupaban la parte superior de la librería. Cesó el irritante sonido. En el silencio que se produjo, pensó que todos los presentes podían oír la voz del inspector Reckless:

—¿Señor Dalgliesh? Hablo desde Pentlands. Ha ocurrido algo que considero que debe saber. ¿Puede venir enseguida? —Dalgliesh titubeó. El inspector aprovechó la pausa para añadir—: Tengo el informe de la autopsia. Creo que le interesará conocerlo.

Dalgliesh pensó que sonaba como un soborno. Obviamente, tendría que ir. El tono formal y monótono de la petición no engañaba a nadie. Si hubieran estado trabajando juntos habría sido al revés: el inspector Dalgliesh habría llamado al inspector Reckless. Pero no estaban trabajando juntos. Y si Reckless quería entrevistar a un sospechoso —o al sobrino de una sospechosa—, podía elegir hora y lugar. De todos modos, sería interesante averiguar qué estaba haciendo en Pentlands. La señorita Dalgliesh no había cerrado con llave cuando salieron. En Monksmere muy pocas personas se tomaban la molestia de echar el cerrojo a la puerta y el posible asesinato de un vecino no había hecho cambiar de costumbres a su tía. Sin embargo, era impensable que Reckless se permitiera semejante confianza.

Pidió disculpas a su anfitrión, que las aceptó sin demasiadas muestras de pesar. Dalgliesh sospechaba que Sinclair, poco acostumbrado a otra visita que no fuera la de su tía, se alegraba de que el grupo se redujera al trío de costumbre. Por algún motivo personal, había querido que Dalgliesh oyera el relato de Alice Kerrison. Una vez expuesto, podía acelerar la partida de su invitado con satisfacción y cierto alivio. Se limitó a recordarle a Dalgliesh que cogiera la linterna antes de salir y le dijo que no hacía falta que volviera a buscar a su tía, que Alice y él la acompañarían a casa. Jane Dalgliesh estaba encantada con el plan. Dalgliesh supuso que quería ser discreta. Reckless sólo quería verlo a él y la tía no quería convertirse en el tercero en discordia, ni siquiera en su propia casa.

Después de salir, Adam se internó en una oscuridad tan impenetrable que al principio sus ojos sólo distinguieron el manchón blanco del sendero. Poco después las nubes destaparon la Luna y la noche se hizo visible: un mundo de formas y sombras cargadas de misterio y acre por el aire marino. Dalgliesh pensó que en Londres casi nunca se vivía la noche, pues estaba hendida por el resplandor de las luces y el insomnio de sus habitantes. Como aquí la noche se convertía en una presencia casi palpable, sintió que recorría sus venas el cosquilleo de un miedo atávico a la oscuridad y a lo desconocido. Ni siquiera el habitante de Suffolk, que no era ajeno a la noche, podía caminar por esos senderos entre acantilados sin experimentar una sensación de extrañeza. Era fácil entender que las leyendas dijeran que a veces, en una noche de otoño, se podía oír el sordo batir de los cascos de las caballerías de los contrabandistas que trasladaban sus barriles y fardos desde Sizewell Gap para esconderlos en las marismas o llevarlos tierra adentro a través de los desolados brezales de Westleton. En una noche así, también era fácil oír, desde el mar, las débiles campanadas procedentes de las iglesias que llevaban mucho tiempo sumergidas: St. Leonard, St. John, St. Peter y All Saints, tintineando sus plegarias por las almas de los difuntos. Y tal vez pronto surgieran nuevas leyendas que mantendrían a los habitantes puertas adentro en las noches de otoño. Las leyendas de octubre. La de la mujer desnuda, pálida a la luz de la Luna, avanzando entre las olas hacia la muerte; la del hombre muerto y sin manos, arrastrado a la deriva por la marea.

Con cierta perversidad, Dalgliesh decidió volver a casa siguiendo el borde del acantilado. Serían quince minutos más de caminata, pero a Reckless, que estaba cómodamente instalado en Pentlands, no le importaría esperar un cuarto de hora más. Buscó el sendero con la linterna y siguió el minúsculo rayo de luz que lo precedía como un espectro. Miró hacia la casa. Se había vuelto informe y era una masa negra contra el firmamento, sin señales de sus ocupantes salvo los delgados haces de luz que escapaban entre los postigos de las ventanas del comedor, y una ventana alta y redonda que resplandecía como el ojo de un cíclope. Aún estaba mirando cuando la luz se apagó. Alguien —probablemente Alice Kerrison— había subido al primer piso.

Estaba muy cerca del borde del acantilado. Las olas resonaban con más intensidad en sus oídos, y en algún lugar, con desgarradora agudeza, un ave marina lanzó su reclamo. Pensó que el viento estaba arreciando, aunque sólo era poco más que una brisa intensa. Aquí, en este desnudo promontorio, parecía que mar, tierra y cielo compartían una turbulencia perpetua y atemperada. A cada paso, las hierbas invadían el sendero. Durante veinte metros la senda sólo fue un tortuoso claro entre las zarzas y las aulagas, cuyas ramas espinosas le arañaban las piernas. Pensó que habría sido más sensato ir por el sendero interior. En ese momento la gratificación de hacer esperar a Reckless le pareció irracional e infantil y pensó que no valía la pena estropear un buen pantalón. Si el cadáver de Seton había sido trasladado desde Priory House a través de esa selva salpicada de espinas, evidentemente debían quedar rastros de su paso. Sin duda Reckless había registrado cuidadosamente la zona; se preguntó qué habría encontrado, si es que había encontrado algo. No sólo se trataba del sendero. También había que salvar los cuarenta y pico escalones ruidosos y de madera que conducían a la playa. Pese a sus años, Sinclair era un hombre robusto y Alice Kerrison una fornida campesina; aunque menudo, Seton habría sido literalmente un peso muerto. Tenía que haber sido un recorrido agotador, casi imposible.

De pronto distinguió una forma blanca a la izquierda del sendero. Era una de las pocas lápidas que aún seguían en pie a este lado del acantilado. Hacía mucho tiempo que la mayoría se habían derrumbado de viejas o habían quedado cubiertas por el mar para devolver, a su debido tiempo, la cuota de restos humanos arrojados por las mareas. Pero esta lápida seguía en pie y, sin pensarlo, Dalgliesh se agachó para examinarla. Era más alta de lo que esperaba y la inscripción estaba tallada profundamente y con claridad. Se agachó un poco más e iluminó la inscripción con la linterna:

En memoria de
HENRY WILLM. SCRIVENER
Abatido en su corcel por un grupo de
contrabandistas mientras recorría estos parajes,
24 de septiembre de 1786

Las crueles balas atravesaron mi corazón.
No tengo tiempo de rezar, aquí parto.
Detente, viajero, tú que no conoces el día
en que te reunirás con el Creador en la Senda.

¡Pobre Henry Scrivener! Dalgliesh se preguntó qué mala jugada del destino lo había llevado a recorrer el solitario camino de Dunwich. Seguramente había sido un hombre acaudalado. La piedra era de calidad. ¿Cuántos años pasarían hasta que Scrivener, su lápida y su piadosa exhortación fueran arrastrados y olvidados? Se estaba incorporando cuando la linterna se le escapó de la mano e iluminó de lleno la sepultura. Sorprendido, vio que estaba abierta. Alguien había vuelto a poner los tepes y a entrecruzar las zarzas para formar una panoplia densa y espinosa. Pero era indudable que la sepultura había sido removida. Se arrodilló y arañó delicadamente la tierra con los dedos enguantados. La encontró esponjosa y frágil. Unas manos distintas a las suyas ya habían pasado por allí. En pocos segundos desenterró un fémur, una escápula rota y, por último, un cráneo. Al parecer, Henry Scrivener tenía compañeros de sepultura. Dalgliesh dedujo inmediatamente lo que había ocurrido: era el modo en que Sinclair o Alice Kerrison se quitaban de encima los huesos que aparecían en la playa. Todos eran muy viejos y estaban blanqueados por el mar. Alguien —pensó que probablemente Alice— había querido volver a enterrarlos en terreno consagrado.

Meditaba sobre esta nueva idea acerca de las costumbres de la extraña pareja de Priory House y hacía girar el cráneo entre sus manos cuando percibió el suave ruido de pisadas que se acercaban. Se oyó el crujido del oscilar de las ramas y repentinamente una figura oscura se cernió sobre él, impidiéndole divisar el firmamento. Oyó la voz superficial e irónica de Oliver Latham:

—Inspector, ¿sigue haciendo de detective? Si me permite le diré que parece el Primer Sepulturero, pero que no conoce bien su papel. ¡Es usted un trabajador infatigable! ¿Por qué no deja descansar en paz al pobre Henry Scrivener? Me temo que es demasiado tarde para ponerse a investigar aquel asesinato. ¿No le parece que está invadiendo una propiedad privada?

—Mucho menos que usted en este momento —replicó Dalgliesh tranquilamente.

Latham se echó a reír.

—Ha estado cenando con R. B. Sinclair. Espero que sepa apreciar semejante honor. ¿Qué dijo nuestro gran apóstol del amor universal sobre el fin particularmente desagradable de Seton?

—Casi nada. —Dalgliesh hizo un agujero en la tierra blanda y se dedicó a enterrar el cráneo. Echó tierra sobre la pálida frente, dejó caer un hilillo por las cuencas de los ojos y por las grietas entre los dientes. Sin desviar la mirada, comentó—: No sabía que le gustaran los paseos nocturnos.

—Es una costumbre reciente. Resulta muy gratificante. Se ven muchas cosas realmente interesantes.

Observó a Dalgliesh hasta que terminó de enterrar el

cráneo y volvió a colocar los tepes. Sin añadir palabra, se dio la vuelta dispuesto a irse. Dalgliesh le preguntó en voz baja:

—¿Dorothy Seton le envió una carta poco antes de suicidarse?

La oscura figura quedó petrificada y se volvió lentamente.

—¿Es asunto suyo? —preguntó Latham sereno. Como Dalgliesh pareció sorprendido, añadió—: ¿Por qué me lo pregunta?

No dijo nada más. Dio media vuelta y se perdió en la oscuridad.

16

Aunque la luz del porche estaba encendida, la sala se encontraba casi a oscuras. El inspector Reckless estaba sentado delante del fuego mortecino, a solas, como un invitado que, dado que no sabe si será bien recibido, hace el gesto propiciatorio de ahorrar electricidad. Se puso de pie en cuanto Dalgliesh entró y encendió una pequeña lámpara de mesa. Ambos se miraron bajo la luz tenue e insuficiente.

—Señor Dalgliesh, ¿ha venido solo? ¿Ha tenido dificultades para abandonar la cena?

El tono del inspector era inexpresivo. Era imposible saber si sus categóricas palabras contenían una crítica velada o si sólo se trataba de una pregunta.

—No, en absoluto, no he tenido ninguna dificultad. Decidí regresar por el borde del acantilado. Pero, ¿cómo supo dónde encontrarme?

—Cuando vi que la casa estaba vacía, supuse que la señorita Dalgliesh y usted habían salido a cenar. Llamé primero a donde me pareció más probable encontrarlos. Hay importantes novedades que quería tratar con usted esta misma noche y no deseaba hacerlo por teléfono.

—Si es así, adelante. ¿Le apetece tomar algo?

A Dalgliesh le resultó casi imposible reprimir el tono alentador y alegre. Se sentía incómodo, como un examinador que anima a un aspirante nervioso pero prometedor. En cambio Reckless se sentía totalmente a sus anchas. Los ojos melancólicos observaban a Dalgliesh sin desconcierto ni servilismo. Dios mío, ¿qué me pasa?, se preguntó Dalgliesh. ¿Por qué no me siento a gusto con este hombre?

—Gracias, señor Dalgliesh, pero de momento no voy a tomar nada. Supuse que le interesaría conocer el informe del patólogo. Lo he recibido hace un rato. El doctor Sydenham debió de pasar toda la noche con Seton. ¿Le gustaría arriesgar una opinión sobre la causa de la muerte?

o, no me gustaría, pensó Dalgliesh. Éste es tu caso y ojalá puedas resolverlo. No estoy de humor para jugar a las adivinanzas. De todos modos, dijo:

—¿Asfixia?

—Señor Dalgliesh, murió de muerte natural. Murió de un ataque cardíaco.

—¿Está seguro?

—No hay la menor duda. Tenía una ligera angina agravada por un defecto en la cavidad izquierda, lo que equivale a un corazón bastante debilitado que lo dejó en la estacada. Ni asfixia, ni envenenamiento, ni huellas de violencia salvo las manos cortadas. No murió desangrado ni se ahogó. Murió tres horas después de la última cena. Y murió de un ataque cardíaco.

—¿Y qué había cenado? ¡Como si hiciera falta preguntarlo!

—Langostinos a la plancha con salsa tártara. Ensalada verde con aliño francés. Pan moreno y mantequilla, queso azul danés y galletas, rociado todo con un Chianti.

—Me sorprendería que hubiera tomado esa cena en Monksmere —comentó Dalgliesh—. Es la comida típica de un restaurante londinense. A propósito, ¿qué se sabe de las manos?

—Las tajaron varias horas después de la muerte. Señor Dalgliesh, el doctor Sydenham opina que tal vez se las cortaron la noche del miércoles, lo que parece una suposición bastante lógica. Usaron como tajo la bancada del bote. No podía sangrar mucho, y si el que lo hizo se manchó con sangre, tenía todo el mar para limpiarse. Es un acto desagradable, un acto malévolo y descubriré al autor, pero eso no significa que fuera un asesinato. Murió de muerte natural.

—Supongo que pudo matarlo un sobresalto realmente fuerte. —¿Fuerte hasta qué punto? Ya sabe lo que pasa con los cardiópatas Uno de mis agentes habló con el doctor Forbes-Denby, que sostiene que, con algunos cuidados, Seton podría haber durado muchos años. Era cuidadoso. No se sometía a tensiones excesivas, no viajaba en avión, seguía una dieta moderada, gozaba de muchas comodidades. Muchas personas con el corazón más débil que el suyo llegan a ancianas. Una de mis tías sufría del corazón. Sobrevivió a dos bombardeos. No se puede confiar en matar a un hombre dándole un susto de muerte. Los cardiópatas sobreviven a los sobresaltos más sorprendentes.

—Y sucumben a un ligero ataque de indigestión. Lo sé. Aunque la última cena no fue la más adecuada para un enfermo del corazón, no podemos pensar seriamente que alguien lo invitara a cenar con la intención de provocar un ataque fatal de indigestión.

—Señor Dalgliesh, nadie lo invitó a cenar. Cenó donde usted supuso que lo había hecho. En el Cortez Club del Soho, el local de Luker. Se desplazó hasta allí directamente desde el Cadaver Club y llegó solo.

—¿Y se fue solo?

—No. En el local hay una presentadora, una rubia llamada Lily Coombs. Es el brazo derecho de Luker. Vigila a las chicas, el alcohol y anima a los clientes nerviosos. Probablemente la conoció, si es que en el cincuenta y nueve estaba con Luker, cuando se cargó a Martin. Sostiene que Seton la llamó a la mesa y le dijo que un amigo le había dado su nombre. Buscaba información sobre tráfico de drogas y le habían dicho que ella podía ayudarlo.

—No puede decirse que Lil sea catequista, pero, por lo que yo sé, nunca se ha enredado en asuntos de drogas.

151

Y Luker tampoco... hasta ahora. ¿Seton le dio el nombre de su amigo?

—Ella dice que se lo preguntó, pero no quiso responderle. De todos modos, tenía la oportunidad de ganar unas cuantas libras y a las nueve y media salieron juntos del local. Seton le explicó que no podían hablar en su club porque estaba prohibida la entrada de mujeres. Es verdad: no se permite su entrada. Pasearon cuarenta minutos en taxi por Hyde Park y West End y él le pagó cinco libras por la información. Desconozco qué historia le vendió. Seton se apeó a la altura de la estación de metro de Paddington y ella regresó al Cortez en el mismo taxi. Llegó al local a las diez y media y estuvo allí hasta la una, a la vista de treinta clientes.

—¿Por qué dejó el club? ¿No podía venderle la misma historia en la mesa?

—Dijo que él parecía ansioso por abandonar el club. El camarero confirmó que estaba inquieto y muy nervioso. A Luker no le gusta que ella pase demasiado tiempo con el mismo cliente.

—Conociendo como conozco a Luker, yo diría que aún le sentó peor que Lil abandonara el club durante cuarenta minutos para dar un paseo en taxi por Hyde Park. De todos modos, suena muy respetable. Lil debe de haber cambiado mucho. ¿Le parece una explicación plausible?

—Señor Dalgliesh, sólo soy un policía pueblerino —replicó Reckless—. No sustento la opinión de que todas las fulanas del Soho son, indefectiblemente, mentirosas. Pensé que decía la verdad, aunque no necesariamente toda la verdad. Verá, también hemos localizado al taxista. Confirmó que los recogió a las nueve y media en la puerta del club y que unos cuarenta minutos más tarde dejó a Seton en la estación de Paddington. Dijo que durante toda la carrera habían estado hablando seriamente y que de vez en cuando el caballero tomaba notas en una libreta. Si lo hizo, me gustaría saber qué ha ocurrido con la libreta. No la llevaba encima cuando vi el cadáver.

—Ha trabajado deprisa —reconoció Dalgliesh—. Así pues, la hora en que alguien lo vio vivo por última vez avanza hasta las diez y diez. Y murió menos de dos horas después.

—De muerte natural, señor Dalgliesh.

—Creo que alguien pretendía que muriera.

—Quizás. No pienso discutir las evidencias. Seton murió la medianoche del martes pasado y falleció porque su corazón estaba debilitado y dejó de latir. Eso me dijo el doctor Sydenham y no voy a desperdiciar el dinero de los contribuyentes intentando demostrar que está equivocado. Ahora usted dice que alguien provocó el ataque cardíaco. No digo que sea imposible, sino que todavía no hay pruebas que sustenten esa hipótesis. Quiero resolver este caso con amplitud de ideas. Hay muchas cosas que aún no sabemos.

Dalgliesh consideró ese comentario como un eufemismo descarado. La mayoría de las cosas que Reckless aún no sabía seguramente eran tan cruciales como la causa de la muerte. Podría haber catalogado las preguntas sin respuesta. ¿Por qué Seton había pedido que lo dejaran en Paddington? ¿Con quién pensaba encontrarse, si es que era eso lo que iba a hacer? ¿Dónde había muerto? ¿Dónde estuvo su cadáver desde la medianoche del martes en adelante? ¿Quién lo trasladó a Monksmere y por qué? Si fue una muerte premeditada, ¿cómo se las ingenió el asesino para lograr, con tanto éxito, que pareciera una muerte natural? Todo esto conducía a una pregunta que, en opinión de Dalgliesh, era la más fascinante. Después de matarlo, ¿por qué el asesino no dejó el cadáver en Londres, arrojándolo tal vez en alguna calle para que posteriormente fuera identificado como el de un poco importante y viejo escritor de novelas policíacas, que deambulaba por Londres por cuestiones personales y misteriosas y que había sufrido un ataque al corazón? ¿Por qué trasladó el cadáver a Monksmere y montó una complicada comedia que sólo podía despertar sospechas de que se trataba de una jugada sucia y que inevitablemente haría que el Departamento de Investigaciones Criminales de Suffolk zumbara a su alrededor?

Como si adivinara el pensamiento de Dalgliesh, Reckless añadió:

—No tenemos pruebas de que la muerte de Seton y la mutilación del cadáver estén directamente relacionadas. Murió de muerte natural. Tarde o temprano averiguaremos dónde murió. Entonces tendremos alguna pista sobre el responsable de los disparates posteriores: la mutilación; la falsa llamada telefónica a Digby Seton, si es que se hizo; los dos manuscritos enviados a la señorita Kedge, si es que se enviaron. En este círculo hay un chistoso y su sentido del humor me desagrada, pero no creo que sea un asesino.

—¿Opina que no es más que una broma truculenta? ¿Con qué fin?

—Por rencor, señor Dalgliesh. Rencor hacia los muertos o hacia los vivos. El deseo de que las sospechas recaigan en otros. La necesidad de crear problemas, quizá a la señorita Calthrop. No niega que el cadáver sin manos en un bote fue idea suya. O a Digby Seton. Es quien más gana con la muerte de su hermanastro. Incluso a la señorita Dalgliesh. Al fin y al cabo, usaron su hacha.

—Lo que dice no son más que conjeturas. Todo lo que sabemos es que el hacha ha desaparecido. No existen pruebas de que la hayan empleado.

—Ahora sí. Verá, la han devuelto. Señor Dalgliesh, encienda la luz y lo verá.

Sin lugar a dudas, habían devuelto el hacha. En un extremo de la sala había una mesilla del siglo XVIII, un mueble delicado y coqueto que Dalgliesh recordaba que, en su infancia, formaba parte del mobiliario de la sala de la casa de su abuela. El hacha estaba clavada en el centro, la hoja casi dividía por la mitad la madera lustrada y el mango se curvaba hacia arriba. Bajo la brillante luz de la lámpara central que ahora inundaba la estancia, Dalgliesh vio claramente las manchas de sangre seca en la hoja. Obviamente, enviarían el hacha al laboratorio. No dejarían nada al azar. Pero no le cupo la menor duda de que era la sangre de Maurice Seton.

Reckless tomó la palabra:

—Vine a comunicarle el informe del forense. Supuse que podía interesarle. Cuando llegué, la puerta estaba entreabierta, así que entré y lo llamé. Inmediatamente vi el hacha. Dadas las circunstancias, decidí tomarme la libertad de quedarme hasta que llegara.

Si el éxito de la escena que había montado lo alegraba, no lo manifestó. Dalgliesh no le atribuyó ninguna dote dramática. Era un montaje muy inteligente: la serena conversación en la penumbra, la súbita llamarada de luz, la sorpresa de ver un objeto hermoso e irreemplazable destruido tan insensata y aviesamente. Estuvo a punto de preguntar si Reckless habría dado la noticia con un montaje tan espectacular si la señorita Dalgliesh hubiera estado presente. ¿Y por qué no? Reckless sabía perfectamente que Jane Dalgliesh pudo clavar el hacha en la mesa antes de salir con su sobrino hacia Priory House. Una mujer capaz de separar las manos de un cadáver para disfrutar de un entretenimiento íntimo no se opondría a sacrificar una mesa. La incursión del inspector en el drama había sido metódica. Esperaba descubrir en los ojos del sospechoso la ausencia de ese primer e inequívoco parpadeo de sorpresa y conmoción. Pero no había logrado extraer mucha información de la reacción de Dalgliesh. Lleno de ira, Adam tomó una decisión. En cuanto pudo controlarse, dijo:

—Mañana iré a Londres. Le agradeceré que vigile esta casa. Supongo que sólo estaré fuera una noche.

—Señor Dalgliesh, vigilaré a todos los vecinos de Monksmere —puntualizó Reckless—. Les haré algunas preguntas. ¿A qué hora se marcharon usted y su tía?

—Alrededor de las siete menos cuarto.

—¿Salieron juntos?

—Sí. Si a lo que apunta es a saber si mi tía volvió a entrar sola para coger un pañuelo limpio, la respuesta es negativa. Y para que todo quede claro, le diré que cuando salimos el hacha no estaba donde ahora está.

—Yo llegué poco antes de las nueve —dijo Reckless sin inmutarse—. Tuvo casi dos horas. Señor Dalgliesh, ¿le dijo a alguien que saldría a cenar?

—No, a nadie. Estoy seguro de que mi tía tampoco lo comentó. En realidad, ese dato no tiene la menor importancia. En Monksmere habitualmente sabemos si la gente está o no en casa por la ausencia de luz.

—Y siempre dejan las puertas convenientemente abiertas. Todo resulta demasiado fácil. Si en este caso todo funciona según los cánones, cualquiera o ninguno podrá presentar una coartada. —Se acercó a la mesilla, sacó del bolsillo un enorme pañuelo blanco con el que envolvió el mango del hacha y, de un estirón, arrancó la hoja de la mesa. La llevó hasta la puerta y se volvió para mirar a Dalgliesh—: Señor Dalgliesh, Seton murió a medianoche. A medianoche. Cuando Digby Seton llevaba más de una hora bajo custodia policial; cuando Oliver Latham estaba disfrutando de una fiesta de la farándula, en presencia de dos caballeros y tres damas del Imperio Británico y de la mitad de los parásitos culturales de Londres; cuando la señorita Marley estaba perfectamente arropada en la cama de su hotel, por lo que yo o cualquier otro sabe; cuando Justin Bryce luchaba con su primer ataque de asma. Dos, por lo menos, disponen de coartadas infalibles y los otros dos no están demasiado preocupados... A propósito, olvidé decirle que mientras esperaba lo llamaron por teléfono. Era el señor Max Gurney. Quiere que se comunique con él lo antes posible. Dijo que usted sabe su número.

Dalgliesh se sorprendió. Max Gurney era el último amigo al que se le ocurriría telefonearle sabiendo que estaba de vacaciones. Gurney era socio principal de la editorial que publicaba las obras de Maurice Seton. Se preguntó si Reckless lo sabía. Evidentemente no lo sabía, pues no había hecho ningún comentario. El inspector había trabajado a un ritmo frenético y eran pocas las personas relacionadas con Seton a las que no había entrevistado. Pero todavía no había visitado al editor de Seton o había llegado a la conclusión de que no sacaría nada en limpio.

Finalmente Reckless se dio la vuelta dispuesto a marcharse.

—Señor Dalgliesh, buenas noches... Haga el favor de decirle a su tía que lamento lo de la mesa... Si está en lo cierto cuando dice que se trata de un asesinato, ahora sabemos algo sobre el asesino, ¿no cree? Lee demasiadas novelas policíacas.

Reckless se fue. En cuanto se apagó el rugido de despedida de su coche, Dalgliesh llamó a Max Gurney. Max debía de estar esperando la llamada, pues contestó inmediatamente.

—¿Adam? Me alegro de que hayas llamado tan rápido. En Scotland Yard fueron muy reacios a decirme dónde estabas, pero deduje que probablemente te encontrarías en Suffolk. ¿Cuándo vuelves a la ciudad? ¿Podemos vernos en cuanto llegues?

Dalgliesh respondió que el día siguiente estaría en Londres. Notó que la voz de Max sonaba profundamente aliviada:

—¿Por qué no comemos juntos? Oh, me parece perfecto. ¿Has dicho a la una en punto? ¿Prefieres algún sitio?

—Oye, Max, ¿no habías sido socio del Cadaver Club?

—Aún lo soy. ¿Quieres que comamos allí? Los Plant son una maravilla. ¿Quedamos a la una en punto en el Cadaver? ¿De verdad te va bien?

Dalgliesh respondió que nada podía irle mejor.

17

En la sala de la planta baja de la casa de muñecas de Tanner's Lane, Sylvia Kedge oyó los primeros suspiros del viento y se asustó. Siempre había odiado las noches tempestuosas, detestaba el contraste entre la violencia que la rodeaba y la profunda calma de la casa, húmedamente encajada al abrigo del acantilado. Incluso en medio del vendaval el aire circundante era pesado e inmóvil, como si el lugar exhalara un miasma propio que ninguna fuerza externa podía perturbar. Pocas tormentas estremecían las ventanas o hacían crujir las puertas y las vigas de Tanner's Cottage. Incluso en medio del vendaval, las ramas de los arbustos más viejos, apiñados contra las ventanas traseras, se movían perezosamente como si les faltara fuerza para golpear los cristales. Repantigada en el sillón junto al fuego como un animal, su madre solía decir: «Me trae sin cuidado lo que digan los demás. Aquí estamos muy cómodas. En una noche como ésta, no me gustaría estar en Pentlands ni en Seton House.» Era la frase predilecta de su madre: «Me trae sin cuidado lo que digan los demás.» Siempre la soltaba con la truculencia de la viuda agraviada, permanentemente enemistada con el mundo. Su madre había experimentado una necesidad obsesiva de comodidad, pequeñez, seguridad. Para ella, la naturaleza entera era un insulto sutil y en la paz de Tanner's Cottage podía aislarse del mundo más que de la violencia del viento. Sylvia habría aceptado de buena gana la arremetida de las frías ráfagas del viento oceánico contra puertas y ventanas. Al menos habría reafirmado la existencia del mundo exterior y le habría hecho saber que formaba parte de él. Habría sido infinitamente menos angustioso que esta calma artificial, esta sensación tan absoluta de aislamiento que hasta la naturaleza parecía pasar de largo, como si considerara que no valía la pena fijarse en ella.

Esta noche el miedo era más agudo, más primitivo que el malestar de la soledad y el aislamiento. Tenía miedo de que la asesinaran. Había comenzado como un coqueteo con el miedo, una indulgencia perfectamente calculada de ese estremecimiento medio placentero que puede producir la sensación de peligro. Su imaginación se desmandó súbita y aterradoramente. El miedo imaginado se convirtió en terror encarnado. Estaba sola y desamparada. Y se sentía espantosamente asustada. Imaginó el camino, el sendero de arena blanda y húmeda, los setos que se alzaban negros y altos a ambos lados. Si el asesino venía a buscarla esta noche, Sylvia no podría oír sus pasos. El inspector Reckless se lo había preguntado infinidad de veces y siempre había dado la misma respuesta: era posible que, de noche, alguien que pisara con cautela pasara por delante de Tanner's Cottage sin ser visto ni oído. ¿Y un hombre cargado con un cadáver? Había sido más difícil responder, pero seguía considerando que era posible. Cuando conciliaba el sueño, dormía profundamente, con las ventanas cerradas y las cortinas corridas. Pero esta noche no acarrearía un cadáver. Vendría a buscarla con las manos libres. Tal vez vendría con un hacha o un cuchillo, quizás retorcería un trozo de cuerda entre los dedos. Intentó imaginar su cara. Sería un rostro conocido; no habían hecho falta las insistentes preguntas del inspector para que se convenciera de que alguien que vivía en Monksmere había matado a Maurice Seton. Pero esta noche las facciones conocidas se demudarían en una máscara blanca y rígida por la decisión: el rostro del depredador que, ligero de pies, se acerca a su presa. Tal vez ahora estaba en la verja, detenido con la mano en la madera, decidiendo si corría el riesgo de que chirriara suavemente al abrirla. Porque tenía que saber que la verja chirriaba. Todos los vecinos de Monksmere lo sabían. ¿Qué sentido tenía que se preocupara por eso? Aunque Sylvia gritara, no había nadie lo bastante cerca para oírla. Y él sabía que no podía salir corriendo.

Desesperada, miró los muebles oscuros y pesados que su madre había trasladado a la casa cuando se casó. La gran librería ornamentada o el aparador de la esquina habrían sido una eficaz barrera delante de la puerta si hubiera podido moverlos. Pero estaba imposibilitada. Se levantó de la estrecha cama, agarró las muletas y se trasladó a la cocina. Vio reflejado su rostro en el cristal del armario: una pálida luna con ojos como pozos negros y los cabellos pesados y húmedos como los de una ahogada. Cara de bruja, pensó. Hace tres siglos me habrían quemado en la hoguera y ahora ni siquiera me temen. Se preguntó qué era peor, si ser temida o compadecida. Abrió el cajón del armario y cogió un puñado de cucharas y tenedores. Los puso en fila en el borde del delgado alféizar. En medio de tanto silencio, oyó su respiración jadeante contra el cristal. Pensó unos segundos y añadió un par de vasos. Si el asesino intentaba entrar por la ventana de la cocina, oiría el tintineo de los cubiertos y el ruido de los vasos que se harían añicos. Miró a su alrededor en busca de un arma. ¿El trinchante? Era demasiado voluminoso y estaba desafilado. ¿La tijera de cocina? Abrió las hojas e intentó separarlas, pero el remache estaba demasiado apretado, incluso para sus manos fuertes. En ese momento se acordó del cuchillo mellado que usaba para pelar patatas. Aunque la hoja ahusada sólo medía quince centímetros, estaba afilado y era rígido, tenía el mango corto y era fácil de sujetar. Afiló la hoja en el borde de piedra del fregadero y la probó con el dedo. Era mejor que nada. Se sintió mejor al contar con esta arma. Volvió a comprobar que los pestillos de la puerta estaban echados, y en el alféizar de la ventana de la sala hizo una hilera con los pequeños adornos de cristal que sacó del aparador. Seguidamente, sin quitarse los aparatos de las piernas, se dejó caer sobre la cama con un pesado pisapapeles de cristal sobre la almohada, junto a ella, y el cuchillo en la mano. Permaneció en esa posición, a la espera de que el miedo pasara, con el cuerpo estremecido por los latidos de su corazón, aguzado el oído para percibir el chirrido de la verja y el tintineo de los vasos rotos en medio del lejano suspiro del viento.

LIBRO DOS
LONDRES

1

Dalgliesh partió a la mañana siguiente, después de un desayuno madrugador y solitario, y sólo se entretuvo en telefonear a Reckless para pedirle las señas de Digby Seton en Londres y el nombre del hotel en que se había hospedado Elizabeth Marley. No explicó para qué los quería y Reckless no se lo preguntó; le dio la información sin comentarios salvo para desearle un viaje agradable y venturoso. Dalgliesh replicó que dudaba de que pudiera serlo, pero agradeció la cooperación del inspector. Ninguno se tomó la molestia de disimular el tono irónico. El desagrado mutuo parecía soltar chispas a lo largo del hilo telefónico.

Aunque era cruel visitar tan temprano a Justin Bryce, Dalgliesh quería pedirle prestada la foto del grupo reunido en la playa. A pesar de que la habían tomado varios años atrás, era un buen retrato de los Seton, de Oliver Latham y del propio Bryce, y podía servir para una identificación.

Bryce bajó arrastrando los pies cuando oyó su llamada. Parecía que el madrugón lo había privado de sensatez y del habla, y tardó varios minutos en entender qué quería Dalgliesh y en entregarle la foto. Al parecer, sólo en ese momento dudó sobre la conveniencia de entregarla. Dalgliesh ya se iba cuando Bryce corrió tras él por el sendero, gimoteando preocupado:

—Adam, ¿me promete que no le dirá a Oliver que se la he dejado? Se pondrá furioso si se entera de que colaboro con la policía. Me temo que Oliver desconfía un poco de usted. Le suplico reserva.

Dalgliesh lo tranquilizó y le recomendó que volviera a la cama, pero conocía demasiado bien las excitaciones de Justin para creerle del todo. En cuanto desayunara e hiciera acopio de fuerzas para la travesura del día, seguramente Bryce telefonearía a Celia Calthrop para hacer una reconfortante especulación compartida sobre lo que estaba tramando Adam Dalgliesh. A mediodía todo Monksmere, incluido Oliver Latham, sabría que se había ido a Londres con la foto.

Fue un viaje relativamente tranquilo. Cogió el camino más rápido y a las once y media entraba en la ciudad. No esperaba volver a Londres en coche tan pronto. Parecía el fin prematuro de unas vacaciones malogradas. Con alguna esperanza de que las cosas no fueran así, rechazó la tentación de ir a su piso de Támesis arriba, cerca de Queenhithe, y enfiló hacia el West End. Poco antes de mediodía había aparcado el Cooper Bristol en Lexington Street y caminaba en dirección a Bloomsbury y el Cadaver Club.

El Cadaver Club es una institución típicamente inglesa en el sentido de que su función, aunque difícil de definir con precisión, está perfectamente clara para los interesados. Fue creado en 1892 por un abogado como centro de reunión para estudiosos del asesinato y, a su muerte, legó al club su bonita casa de Tavistock Square. Es un club exclusivamente masculino; no se admiten socias ni se permite la visita de mujeres. Entre sus miembros figura un compacto grupo de autores de novelas policíacas elegidos más por el prestigio de sus editores que por la cuantía de sus ventas, uno o dos policías retirados, una docena de abogados en ejercicio, tres jueces jubilados, la mayoría de los más conocidos aficionados a la criminología y de los periodistas de sucesos, y una retahíla de socios cuya competencia consiste en la capacidad de pagar las cuotas puntualmente y evaluar con inteligencia la posible culpa de William Wallace o las sutilezas de la defensa de Madeline Smith. La exclusión de mujeres significa que no están representados algunos de los mejores autores del género, hecho que no preocupa a nadie; el comité sustenta la opinión de que su presencia no compensaría los gastos de instalar nuevos aseos para mujeres. De hecho, las instalaciones sanitarias del Cadaver prácticamente no han sido modificadas desde que en 1900 el club se trasladó a Tavistock Square, si bien es un bulo que las bañeras fueron adquiridas por George Joseph Smith. Es un club anticuado no sólo en sus instalaciones sanitarias; hasta su exclusividad se justifica bajo el supuesto de que el asesinato no es un tema para ser discutido en presencia de mujeres. En el Cadaver, el crimen mismo parece un arcaísmo civilizado, aislado de la realidad por el tiempo y el arropamiento de las leyes, que no tiene ningún punto en común con los asesinatos sórdidos y patéticos que ocupaban casi toda la vida profesional de Dalgliesh. Aquí el asesinato evoca la imagen de una sirvienta victoriana con cofia y lazos, que mira a través de la puerta abierta del dormitorio mientras Adelaide Bartlett prepara la medicina de su esposo; de una mano delgada extendida a través de una valla de un sótano de Edimburgo que ofrece una taza de chocolate y, quizá, de arsénico; del doctor Lamson que ofrece pastelitos de naranja amarga durante el último té de su rico cuñado; o de Lizzie Borden que, hacha en mano, acecha por la pacífica casa de Fall River en la canícula de un verano en Massachusetts.

Cada club tiene sus ventajas. Y el Cadaver los Plant. Los socios podrían decir «¿Qué haremos si perdemos a los Plant?», del mismo modo en que podrían preguntar «¿Qué haremos si echan la bomba?». Ambas preguntas son pertinentes y sólo los morbosos hacen hincapié en ellas. El señor Plant ha engendrado —podría llegar a suponerse que en beneficio del club— cinco hijas competentes y entradas en carnes. Las tres mayores —Rose, Marigold y Violet— están casadas y van al club a echar una mano. Las dos más pequeñas —Heather y Primrose— trabajan de camareras en el comedor. El mismo Plant es mayordomo y factótum, y su esposa tiene fama de ser una de las mejores cocineras de Londres. Los Plant son quienes confieren al club esa atmósfera de casa particular donde la comodidad familiar queda en manos de criados leales, competentes y discretos. Los socios que antaño disfrutaron de esos beneficios se hacen la reconfortante ilusión de que han vuelto a sus años mozos, y el resto comienza a tomar conciencia de lo que se ha perdido. Hasta las excentricidades de los Plant son tan estrafalarias como para volverlos interesantes sin desmerecer su eficiencia, y en la actualidad son contados los criados de un club de los que pueda decirse tanto.

Aunque no era socio del club, Dalgliesh había cenado allí más de una vez y Plant lo conocía. Afortunadamente, también era aceptado gracias a esa extraña alquimia que producen estas cuestiones. Plant no puso pegas a enseñarle el edificio ni a responder a sus preguntas; tampoco hizo falta que Dalgliesh pusiera de relieve que sólo estaba allí como aficionado. Aunque apenas hablaron, los dos hombres se entendieron a la perfección. Plant lo condujo hasta el pequeño dormitorio delantero de la primera planta que Seton siempre ocupaba, y aguardó junto a la puerta mientras Dalgliesh le echaba un vistazo. Si no hubiera estado acostumbrado a trabajar bajo observación, Dalgliesh se habría sentido desconcertado por la impasible vigilancia del factótum. La figura de Plant llamaba la atención. Medía metro noventa y era ancho de hombros, con la cara pálida y flexible como la masilla, con una delgada cicatriz que le atravesaba diagonalmente el pómulo izquierdo. La marca, consecuencia de una indecorosa y juvenil caída de la bicicleta contra una verja de hierro, se parecía tanto a las secuelas de un duelo que Plant la había realzado usando quevedos y cortándose el pelo al cepillo, como el siniestro comandante de una película de nazis. Su uniforme de trabajo era adecuado: de sarga azul marino con una calavera en miniatura en cada solapa. Esta vulgar vanidad —introducida en 1896 por el fundador del club— ahora estaba santificada por el tiempo y la costumbre, igual que Plant. Los socios se desconcertaban ligeramente cuando los visitantes hacían algún comentario sobre el insólito aspecto de Plant.

En el dormitorio no había nada que ver. Las delgadas cortinas de tergal estaban corridas para impedir el paso de la luz gris de esa tarde de octubre. Los cajones y el armario estaban vacíos. El pequeño escritorio de roble claro, situado delante de la ventana, sólo contenía un secante limpio y papel con el membrete del club. La cama individual, recién hecha, aguardaba a su próximo ocupante. Plant dijo:

—Los agentes del Departamento de Investigaciones Criminales de Suffolk se llevaron la máquina de escribir y la ropa. También buscaron papeles, pero no había nada a la vista. Un paquete de sobres amarillos, cincuenta folios y una o dos hojas de papel carbón, eso es todo. Era un caballero muy ordenado, señor.

—¿Siempre se hospedaba aquí en octubre?

—La segunda quincena, señor. Todos los años. Y siempre ocupaba esta habitación. En esta planta sólo hay un dormitorio y no podía subir escaleras porque sufría del corazón. Claro que podría haber usado el ascensor, pero decía que no tenía ninguna confianza en los ascensores. Ésa es la razón por la que ocupaba esta habitación.

—¿Trabajaba aquí?

—Sí, señor. Casi todas las mañanas de diez a doce y media, hora en que comía y nuevamente de las dos y media hasta las cuatro y media. Trabajaba con ese horario si escribía a máquina. Si se trataba de leer o de tomar apuntes, iba a la biblioteca. Sin embargo, en la biblioteca no se puede escribir a máquina porque molesta a los demás socios.

—¿El martes lo oyó escribir a máquina en su habitación?

169

—Mi esposa y yo oímos que alguien tecleaba y, lógicamente, supusimos que se trataba del señor Seton. Del picaporte colgaba el letrero de no molestar y, por supuesto, no se nos habría ocurrido entrar. Nunca entramos si un socio está trabajando. Tuve la sensación de que el inspector pensó que aquí adentro podía haber alguien más.

—¿Sí? ¿Y usted qué opina?

—Es posible. Mi esposa oyó la máquina de escribir alrededor de las once de la mañana y de nuevo a las cuatro de la tarde. Pero ninguno de los dos podría asegurar que era el señor Seton. Era un modo de escribir muy veloz y experto, pero eso no significa nada. El inspector preguntó si podía haber entrado alguien más. Aunque no vimos a ningún desconocido, a la hora de la comida y durante casi toda la tarde estuvimos ocupados en la planta baja. Como bien sabe, señor, la gente entra y sale libremente. Pero se habría notado la presencia de una dama. Algún socio habría comentado que en el club había una dama. Por lo demás... no simulé ante el inspector que el club está lo que él llamaría bien vigilado. No parecía tener una elevada opinión de nuestras medidas de seguridad. Pero le dije que esto es un club, no una comisaría.

—¿Esperó dos noches antes de anunciar su desaparición?

—No puede imaginarse cuánto lo lamento, señor. Ni siquiera entonces avisé a la policía. Telefoneé a su casa y le dejé el aviso a su secretaria, la señorita Kedge. Me dijo que de momento no hiciera nada y que intentaría encontrar al hermanastro del señor Seton. No conozco a ese caballero, pero creo que en una ocasión el señor Maurice Seton me habló de él. Que yo recuerde, jamás pisó el club. El inspector insistió en este punto.

—Supongo que también le preguntó por los señores Oliver Latham y Justin Bryce.

—Así es, señor. También son socios y se lo dije. Últimamente no los he visto y dudo de que entren y salgan sin hablar conmigo o con mi esposa. Supongo que quiere ver el cuarto de baño y el aseo de esta planta. Ya hemos llegado. El señor Seton ocupaba esta pequeña suite. El inspector revisó incluso la cisterna.

—¿De verdad? Espero que haya encontrado lo que buscaba.

—Sólo encontró el grifo del flotador, y espero que no lo haya averiado. Este aseo es muy temperamental. Supongo que quiere ver la biblioteca. El señor Seton pasaba horas en ella cuando escribía a máquina. Supongo que sabe que se encuentra en la otra planta.

Evidentemente, ahora tocaba visitar la biblioteca. El inspector Reckless había sido minucioso y Plant no era el tipo de persona capaz de permitir que su protegido se conformara con menos. Cuando se apiñaron en el minúsculo y claustrofóbico ascensor, Dalgliesh hizo las últimas preguntas. Plant respondió que ni él ni ningún otro miembro del personal habían enviado por correo material del señor Seton. Nadie había limpiado su habitación ni destruido papeles. Por lo que Plant sabía, no había ningún papel. Con excepción de la máquina de escribir y de la ropa de Seton, la habitación seguía tal como la había dejado la noche de su desaparición.

La biblioteca, que daba a la plaza por el sur, probablemente era la estancia más interesante de la casa. Originalmente había sido el salón y, exceptuando las estanterías que ocupaban toda la pared oeste, tenía casi el mismo aspecto que cuando el club heredó la casa. Las cortinas eran copia de las originales, el empapelado era de un desteñido diseño prerrafaelista y los escritorios situados entre las cuatro ventanas altas eran victorianos. Los libros formaban una pequeña pero relativamente amplia biblioteca del crimen. Albergaba las afamadas series *British Trials* y *Famous Trials*; textos de jurisprudencia, toxicología y patología forense; memorias de jueces, abogados, patólogos y policías; diversas obras de aficionados a la criminología que analizaban algunos de los asesinatos más notables y polémicos; textos de derecho penal y reglamentos policiales, e incluso unos pocos tratados sobre los aspectos sociológicos y psicológicos del crimen, que no daban muchas muestras de haber sido consultados. En los estantes de literatura, una pequeña sección contenía las primeras ediciones que el club había publicado de las obras de Poe, Le Fanu y Conan Doyle; por lo demás, estaban representados casi todos los autores británicos y norteamericanos, y era evidente que los socios regalaban ejemplares de sus libros. A Dalgliesh le llamó la atención que Maurice Seton hiciera encuadernar especialmente sus obras y las embelleciera con su monograma en oro. También notó que, a pesar de que el club excluía a las mujeres, la prohibición no incluía sus obras, razón por la cual la biblioteca era bastante representativa de las novelas del género durante los últimos ciento cincuenta años.

Al otro lado de la estancia había un par de vitrinas que configuraban un pequeño museo del crimen. Como los objetos exhibidos habían sido regalados o legados por los socios con el correr del tiempo y aceptados con la misma actitud de benevolencia acrítica, variaban tanto en interés como —sospechaba Dalgliesh— en autenticidad. No se había hecho una clasificación cronológica ni un etiquetado exacto, y los objetos estaban expuestos en las vitrinas aparentemente con más preocupación por el efecto artístico que por la disposición lógica. Había una pistola para duelos con llave de chispa, engastada en plata y con la cazoleta del pedernal bordeada de oro, que según rezaba la etiqueta fue el arma utilizada por el reverendo James Hackman, ejecutado en Tyburn en 1779 por el asesinato de Margaret Reay, amante del conde de Sandwich. A Dalgliesh le pareció harto improbable. Calculó que el arma había sido fabricada unos quince años después. Pero era posible que esa pistola brillante y bella tuviera su propia historia perversa. No hacía falta dudar de la autenticidad del siguiente objeto, una carta amarillenta y frágil que Mary Blandy había enviado a su amante para agradecer el regalo del «polvo para limpiar los guijarros de Escocia»: el arsénico que mataría a su padre y que la llevaría al patíbulo. La misma vitrina contenía una Biblia firmada «Constance Kent» en la guarda, un andrajo del pijama que aparentemente había formado parte de la envoltura que rodeó el cadáver de la señora Crippen, un pequeño guante de algodón que figuraba como perteneciente a Madeline Smith, y un frasco con polvo blanco, «arsénico hallado en poder del comandante Herbert Armstrong». Si de verdad contenía esa sustancia, la cantidad era suficiente para causar estragos en el comedor, y las vitrinas no estaban cerradas con llave. Cuando Dalgliesh manifestó su preocupación, Plant sonrió y dijo:

—Señor, no es arsénico. Hace nueve meses, sir Charles Winkworth expresó la misma preocupación. Me dijo: «Plant, si eso es arsénico, será mejor que nos lo quitemos de encima o que lo pongamos bajo llave.» Sacamos una muestra a hurtadillas y la hicimos analizar. Señor, no es ni más ni menos que bicarbonato. No niego que perteneciera al comandante Armstrong ni digo que fue el bicarbonato lo que llevó a su esposa a la tumba. El contenido de ese frasco es inofensivo. Lo dejamos estar y no dijimos nada. Al fin y al cabo, desde hace treinta años es arsénico y puede seguir siéndolo. Como comentó sir Charles, si analizamos a fondo los objetos exhibidos, nos quedamos sin museo. Señor, si me disculpa, tengo que ir al comedor. A menos que quiera que le muestre algo más.

Dalgliesh le dio las gracias y lo dejó ir. Se quedó unos minutos más en la biblioteca. Tenía la sensación irracional y acuciante de que en algún sitio, hacía muy poco, había visto un indicio de la muerte de Seton, un indicio fugitivo que su subconsciente había registrado pero que se negaba obstinadamente a presentarse y dejarse reconocer. No era una experiencia novedosa para él. Como todo detective que se precie, ya la había experimentado. A veces lo había conducido a uno de esos éxitos aparentemente intuitivos en los que, en parte, se basaba su reputación. Casi siempre esa impresión transitoria, recordada y analizada, no había servido de nada. Y no era posible forzar el subconsciente. De momento, el indicio —si es que era un indicio— lo eludía. El reloj de encima de la chimenea dio la una. Su anfitrión lo estaba esperando.

En el comedor ardía un fuego suave y las llamas apenas se divisaban por los haces de sol otoñal que atravesaban oblicuamente mesas y alfombra. Era un salón sencillo y cómodo, reservado para el serio objetivo de comer, las sólidas mesas estaban muy separadas, sin flores y con manteles y servilletas de un blanco níveo. De las paredes colgaba una serie de dibujos originales Phiz para las ilustraciones de *Martin Chuzzlewit*, simplemente porque hacía poco que los había regalado un miembro destacado del club. Dalgliesh pensó que eran un buen sustituto de la serie de escenas del viejo Tyburn que en otros tiempos habían decorado el comedor, aunque sospechó que el comité —anclado en el pasado— las había descolgado con pesar.

En las comidas y cenas del Cadaver Club sólo se sirve un plato fuerte, pues la señora Plant considera que, dadas las limitaciones de personal, la perfección es incompatible con la variedad. Siempre existe la opción de tomar ensalada y carnes frías, y los que rechazan este plato optativo o el fuerte pueden probar suerte en otro sitio, a ver si comen mejor. Como proclamaba el menú del tablón de anuncios de la biblioteca, hoy había melón, budín de ternera y riñones, y soufflé de limón. Ya estaban entrando los primeros budines, cubiertos con servilletas.

Max Gurney lo esperaba en una mesa del rincón y hablaba de vinos con Plant. Alzó una mano rolliza en un saludo episcopal que daba la impresión de dar la bienvenida a su invitado, al tiempo que concedía su bendición a la comida. Dalgliesh se alegró instantáneamente de verlo. Era la emoción que Max Gurney siempre despertaba.

174

Era un hombre cuya compañía casi nunca resultaba desagradable. Cortés y generoso, sabía disfrutar de la vida y de la gente de una forma que se volvía contagiosa y constante. Era un hombre corpulento que daba la sensación de ligereza, saltando sobre sus pies pequeños y aleteando las manos, con los ojos negros y brillantes tras las inmensas gafas de concha. Sonrió a Dalgliesh de oreja a oreja.

—¡Adam! Esto es encantador. Plant y yo hemos coincidido en que el Johannisberger Auslese del cincuenta y nueve sería muy apropiado, a menos que prefieras un vino con menos cuerpo. Me alegro porque me desagrada hablar de vinos más de lo necesario. Tengo la sensación de que yo también me comporto como el honorable Martin Carruthers.

Era una faceta desconocida del detective de Seton. Dalgliesh comentó que no estaba enterado de que Seton entendiera de vinos.

—Ni jota, pobre Maurice. Ni le importaba. Sabía que le iba mal para el corazón. No, sacaba todos los detalles de los libros. Y eso significa que el gusto de Carruthers era deplorablemente ortodoxo. Adam, tienes un excelente aspecto. Temía encontrarte un poco trastornado por la tensión de tener que ser testigo de la investigación de otro.

Con toda seriedad, Dalgliesh respondió que su orgullo había sufrido más que su salud, y que la tensión era considerable. Como siempre, la comida con Max sería un alivio.

Durante veinte minutos no hicieron el menor comentario sobre la muerte de Seton. Estaban concentrados en la comida. Una vez servidos el budín y el vino, Max dijo:

—Adam, hablemos de Maurice Seton. Podría decirte que me enteré de su muerte con una sensación de sorpresa y de... —escogió un suculento trozo de ternera y lo combinó con champiñón y medio riñón— agravio. Lo mismo puede decirse del resto de la editorial. No estamos acostumbrados a perder a nuestros autores de forma tan espectacular.

—¿No produce un incremento en las ventas? —preguntó Dalgliesh irónicamente.

—¡Nada de eso! En realidad, no es así. Se trata de un error muy difundido. Aunque la muerte de Seton fuera un truco publicitario que, reconócelo, sugeriría un celo excesivo por parte del pobre Maurice, dudo de que se vendiera un solo ejemplar más. Unas pocas viejecitas añadirían su última obra a las listas de la biblioteca, pero no es lo mismo. A propósito, ¿has leído el último? *Uno para la cazuela*, un asesinato con arsénico que transcurre en una fábrica de cerámica. En abril pasó tres semanas aprendiendo a tornear piezas de cerámica antes de ponerse a escribir. Siempre fue muy detallista. Pero supongo que tú no lees novelas policíacas.

—No pretendo darme aires de superioridad —se defendió Dalgliesh—. Puedes acharcárselo a la envidia. Me molesta el modo en que los detectives literarios pueden detener al sospechoso y obtener gratuitamente una confesión completa a partir de pruebas que a mí ni siquiera me permitirían solicitar una orden judicial. Ojalá los asesinos reales fueran presas del pánico con tanta facilidad. Para no hablar de que, al parecer, ningún detective literario ha oído hablar del código de procedimientos.

—Ah, el honorable Martin es un caballero a carta cabal. Estoy seguro de que aprenderías mucho de él. Siempre a punto con la cita adecuada, y un demonio con las mujeres. Todo muy respetable, por supuesto, pero se ve que las sospechosas se irían encantadas a la cama con el honorable si Seton lo permitiera. ¡Pobre Maurice! Creo que sus obras estaban cargadas de expresiones de deseos.

—¿Qué opinas de su estilo? —preguntó Dalgliesh, que a esas alturas de la conversación estaba empezando a considerar que había limitado excesivamente sus lecturas.

—Pomposo pero gramaticalmente impecable. Y hoy que cualquier debutante analfabeto se considera novelista, ¿quién soy yo para criticar su estilo? Supongo que escribía con Fowler a la izquierda y Roget a la derecha. Estilo caduco, insípido y, ¡ay!, cada día menos rentable. Hace cinco años, cuando dejó Maxwell Dawson, no quise contratarlo, pero perdí la votación. Ya entonces estaba prácticamente acabado. Siempre hemos tenido uno o dos escritores de novelas policíacas en nuestra lista, y lo fichamos. Supongo que todos lo lamentamos, pero aún no había llegado el momento de la separación.

—¿Qué tipo de persona era?

—Bueno, difícil. ¡Muy difícil, pobre hombre! Creía que lo habías tratado. Era un tipejo meticuloso, testarudo, nervioso y eternamente atormentado por las ventas, la publicidad o las sobrecubiertas de sus libros. Sobrevaloraba su talento y subestimaba el de todos los demás, lo que no da la menor popularidad.

—En realidad era un escritor típico, ¿no? —preguntó Dalgliesh con perversidad.

—Vamos, Adam, no seas capcioso. En boca de otro escritor, es una traición. Sabes que los nuestros forman un grupo tan trabajador, agradable y de talento como el que puede encontrarse fuera de un manicomio. No, Seton no era un escritor típico. Era más desdichado e inseguro que la mayoría. A veces me daba lástima, pero ese impulso caritativo casi siempre se apagaba después de pasar diez minutos en su compañía.

Dalgliesh le preguntó si Seton le había comentado que pensaba cambiar de género.

—Sí —dijo Max—, lo hizo cuando nos vimos por última vez, hace diez semanas. Tuve que aguantar la diatriba de costumbre sobre la pérdida de calidad y la especulación con el sexo y el sadismo, pero entonces añadió que se proponía escribir un *thriller*. En teoría, el cambio me parecía muy positivo, pero en realidad lo creí incapaz de lograrlo. Ni conocía la jerga ni era hábil. Se trata de un juego altamente profesional y Seton se perdía cada vez que trataba temas ajenos a su experiencia personal.

—¿Es una desventaja tan grave para un escritor de novelas policíacas?

—Por lo que sé, no se dedicó realmente al asesinato. Al menos, al servicio de sus obras. Se ceñía a personajes y escenarios conocidos. Ya sabes a qué me refiero. Escena en una cómoda aldea o en una pequeña población de Inglaterra. Personajes locales que se desplazan por el tablero ateniéndose estrictamente a su categoría y condición social. La reconfortante ilusión de que la violencia es excepcional, de que todos los policías son honrados, de que el sistema de clases inglés no ha cambiado en los últimos veinte años y de que los asesinos no son caballeros. Sin embargo, era muy meticuloso con los detalles. Por ejemplo, jamás describió un asesinato a tiros porque no entendía de armas de fuego. Estaba muy informado sobre toxicología y sus conocimientos de medicina forense eran considerables. Se explayaba al infinito en la rigidez cadavérica y otros detalles de este tipo. Se ponía furioso al ver que los críticos no lo advertían y que a los lectores les importaba un bledo.

—De modo que lo viste hace diez semanas —dijo Dalgliesh—. ¿Para qué?

—Me envió una carta diciendo que quería verme. Vino a Londres muy decidido y nos reunimos en mi despacho después de las seis y cuarto, cuando ya se había ido casi todo el personal. Luego vinimos a cenar aquí. Adam, precisamente de esto quería hablar contigo. Quería modificar su testamento. Esta carta explica los motivos.

Max Gurney sacó de su cartera una hoja de papel de carta doblada y se la entregó a Dalgliesh. El membrete decía: «Seton House, Monksmere Head, Suffolk.» La carta, fechada el 30 de julio, estaba mecanografiada con exactitud pero inexpertamente, había algo en los espacios y en la división de palabras al final de las líneas que denotaba que era trabajo de un aficionado. Dalgliesh se dio cuenta en el acto de que recientemente había visto otro texto mecanorafiado por la misma mano. Leyó:

Querido Gurney:

He estado pensando en nuestra charla del viernes pasado —he de hacer una digresión para agradecerle una vez más la magnífica cena— y he llegado a la conclusión de que mi idea original era la acertada. No tiene ningún sentido hacer las cosas a medias. Si el premio literario Maurice Seton ha de cumplir el elevado propósito que me propongo, el desembolso de capital no sólo debe ser el adecuado para asegurar que el valor monetario del premio esté en proporción con su importancia, sino para financiarlo a perpetuidad. No tengo personas a mi cargo que puedan reclamar legítimamente mis bienes. Hay un puñado de personas que tal vez se consideran con derecho a ellos, pero ésta es otra historia. Mi único pariente vivo heredará una suma que el esfuerzo y la prudencia le permitirán acrecentar si decide ejercitar estas virtudes. No estoy dispuesto a hacer nada más. Una vez hechos este y otros pequeños legados, habrá un capital disponible de aproximadamente ciento veinte mil libras para dotar el premio. Se lo digo para que se haga una idea de lo que me propongo. Como sabe, no gozo de buena salud y si bien no hay motivos por los que no me queden aún muchos años de vida, estoy deseoso de poner en marcha este asunto. Conoce mis opiniones. El premio deberá concederse cada dos años a una novela importante. No estoy especialmente interesado en patrocinar a los jóvenes. En los últimos años hemos sufrido bastante a causa del sentimentalismo autocompasivo del escritor adolescente. Tampoco siento debilidad por el realismo. La novela debería ser una obra del oficio de la imaginación, no las deprimentes notas del registro de casos de un asistente social. Tampoco limito el premio al género policiaco; lo que yo entiendo por género policiaco ya no se estila.

Tal vez medite sobre estas pocas ideas. Le agradecería que me hiciera sugerencias. Necesitaremos administradores y tendré que consultar a abogados con respecto a las condiciones de mi nuevo testamento. Sin embargo, de momento no diré nada a nadie sobre este proyecto y confío en que sea igualmente discreto. Habrá sin duda publicidad cuando se conozcan los detalles, pero deploraría toda revelación prematura. Como de costumbre, la segunda quincena de octubre me hospedaré en el Cadaver Club y sugiero que se ponga en contacto conmigo allí.

Le saluda atentamente,
MAURICE SETON

Dalgliesh notó que los ojillos negros de Gurney se apartaban de él mientras leía la carta. Cuando terminó, se la devolvió y comentó:

—Esperaba mucho de ti, ¿eh? ¿Qué ganaba la editorial?

—Nada, Adam, nada. Muchos esfuerzos y preocupaciones, todo para mayor gloria de Maurice Seton. Ni siquiera se limitó el premio a nuestra lista de autores. Reconozco que tampoco habría sido razonable. Quería tentar a los grandes. Una de sus mayores preocupaciones consistía en saber si se tomarían la molestia de presentarse. Le dije que si el premio era lo bastante elevado, se presentarían. ¡Pero jamás imaginé que Maurice Seton valiera ciento veinte mil libras!

—Su esposa era rica... Max, ¿sabes si habló con alguien más de este proyecto?

—Por lo que dijo, no. Actuaba como un colegial. Grandes juramentos de guardar el secreto. Tuve que prometerle que no lo llamaría para hablar del tema. Ponte en mi lugar. ¿Tengo o no que entregar esta carta a la policía?

—Sin ninguna duda. Para ser exactos, al inspector Reckless, del Departamento de Investigaciones Criminales de Suffolk. Te daré sus señas. Será mejor que lo llames para decirle que se la envías.

—Sospechaba que ésta sería tu respuesta. Supongo que es evidente. A veces uno tiene inhibiciones irracionales. Aunque no sé nada de su heredero, imagino que esta carta adjudica a alguien un móvil considerable.

—El más firme. De todos modos, no hay pruebas de que el heredero estuviera al tanto. Por si te sirve de consuelo, te diré que la persona con el móvil económico más fuerte también es la que tiene la coartada más sólida. Estaba bajo custodia policial cuando murió Maurice.

—Muy inteligente por su parte... Adam, ¿no podría entregarte a ti la carta?

—Lo siento mucho, Max, pero prefiero que no me la des.

Gurney lanzó un suspiro, guardó la carta en la cartera y se concentró en la comida.

No volvieron a mencionar a Seton hasta que acabó la comida y Max se envolvió en la inmensa capa negra que invariablemente se ponía entre octubre y mayo, y que le confería el aspecto de un patoso prestidigitador que ha vivido mejores épocas.

—Si no me doy prisa, llegaré tarde a la reunión de la junta. Adam, nos hemos vuelto muy formales y eficaces. No se toma ninguna decisión salvo por resolución de la junta en pleno. Es la consecuencia de los nuevos edificios. Antes nos encerrábamos en nuestras celdas polvorientas y tomábamos decisiones. Aunque provocó algunas ambigüedades con respecto a la política editorial, no estoy seguro de que fuera tan negativo... ¿Te acerco a algún sitio? ¿A quién piensas investigar ahora?

—Te lo agradezco, Max, pero prefiero caminar. Me voy al Soho a charlar con un asesino.

Max se detuvo sorprendido.

—¿Con el asesino de Seton? Tenía entendido que el Departamento de Investigaciones Criminales de Suffolk y tú estabais desconcertados. ¿O sea que he estado debatiéndome con mi conciencia por nada?

—No, este asesino no mató a Seton, aunque creo que no habría tenido reparos morales en hacerlo. Sin duda, alguien pretende convencer a la policía de que está implicado. Hablo de L. J. Luker. ¿Lo recuerdas?

—¿Fue el que disparó contra su socio en pleno Piccadilly y se salió con la suya? Fue en 1959, ¿no?

—Exactamente. El tribunal de apelación revocó el veredicto porque era una causa mal instruida. Por alguna aberración inexplicable, el juez Brothwick sugirió al jurado que un hombre que no respondía a las acusaciones probablemente tenía algo que ocultar. Debió de hacerse cargo de las consecuencias en cuanto las palabras salieron de su boca, pero ya las había pronunciado. Y Luker quedó libre, tal como había pronosticado.

—¿Qué tiene que ver con Maurice Seton? No puedo imaginar a dos individuos que tengan menos en común.

—Eso es lo que quiero averiguar —respondió Dalgliesh.

2

Dalgliesh deambuló por el Soho hasta el Cortez Club. Con la mente todavía despejada por el limpio vacío de Suffolk, estas calles encañonadas le resultaron más deprimentes que de costumbre, incluso en la quietud de la tarde. Era difícil creer que en otros tiempos había disfrutado paseando por ese barranco empapado en alcohol. Y ahora, después de un mes de ausencia, la vuelta resultaba más insoportable. Era básicamente una cuestión del ánimo, pues ese barrio puede serlo todo para todos los hombres, ya que abarca ampliamente las necesidades que pueden satisfacerse con dinero. Cada uno lo ve como le place: un sitio agradable para cenar; una aldea cosmopolita situada detrás de Piccadilly, con su misteriosa vida pueblerina; uno de los mejores sitios de Londres para comprar alimentos, o el semillero del crimen más sórdido de toda Europa. Obsesionados por sus ambigüedades, ni siquiera los periodistas extranjeros llegan a decidir cuál es el verdadero carácter del Soho. Al pasar delante de los clubs de strip-tease, de las sucias escaleras que conducían a los sótanos y ver las siluetas de las chicas aburridas en las ventanas de los pisos altos, Dalgliesh pensó que el paseo diario por esas calles inhóspitas podía llevar a cualquier hombre a un monasterio, no tanto por asco físico como por el intolerable aburrimiento de la uniformidad, de la falta de alegría en la lascivia.

El Cortez Club no era mejor ni peor que sus vecinos. Fuera se veían las fotos de costumbre y al inevitable grupo de hombres de edad madura y con aspecto de deprimidos que las observaban con furtivo desinterés. Aunque el local aún no había abierto, la puerta cedió a su empujón. No había nadie en la pequeña taquilla de recepción. Bajó por la estrecha escalera con la sucia moqueta roja y echó a un lado la cortina de cuentas que separaba el restaurante del pasillo.

Seguía tal como lo recordaba. Al igual que su dueño, el Cortez Club poseía una capacidad innata de supervivencia. Parecía algo más elegante, si bien la luz de la tarde agudizaba el relumbrón de los adornos supuestamente españoles y la suciedad de las paredes. El salón estaba repleto de mesas, la mayoría con capacidad para una sola persona y demasiado apiñadas para resultar cómodas. Pero los clientes no iban al Cortez Club para celebrar una cena familiar ni se interesaban básicamente por la comida.

En el otro extremo del restaurante se alzaba un pequeño escenario con una sola silla y un gran biombo de mimbre. A la izquierda del escenario había un piano vertical, con la tapa cubierta de partituras escritas a mano. Un joven delgado con pantalón y jersey se inclinaba sobre el piano, interpretando una melodía con la mano izquierda y apuntando las notas con la derecha. Pese a la postura desgarbada y al gesto de indiferente aburrimiento, estaba totalmente absorto. Apenas alzó la vista cuando Dalgliesh entró y volvió enseguida a su monótono aporreo de las teclas.

Sólo había otra persona en el local: un negro del África Occidental que barría perezosamente. Se detuvo frente a Dalgliesh y dijo con voz suave y baja:

—Señor, aún no hemos abierto. El servicio se abre a las seis y media.

—Gracias, pero no quiero que me sirvan nada ¿Está el señor Luker?

—Tendré que preguntarlo, señor.

—Le ruego que lo haga. También me gustaría ver a la señorita Coombs.

—Tendré que preguntarlo, señor, no sé si ha llegado.

—Creo que comprobará que ha llegado. Dígale, por favor, que a Adam Dalgliesh le gustaría hablar con ella.

El negro se esfumó. El pianista prosiguió su improvisación sin desviar la mirada y Dalgliesh se sentó a la mesa contigua a la entrada, dispuesto a aguardar los diez minutos que, según calculó, Luker consideraba que tenía que esperar. Se dedicó a pensar en el hombre del piso de arriba.

Luker había dicho que mataría a su socio y lo mató. Había dicho que no lo ahorcarían y no lo ahorcaron. Como entonces no sabía que podía contar con la cooperación del juez Brothwick, la predicción daba testimonio de una presciencia excepcional o de una extraordinaria confianza en su suerte. Algunas de las anécdotas que se habían tejido a su alrededor desde el juicio eran apócrifas, sin duda, pero no era el tipo de persona que las desmintiera. Los delincuentes profesionales lo conocían y lo aceptaban aunque no formaba parte de sus clanes. Le concedían el respeto reverente y a medias supersticioso de los que saben exactamente cuánto se puede arriesgar por aquel que con paso irreparable ha superado todos los límites. Era la actitud respetuosa y temerosa que se tiene hacia cualquiera que ha estado tan próximo a la última y temida caminata. A veces a Dalgliesh le molestaba comprobar que ni siquiera la policía era inmune a esta sensación. Les costaba trabajo creer que Luker, que había matado tan gratuitamente para acabar con un agravio personal, se diera por satisfecho con administrar una serie de clubs nocturnos de baja estofa. Se esperaba de él una perversidad más espectacular que la manipulación de las leyes que autorizaban a vender bebidas alcohólicas, los chanchullos en las declaraciones de impuestos y la venta de entretenimientos ligeramente eróticos a sus deprimentes parroquianos. Si tenía otras empresas, nada se sabía. Tal vez no hubiera nada que saber. Quizá sólo anhelaba esta próspera respetabilidad a medias, la falsa reputación, la libertad de esa tierra de nadie entre dos mundos.

Transcurrieron exactamente diez minutos hasta que el negro regresó y le comunicó que Luker lo recibiría. Dalgliesh subió los dos pisos de escalera hasta la espaciosa sala desde la que Luker no sólo dirigía el Cortez, sino todos sus clubs. Era una estancia calurosa y cargada, con demasiados muebles y ventilación insuficiente. En medio de la sala había un escritorio, un par de archivadores, junto a una pared, una inmensa caja fuerte a la izquierda de la estufa de gas; un sofá y tres butacones se apiñaban alrededor del televisor. En el otro extremo había un pequeño lavamanos. Evidentemente, era una habitación diseñada para servir como despacho y sala de estar, pero no lograba ser ninguna de las dos cosas. Encontró a tres personas: Luker, Sid Martelli —su factótum general en el Cortez— y Lily Coombs. En mangas de camisa, Sid calentaba un cazo de leche en el hornillo situado al lado de la estufa. Mostraba su permanente expresión de resignada tristeza. La señorita Coombs, ataviada con su vestido negro de noche, estaba repantigada en un puf, delante de la estufa, y se pintaba las uñas. Alzó una mano a modo de saludo y dedicó a Dalgliesh una sonrisa amplia y serena. Dalgliesh pensó que la descripción que de ella se hacía en el manuscrito —quienquiera que lo hubiese redactado— le sentaba como anillo al dedo. No logró detectar la vena aristocrática de origen ruso, pero tampoco se sorprendió porque estaba perfectamente enterado de que Lil se había criado no más allá de Whitechapel Road. Era una rubia maciza y de saludable aspecto, de dientes sólidos y ese cutis grueso y bastante pálido que soportaba bien el paso de los años. Probablemente tenía cuarenta y pocos. Era difícil saberlo con certeza. Tenía el mismo aspecto que cuando Dalgliesh la había conocido, hacía cinco años. Probablemente seguiría teniendo el mismo aspecto durante cinco años más.

Luker estaba más gordo que la última vez que se vieron. Los hombros de la costosa chaqueta estaban tirantes y el cogote le sobresalía del cuello inmaculado. Tenía un rostro marcado y chocante, de piel tan clara y brillante que parecía lustrada. Sus ojos eran extraordinarios: el iris estaba exactamente encajado en el centro del blanco como un pequeño guijarro gris y tenían tan poca vida que su cara parecía deforme. Su pelo grueso y negro formaba un acentuado pico de viuda que le confería un ridículo aire femenino. Lo llevaba corto y brillaba como la pelambrera de un perro, lustrosa y áspera. Parecía lo que era. Pero en cuanto abría la boca, su voz traicionaba sus orígenes. De pronto todo se hacía realidad: la casa del párroco en un pueblecito, la cortesía cuidadosamente fomentada, el colegio privado de segunda categoría. Había podido cambiar muchas cosas, pero nunca logró modificar su voz.

—Hola, inspector Dalgliesh. Le agradezco la visita. Creo que esta noche el local está al completo, pero quizá Michael le consiga una mesa. Supongo que le interesa el espectáculo.

—Ni la cena ni el espectáculo, muchas gracias. Creo que su comida le sentó mal al último de mis conocidos que cenó aquí. Y prefiero que las mujeres parezcan mujeres, no vacas lecheras. Me basta y me sobra con las fotografías de la cartelera. ¿De dónde diablos las ha sacado?

—Nosotros no nos ocupamos de eso. Las queridas chicas se dan cuenta de que poseen... digamos que ventajas naturales, y vienen a vernos. Inspector, no sea tan severo. Todos tenemos nuestras íntimas fantasías sexuales. Que usted las satisfaga de otro modo no significa que no goce con ellas. ¿Cómo era aquel refrán sobre la paja y la viga? Recuerde que, al igual que usted, soy hijo de un pastor. Sin embargo, parece que hemos seguido caminos divergentes. —Hizo una pausa, como si se interesara por la reacción de cada uno de los presentes. Agregó con ligereza—: Sid, el inspector y yo compartimos la misma desgracia. Los dos tuvimos un pastor como padre. Es un mal comienzo. Si son sinceros, los desprecias por ingenuos; si no lo son, los desdeñas por hipócritas. Lo cierto es que de un modo u otro, siempre pierden.

Sid, engendrado por un camarero chipriota con una criada infradotada, asintió apasionadamente.

—Me gustaría hablar con usted y con la señorita Coombs sobre Maurice Seton —dijo Dalgliesh—. Como no llevo el caso, si lo prefieren pueden permanecer callados. Supongo que ya lo saben.

—Así es. No estoy obligado a pronunciar una sola palabra. Pero puede que me encuentre de humor solidario y reconciliador. Nunca se sabe. Inténtelo.

—¿Conoce a Digby Seton?

Dalgliesh hubiera jurado que era una pregunta inesperada. Los ojos de Luker chispearon y replicó:

—El año pasado, cuando me quedé sin pianista, Digby trabajó unos meses en este local. Fue después de que su club se fuera a pique. Le presté pasta para ver si salía a flote, pero no hubo forma. A Digby le falta lo que hay que tener, pero no es mal pianista.

—¿Cuándo estuvo aquí por última vez?

Luker extendió los brazos y se dirigió a sus compañeros:

—¿En mayo no trabajó una semana para nosotros, cuando Ricki Carlis se tomó una sobredosis? Desde entonces no lo hemos visto.

—L. J., ha venido una o dos veces —dijo Lil—. Pero no se presentó cuando tú estabas. —El personal siempre llamaba a Luker por sus iniciales. Dalgliesh no sabía si para poner de relieve la intimidad de la relación o para que Luker se sintiera como un magnate norteamericano. Lil prosiguió amablemente—: Sid, ¿no estuvo este verano con un grupo?

Sid adoptó una expresión de lóbrego ensimismamiento.

—Este verano no, Lil, más bien a finales de primavera. ¿No vino con Mavis Manning y su pandilla después de que ella terminara su espectáculo, en mayo?

—Sid, ése era Ricki. Estás pensando en Ricki. Digby Seton nunca vino con Mavis.

Dalgliesh pensó que habían ensayado aquella escena tanto como un número de canto y baile. Luker sonrió afablemente y preguntó:

—¿Por qué se mete con Digby? No ha sido asesinato y, si lo fue, Digby está cubierto. Valore los hechos. Digby tenía un hermano rico. Algo bueno para los dos. El hermano estaba enfermo del corazón y podía palmarla en cualquier momento. Mala suerte para él y buena fortuna para Digby. Un día el corazón dice basta. Inspector, eso es muerte natural, si es que la expresión significa algo. Cierto que alguien llevó el cadáver a Suffolk y lo arrojó al mar. Y, por lo que he oído, le hizo cosas sucias y desagradables. Tengo la impresión de que el pobre señor Seton era muy impopular entre sus vecinos literarios. Inspector, me sorprende que a su tía le guste vivir entre esa gente, para no hablar de dejar el hacha a mano.

—Por lo que parece, está muy bien informado —comentó Dalgliesh.

Era evidente que también había sido informado con gran rapidez. Dalgliesh se preguntó quién lo mantenía tan al tanto de la situación.

Luker se encogió de hombros.

—No es un delito. Mis amigos me cuentan cosas. Saben que me intereso por todo.

—¿Sobre todo si heredan doscientas mil libras?

—Inspector, preste atención. Si quiero dinero, puedo ganarlo legalmente. Cualquier imbécil es capaz de amasar una fortuna al margen de la ley. Actualmente hace falta ser inteligente para ganar dinero por medios lícitos. Si quiere, Digby Seton puede devolverme las mil quinientas libras que le presté cuando intentaba salvar del naufragio el Golden Pheasant. No pienso achucharlo.

Sid dirigió sus ojos de lémur a su patrón. Denotaban una devoción casi indecente.

Dalgliesh siguió hablando:

—La noche en que murió, Maurice Seton cenó aquí. Digby Seton está relacionado con este local y tiene la posibilidad de heredar doscientas mil libras. No puede culpar a nadie por hacer preguntas, sobre todo si la señorita Coombs fue la última persona que vio con vida a Maurice.

Luker se dirigió a Lil:

—Lil, será muchísimo mejor que mantengas el pico cerrado. Mejor dicho, consíguete un abogado. Hablaré con Bernie.

—¿Para qué demonios quiero a Bernie? Ya dije todo cuando estuvo aquí el tío ése del Departamento de Investigaciones Criminales. Y digo la verdad. Michael y los chicos vieron que me llamaba a su mesa y allí estuvimos hasta las nueve y media. Luego salimos juntos. Regresé a las diez y media. Sid, tú me viste, y todos los que estaban en el club.

—Así es, inspector, Lil volvió a las diez y media.

—Lil no debió dejar el club —comentó Luker afablemente—. Pero eso es asunto mío, no tiene nada que ver con usted.

La señorita Coombs mostró la mayor indiferencia al pensar en el disgusto que se había llevado Luker. Al igual que todos los empleados, sabía exactamente hasta dónde podía llegar. Las reglas eran pocas, sencillas y se entendían fácilmente. Abandonar el club una hora una noche de poca actividad era venial. Probablemente también era venial el asesinato en ciertas circunstancias muy bien entendidas. Pero si alguien de Monksmere pretendía endilgarle esa muerte a Luker, se llevaría un buen chasco. Luker no era el tipo de persona que asesinaba en beneficio de nadie ni se tomaba la molestia de no dejar rastros. Cuando mataba, Luker no tenía reparos en dejar sus huellas dactilares en la escena del crimen.

Dalgliesh preguntó a Lil qué había ocurrido. No se volvió a hablar de abogados ni Adam puso reparos para que ella diera su versión. A Dalgliesh no se le escapó la rápida mirada de Lil a su patrón antes de tomar la palabra. Por alguna razón que sólo él sabía, Luker estaba dispuesto a dejarla hablar.

—Llegó alrededor de las ocho y ocupó la mesa contigua a la puerta. Lo vi en el acto. Era un tío raro, menudo, muy pulcro, nervioso. Deduje que era un funcionario en una noche de juerga. Aquí cae de todo. Los parroquianos suelen presentarse en grupo, pero también aparece algún solitario. La mayoría busca una chica. No nos ocupamos de ese tipo de servicios y mi trabajo consiste en decírselo. —La señorita Coombs adoptó una expresión de devota severidad que no engañaba ni pretendía engañar a nadie. Dalgliesh preguntó qué había sucedido después—. Michael le tomó el pedido. Pidió langostinos a la plancha, ensalada verde, pan, mantequilla y una botella de Ruffino. Daba la sensación de que sabía exactamente qué quería. No tenía la menor duda. Cuando Michael le sirvió, pidió hablar conmigo. Me acerqué y me preguntó qué quería beber. Pedí una ginebra con lima y la bebí mientras él picaba los langostinos. No tenía hambre o simplemente quería tener algo que toquetear mientras hablábamos. Al final comió bastante, pero no pareció disfrutar de la cena. Y bebió vino, más bien se lo liquidó, casi vació la botella. —Dalgliesh preguntó de qué habían hablado—. De drogas —replicó la señorita Coombs con toda franqueza—. Estaba interesado en las drogas. La verdad es que no eran para él. Saltaba a la vista que no era un drogota y que, de haberlo sido, no habría recurrido a mí. Esa gente sabe muy bien dónde conseguir material y ni aparecen por el Cortez. El tío me dijo que era escritor, un escritor famoso, muy conocido, y que estaba escribiendo un libro sobre tráfico de drogas. Ni me dio su nombre ni se lo pregunté. Alguien le había dicho que yo podría proporcionarle información útil si la pagaba bien. Parece que su amigo le dijo que si quería información sobre el Soho, podía venir al Cortez y preguntar por Lil. Hay que reconocer que fue muy amable. Jamás me he considerado una experta en tráfico de drogas. De todos modos, daba la sensación de que alguien quería hacerme un favor. Había dinero de por medio y el tío no era de los que saben distinguir si la información que reciben es auténtica. Sólo quería algún dato pintoresco para su libro y pensé que podría dárselo. Si tiene pasta y sabe a dónde ir, en Londres puede conseguir lo que quiera. Usted conoce el ambiente tan bien como yo. Podría haberle dado el nombre de uno o dos pubs donde, según se rumorea, pasan drogas. ¿Y de qué le habría servido? Quería encanto y emoción y no hay encanto en el tráfico de drogas ni en los colgados, ¡pobrecillos! Dije que podía darle alguna información según lo que pagara. Respondió que diez libras y acepté. Y ahora no me venga con que fue un fraude. Consiguió buena información.

Dalgliesh comentó que sin duda la señorita Coombs siempre proporcionaba buena información, y después de una breve lucha consigo misma, Lil llegó a la conclusión de que lo mejor era dejar pasar por alto el comentario. Dalgliesh preguntó:

—¿Le creyó cuando dijo que era escritor?

—Ni soñarlo. Al menos, al principio. Lo he oído demasiadas veces. Se sorprendería si supiera la cantidad de tíos que quieren conocer una chica «para tener las verdaderas bases de mi próxima novela». Y si no es eso, se dedican a la investigación sociológica. ¡Ya lo creo! Parecía ese tipo de hombre. Ya me entiende, insignificante, nervioso e impaciente al mismo tiempo. Cuando sugirió que cogiéramos un taxi, que le dictara la información y que él escribiría a medida que yo hablara, me puse a pensar. Le expliqué que no podía abandonar el club más de una hora, como mucho, y que preferiría que fuéramos a mi casa Siempre digo que si uno no sabe con quién juega, lo mejor es permanecer en terreno conocido. Propuse que fuéramos a mi piso en taxi. Aceptó y partimos poco antes de las nueve y media ¿No es así, Sid?

—Así es, Lil, eran las nueve y media.

Sid apartó su triste mirada del vaso de leche. Había estado contemplando, sin mucho entusiasmo, la nata arrugada que lentamente se había formado sobre la superficie. El olor nauseabundo y fecundo de la leche caliente pareció impregnar el claustrofóbico despacho.

—Por amor de Dios, Sid, bébete la leche o tírala —dijo Luker—. Me pones nervioso.

—Bébela, cariño —lo alentó la señorita Coombs—. Piensa en tu úlcera. No querrás que te ocurra lo mismo que al pobre Solly Goldstein.

—Solly murió de una trombosis coronaria y la leche nunca ha sido buena para el corazón, sino todo lo contrario. Además, está llena de radiactividad, plagada de estroncio noventa. Sid, es peligrosa.

Sid trotó hasta el lavamanos y tiró la leche. Dalgliesh refrenó el deseo de abrir la ventana de par en par y preguntó:

—¿Qué actitud tuvo el señor Seton mientras estuvieron juntos?

—Estaba nervioso. Entusiasmado y nervioso a la vez. Michael quería cambiarlo de mesa porque al lado de la puerta hay muchas corrientes de aire, pero no hubo quien lo moviera. Mientras hablamos, no dejó de mirar la puerta.

—¿Como si esperara a alguien?

—No, más bien como si quisiera cerciorarse de que la puerta seguía en su lugar. Tuve la sospecha de que en cualquier momento se levantaría y saldría disparado. Que quede claro, era un tipo muy raro.

Dalgliesh preguntó qué había ocurrido cuando salieron del club.

—Lo mismo que le dije al tío de Suffolk. Cogimos un taxi en la esquina de Greek Street y estaba a punto de darle mis señas al taxista cuando el señor Seton dijo que prefería que diéramos una vuelta en coche y me preguntó si me parecía bien. Si quiere que le dé mi opinión, creo que le entró miedo. El pobre estúpido se asustó de lo que podría ocurrirle. Estuve de acuerdo, dimos unas vueltas por West End y luego entramos en Hyde Park. Le conté un cuento sobre el tráfico de drogas y tomó notas en una libreta. Creo que estaba medio borracho. De pronto me abrazó e intentó besarme. Ya estaba harta y no me sentó nada bien que el muy majadero me pusiera las pezuñas encima. Tuve la impresión de que lo hizo porque se consideraba obligado a intentarlo. Le dije que tenía que volver al club. Pidió al taxista que lo dejara en la estación de Paddington y comentó que cogería el metro. Sin resentimientos. Me entregó dos billetes de cinco libras y una para la carrera del taxi.

—¿Dijo a dónde iba?

—No. Subimos por Sussex Gardens... Como sabe, ahora Praed Street es de una sola dirección, y lo dejamos en Paddington. Supongo que podría haber cruzado la calle hacia Bakerloo. No me fijé. Alrededor de las diez y cuarto me despedí de él en la estación de Paddington y no volví a verlo. Es la verdad.

Si no lo fuera, resultaría difícil refutar esa versión, pensó Dalgliesh. Había muchas pruebas que corroboraban esa historia y Lil era la última mujer de Londres que por miedo cambiaría una buena versión. La visita al Cortez había sido una verdadera pérdida de tiempo. Luker se había mostrado afectado, casi sospechosamente servicial, y Dalgliesh no había averiguado nada que Reckless no pudiera informarle en menos tiempo.

Repentinamente volvió a sentir algunas dudas e incapacidades que, hacía casi veinte años, habían atormentado al joven agente Dalgliesh, de la brigada de detectives. Sacó la foto del grupo en la playa, que Bryce le había dado, y la mostró sin la menor esperanza de obtener una respuesta. Se sentía como un vendedor a domicilio que pregona sus superfluas mercancías. Todos examinaron la foto con amabilidad. Era probable que, como afables dueños de la casa, lo compadecieran. Perseveró tenazmente y preguntó si habían visto en el Cortez Club a alguna de las personas que aparecían en la fotografía. Lil entrecerró los ojos haciendo un enorme esfuerzo al tiempo que sostenía la foto a distancia, enturbiando eficazmente su visión. Dalgliesh recordó que Lil era como la mayoría de las mujeres: mentía con más eficacia cuando lograba convencerse de que, fundamentalmente, decía la verdad.

—No, no reconozco a nadie, salvo a Maurice Seton y a Digby. Pero eso no quiere decir que nunca hayan venido. Será mejor que les pregunte a ellos.

Menos inhibidos, Luker y Sid echaron un vistazo a la foto y afirmaron que en su vida habían visto a aquella gente.

Dalgliesh miró al trío. Sid tenía el aspecto dolorido y bastante inquieto de un crío desnutrido, inmerso sin remedio en un mar de confusiones en medio de un mundo de adultos perversos. Dalgliesh pensó que Luker podría reírse íntimamente si alguna vez hubiera aprendido a reír. Lil lo observaba con la actitud alentadora, maternal y casi compasiva que —pensó con amargura— normalmente reservaba a sus clientes. Allí no averiguaría nada más. Les agradeció la ayuda prestada —supuso que a Luker no le pasó desapercibido el tono de fría ironía— y salió.

3

En cuanto Dalgliesh se fue, Luker señaló a Sid con la cabeza. El hombre menudo se retiró sin decir esta boca es mía ni mirar atrás. Luker aguardó hasta que oyó sus pisadas bajando la escalera. A solas con el jefe, Lil no mostró signos de preocupación, se repantigó más cómodamente en el destartalado butacón de la izquierda de la estufa y lo contempló con una mirada tan afable e indiferente como la de un gato. Luker se acercó a la caja de seguridad empotrada en la pared. Lil observó sus anchas espaldas mientras, inmóvil, L. J. manipulaba la cerradura. Cuando se dio la vuelta, Lil vio que el jefe sostenía un paquete pequeño, del tamaño de una caja de zapatos, envuelto en papel de estraza y flojamente atado con una cuerda blanca y delgada. Lo depositó sobre el escritorio.

—¿Lo habías visto antes? —preguntó.

Lil ni siquiera manifestó curiosidad.

—Llegó con el correo de esta mañana, ¿no? Lo recibió Sid. ¿Qué problema hay?

—Ninguno. Todo lo contrario, es un paquete sorprendente. Como puedes ver, ya lo había abierto, pero cuando llegó era un paquete envuelto a la perfección. ¿Has visto las señas? L. J. Luker, Esq., Cortez Club. W. 1. Escrito con mayúsculas impecables e impersonales, con bolígrafo. No es nada fácil identificar la letra. Lo de caballero me encanta. El remitente es algo pretencioso porque mi familia no es de origen noble, pero como comparte ese defecto con el inspector de Hacienda y con la mitad de los proveedores del

Soho, no podemos tomarlo como una pista. Analicemos el papel. Papel de estraza común y corriente, del que se compra por hojas en cualquier papelería. Y el cordel. Lil, ¿observas algo extraordinario en el cordel?

Lil lo estudió y reconoció que el cordel no tenía nada de extraordinario. Luker siguió hablando:

—Lo extraño es la cantidad que él o ella pusieron en sellos. Según mis cálculos, por lo menos un chelín más. Podemos suponer que el paquete no se franqueó en una oficina de correos y que se dejó sobre el mostrador en un momento de ajetreo. No se esperaron a que lo pesaran. Así había menos posibilidades de que el cliente fuera reconocido.

—¿De dónde lo enviaron?

—De Ipswich, el sábado. ¿Significa algo para ti?

—Sólo que lo enviaron desde muy lejos. ¿Ipswich no queda cerca de donde encontraron a Maurice Seton?

—Es la población grande más próxima a Monksmere. El lugar más cercano donde alguien puede tener la certeza de que no será reconocido. Nadie podría enviar este paquete desde Walberswick o Southwold y esperar que no lo recuerden.

—¡Por amor de Dios, L. J.! ¿Qué contiene?

—Ábrelo y lo verás con tus propios ojos.

Lil se acercó con cautela, pero con aire de indiferencia. Había más capas de papel de estraza de las que esperaba. El paquete contenía una vulgar caja de zapatos blanca con las etiquetas arrancadas. Parecía muy vieja, el tipo de caja que es posible encontrar en el fondo de un cajón o de un armario de cualquier casa. Las manos de Lil se posaron sobre la tapa.

—L. J., si contiene un maldito animal y salta sobre mí, te mataré, lo juro. Detesto las bromas pesadas. ¿A qué huele?

—A formol. Venga, ábrela.

La observaba atentamente, con sus fríos ojos grises

interesados, casi divertidos. Había logrado que ella se preocupara. Sus miradas se cruzaron unos segundos. Lil se apartó del escritorio y, estirándose, quitó la tapa de un manotazo.

El olor dulcemente acre se elevó como la anestesia. Las manos cortadas yacían en su lecho de guata húmeda, curvadas como si parodiaran una plegaria, las palmas apenas se tocaban y las yemas de los dedos presionaban unas contra otras. La piel abotargada —lo que quedaba de ella— estaba blanca como la tiza y tan arrugada que daba la sensación de que las falanges estaban totalmente envueltas en un par de viejos guantes que bastaría tocarlos para que se deshicieran. La carne se encogía desde las muñecas acuchilladas y la uña del índice derecho se había soltado de la raíz.

Fascinada y horrorizada, la mujer contempló las manos. Cogió la tapa de la caja y la encajó en su sitio. Lo hizo con tanta fuerza que el cartón se dobló.

—¡L. J., te juro que no fue asesinato! Digby no tuvo nada que ver. No tiene agallas para hacer algo así.

—Yo habría dicho lo mismo. Lil, ¿estás segura de que me has contado la verdad?

—Por supuesto, L. J., hasta la última palabra. Él no pudo hacerlo. Pasó toda la noche del martes en la trena.

—Ya lo sé. Y si él no las envió, ¿quién lo hizo? Recuerda que Digby podía ganar doscientas mil libras.

Repentinamente, Lil comentó:

—Dijo que su hermano iba a morir. Lo comentó una vez. —Observó la caja, fascinada y asqueada.

—Seguro que iba a morir —dijo Luker—. Alguna vez. Sufría del corazón, ¿no es así? Eso no quiere decir que se lo cargara Digby. Murió de muerte natural.

Lil creyó percibir un deje de incertidumbre en la voz del jefe. Lo miró y se apresuró a añadir:

—L. J., sabes que siempre ha soñado con trabajar contigo. Y ahora tiene doscientas mil libras.

—Todavía no. Y es posible que no logre ponerles las manos encima. Por mucho dinero que haya por medio, no quiero un tonto a mi lado.

—Si se cargó a Maurice y se las ingenió para que pareciera una muerte natural, no es tan tonto.

—Puede ser. Ya veremos si se sale con la suya.

—¿Qué me dices de... eso? —preguntó Lil y ladeó la cabeza hacia la caja de aspecto inofensivo.

—Lo guardaré en la caja fuerte. Mañana pediré a Sid que las envuelva y enviaré el paquete a Digby. Así averiguaremos algunas cosas. No estaría nada mal que incluyera mi tarjeta de visita. Ha llegado la hora de que Digby Seton y yo hablemos.

4

Al salir, Dalgliesh cerró la puerta del Cortez Club y aspiró el aire del Soho como si fuera la fragante brisa marina de Monksmere Head. Luker siempre daba la sensación de contaminar la atmósfera. Lo alegró dejar ese despacho reducido y mal ventilado y librarse de la mirada de esos ojos muertos. Seguramente había lloviznado mientras permanecía en el club, porque los coches siseaban sobre la calzada húmeda y el pavimento se adhería a la suela de sus zapatos. El Soho despertaba y la calleja arrojaba sus chillones desechos de bordillo a bordillo. Soplaba una fuerte brisa que secaba rápidamente la calzada. Se preguntó si el viento también arreciaría en Monksmere Head. Hasta era posible que en ese momento su tía estuviera cerrando los postigos para aislarse de la noche.

Caminó lentamente hacia Shaftesbury Avenue y analizó sus próximos pasos. De momento, esa escapada a Londres —producto de un colérico impulso— no le había proporcionado nada de lo que no hubiese podido enterarse con más comodidad en Suffolk. Incluso Max Gurney podría haberle dado la noticia por teléfono, si bien era cierto que Max era extremadamente cauto. Aunque Dalgliesh no se arrepentía del viaje, la jornada había sido muy larga y no estaba dispuesto a prolongarla. Pero sobre todo le afectaba una especie de convicción de que aún le quedaba algo pendiente.

No sabía a ciencia cierta de qué se trataba. Ninguna de las posibilidades lo atraía. Podía visitar los pisos elegantes y caros donde vivía Latham y tratar de arrancarle algo al portero, pero, puesto que sería una visita oficiosa, no creía que tuviera éxito. Además, Reckless o sus hombres ya habían estado allí y si hubieran podido desbaratar la coartada de Latham, ya lo habrían hecho. Podía probar suerte en el indudablemente respetable Bloomsbury Hotel, donde Eliza Marley sostenía que había pasado la noche del martes. Tampoco lo recibirían cordialmente y estaba convencido de que Reckless ya había visitado el hotel. Estaba harto de seguir como un perro sumiso los pasos del inspector.

Podía echar un vistazo al piso de Justin Bryce, pero tampoco tenía mucho sentido. Como Bryce seguía en Suffolk, no sería posible entrar y pensaba que no averiguaría nada mediante la mera observación del edificio. Lo conocía bien, pues era una de las genialidades arquitectónicas más agradables de toda la ciudad. Bryce vivía encima de las oficinas de la *Monthly Critical Review*, en un pequeño patio del siglo XVIII cercano a Fleet Street, tan primorosamente conservado que parecía artificial. Sólo se accedía a la calle atravesando Pie Crust Passage, tan estrecho que apenas podía pasar un hombre. Aunque Dalgliesh no sabía dónde aparcaba Bryce el coche, estaba seguro de que no era en Pie Crust Court. Tuvo la súbita y alucinante visión del hombrecillo tambaleándose por Pie Crust Passage con el cuerpo de Seton cargado al hombro para depositarlo en el maletero de su coche bajo la atenta mirada de los guardias de tráfico y de la mitad de los policías de Londres. ¡Si pudiera creerlo!

Existía otro modo de pasar la velada. Podía telefonear al despacho de Deborah Riscoe —estaría a punto de irse— y pedirle que se encontraran en su piso. Sin duda, aceptaría. Ya estaban superados los días —de dulce recuerdo pese a las ocasionales tormentas— en que no estaba seguro de que Deborah acudiera a su llamada. Pero hoy aceptaría aunque hubiera hecho otros planes. Y entonces el aburrimiento, la irritación y las incertidumbres encontrarían, por lo menos, alivio físico. Pero al día siguiente el problema seguiría en pie, interponiendo su sombra entre Adam y las primeras luces.

Súbitamente tomó una decisión. Caminó deprisa hacia Greek Street, llamó al primer taxi que vio y pidió al chófer que lo llevara a la estación de metro de Paddington.

Decidió caminar desde Paddington hasta la casa de Digby Seton. Si Maurice Seton había seguido ese camino, tal vez cogió un autobús u otro taxi (Dalgliesh se preguntó si Reckless lo había comprobado), pero lo más probable era que hubiera ido caminando. Dalgliesh cronometró el trayecto. Le llevó exactamente dieciséis minutos, andando deprisa, llegar a la arcada de enladrillado y estuco desmoronado que conducía a Carrington Mews. Tal vez Maurice Seton había tardado más.

La entrada adoquinada era poco acogedora, estaba mal iluminada y olía fuertemente a orina. Sin que nadie lo viera —ya que el lugar estaba obviamente desierto—, Dalgliesh cruzó la arcada hacia un patio ancho iluminado por una solitaria bombilla sin pantalla que había encima de uno de los garajes de doble hilera. Era evidente que, en otro tiempo, el sitio había sido sede de una autoescuela; de las puertas de las cocheras aún colgaban unos pocos letreros rotos. Estaban dedicados a un propósito más noble: la mejora de la crónica escasez de viviendas que padecía Londres. Estaban convirtiendo los garajes en casas oscuras, demasiado pequeñas y sobrevaloradas que muy pronto serían anunciadas como «una joya de residencia urbana» para inquilinos o propietarios dispuestos a soportar, a cualquier precio y con todos los inconvenientes que conllevara, la categoría que suponía vivir en Londres y el gusto por la cursilería contemporánea. Las cocheras dobles se dividían por la mitad para hacer una estancia en la planta baja al tiempo que se conservaba espacio para guardar un coche pequeño, y se ampliaban los desvanes a fin de crear un par de celdas que harían las veces de dormitorio y cuarto de baño.

La casa de Digby Seton era la única acabada y la decoración resultaba deprimentemente ortodoxa. La puerta era de color naranja, con un llamador de bronce en forma de sirena. Había jardineras en las dos ventanas minúsculas y cuadradas y, sobre el dintel, una lámpara con soporte de hierro forjado. La lámpara estaba apagada, lo que no era muy sorprendente porque, por lo que pudo ver Dalgliesh, no estaba enchufada. Le pareció un objeto remilgado que no llegaba a ser atractivo sin ser funcional, símbolo de lo que debía ser la vivienda. Las jardineras de color naranja estaban hundidas por el peso de la tierra apelmazada. Habían contenido crisantemos y la alegría de esas flores frescas habían justificado que cobraran dos guineas más de alquiler. Las flores antaño doradas estaban ahora marchitas y quebradizas, y las hojas secas apestaban a podredumbre.

Merodeó por el patio adoquinado iluminando con su linterna de bolsillo los ojos oscuros de las ventanas. Estaban modernizando los dos garajes contiguos y las habitaciones de arriba. El interior estaba vacío y habían quitado la puerta de la cochera doble, de modo que pudo entrar en el esqueleto y comprobar con sumo interés que pondrían una puerta que comunicaría la sala y la cochera. Por todas partes olía a madera, pintura y polvo de ladrillo. Al barrio aún le quedaba un largo camino por recorrer para convertirse en socialmente aceptable, no en elegante, desde luego, pero estaba en alza. Digby había sido el primero en tener el pálpito de que daría beneficios.

¿Por qué había elegido ese barrio? Era lógico que a Digby le gustara ese tipo de vivienda. En más de un sentido, ese sórdido e ínfimo símbolo de estatus era digno de él. ¿No era demasiada casualidad que eligiera una casa tan adecuada para un asesinato? Se encontraba a veinte minutos de caminata del sitio donde se había apeado Maurice Seton; estaba en un patio oscuro y discreto que, en cuanto se iban los obreros, quedaba deshabitado con excepción de Digby; la cochera tenía una puerta que comunicaba directamente con la casa. Y había otro elemento, quizás el más significativo: Digby Seton acababa de mudarse y no había dado sus nuevas señas a ningún vecino de Monksmere. Cuando intentó contactar con él tras la muerte de Maurice, Sylvia Kedge no supo dónde encontrarlo. Y eso significaba que Maurice —si es que Lily Coombs lo había enviado a Carrington Mews— no podía saber que era Digby quien lo esperaba. Sin lugar a dudas, Maurice había salido del Cortez Club rumbo a su muerte. Y Digby era el único sospechoso relacionado con el club.

¡Pura conjetura! No había ninguna prueba. No había indicios de que Lil hubiera mandado a Maurice a esas señas; aunque lo hubiese hecho, Lil era capaz de aferrarse obstinadamente a una buena versión que habría resultado muy encomiástica para mejor causa. Se necesitarían medidas más severas de las que estaba dispuesta a tolerar la policía inglesa para hacer hablar a Lil. No había indicios de que Maurice hubiera estado en Carrington Mews. Dalgliesh no podía entrar en la casa cerrada con llave, pero seguro que Reckless o sus hombres la habían registrado; y si había algo que encontrar, lo habrían encontrado. Ni siquiera había indicios de que Maurice hubiera muerto asesinado. Reckless opinaba que no era así, el jefe de policía opinaba que no era así y probablemente nadie más se lo tragaba salvo Adam Dalgliesh, estúpidamente persistente, que seguía ciegamente su corazonada a pesar de las evidencias. En el caso de que Maurice hubiera sido asesinado, seguía existiendo el problema principal. Había muerto a medianoche, hora para la que Digby Seton y la mayoría de los sospechosos contaban con una coartada inquebrantable. A menos que lograra desentrañar «cómo» se había hecho, no tenía el menor sentido ocuparse de «quién» era el autor.

Por última vez, Dalgliesh paseó la linterna por el patio desierto, la madera apilada bajo la lona alquitranada, las pilas de ladrillos nuevos, las puertas de las cocheras con los letreros rotos. Cruzó la arcada tan silenciosamente como había hecho al entrar y se dirigió a Lexington Street y a su coche.

El cansancio lo dominó a las afueras de Ipswich y se dio cuenta de que no era prudente seguir al volante. Necesitaba comer. Habían pasado muchas horas desde su copiosa comida con Max, y desde entonces no había probado bocado. Estaba dispuesto a pasar la noche en un área de aparcamiento, pero no a despertar a primera hora con un hambre de heliogábalo y a no tener dónde desayunar. El problema consistía en que era demasiado tarde para meterse en un pub y no tenía intención de hacer un alto en un club de campo o en un hotelito para luchar contra la rígida decisión del propietario, según la cual sólo se servían comidas a las horas reglamentadas, a un precio y de una calidad que disuadían a todos salvo a los famélicos. Tres kilómetros más adelante encontró una cafetería para transportistas, abierta toda la noche, anunciada por el semicírculo de camiones negros aparcados alrededor de las puertas y por la llamarada de luz procedente de las ventanas bajas. El local estaba lleno hasta los topes y la atmósfera, impregnada de humo y ensordecedora por la charla y la cacofonía del tocadiscos automático. Dalgliesh se sentó a una mesa que hacía esquina, sin mantel pero bastante limpia, y le sirvieron huevos, salchichas, patatas fritas y una taza de té dulce y muy caliente.

Después de cenar se dirigió al teléfono, incómodamente situado en el estrecho pasillo entre la cocina y el aparcamiento, y llamó a Pentlands. Era innecesario. Su tía no lo esperaba a una hora concreta. Pero súbitamente se preocupó por ella y se dijo que, si no respondía, seguiría conduciendo. Pensó que era una inquietud irracional. La tía podía estar en Priory House e incluso dando un solitario paseo por la playa. No había averiguado nada que indicara que su tía corría peligro, pero seguía atenazado por la sensación de que algo marchaba mal. Aunque probablemente no era más que producto del cansancio y la frustración, necesitaba averiguarlo.

Pareció transcurrir una eternidad hasta que la tía respondió y Adam oyó su voz serena y familiar. No manifestó sorpresa por la llamada. Hablaron muy poco en medio del estrépito del fregado de los platos y el rugido de los camiones que partían. Se sintió más animado en cuanto colgó, pero igualmente inquieto. La tía se había comprometido a que esa noche echaría el cerrojo —gracias a Dios no era una mujer que discutiera una simple petición, la pusiera en duda o se burlara de ella— y Adam no podía hacer nada más. Lo irritaba esa ansiedad que, como muy bien sabía, era exagerada; por lo demás, y por muy cansado que estuviese, habría seguido adelante.

Antes de abandonar la cabina, tuvo una idea y buscó más monedas en el bolsillo. Esta vez tardaron un poco más en responder y había muchas interferencias. Por fin oyó la voz de Plant y le hizo la pregunta. Sí, el señor Dalgliesh tenía razón. El miércoles por la noche Plant había telefoneado a Seton House. Lamentaba no haberse acordado de mencionarlo. De hecho, había llamado cada tres horas con la esperanza de dar con el señor Seton. ¿A qué horas? Bueno, por lo que recordaba, alrededor de las seis, de las nueve y de las doce. Claro que no era ninguna molestia. Plant estaba encantado de poder ayudar.

¿Era una ayuda?, se preguntó Dalgliesh. No demostraba nada, salvo que la llamada de Plant pudo ser la que Elizabeth Marley oyó cuando dejó a Digby en Seton House. La hora era aproximadamente la misma y Reckless no había localizado la otra llamada. Y eso no quería decir que nadie la hubiera hecho. Necesitaría pruebas más firmes para demostrar que Digby Seton mentía.

Diez minutos más tarde Dalgliesh dejó el coche al amparo del seto de la siguiente área de aparcamiento y se acomodó lo mejor que pudo. Pese a la taza de té y a la indigesta cena, el sueño lo dominó casi en el acto y durante unas horas descansó sin sueños y profundamente. Lo despertó el golpeteo de la grava contra las ventanillas del coche y el agudo lamento del viento. Su reloj marcaba las tres y cuarto. El vendaval arreciaba y ni siquiera la barrera formada por el seto impedía que el coche se balanceara suavemente. Las nubes pasaban raudas delante de la Luna como furias negras, y las altas ramas del seto, oscuras contra el cielo, gemían y hacían reverencias como un coro de brujas dementes. Se apeó y dio un breve paseo por la carretera vacía. Se apoyó en una verja, contempló los campos llanos y oscuros y la fuerza del viento azotó su rostro, cortándole la respiración. Se sintió como cuando de niño, en uno de sus solitarios paseos en bicicleta, abandonaba la pequeña tienda de campaña y se ponía a caminar bajo la Luna. Había sido uno de sus grandes placeres: esa sensación de soledad absoluta, no sólo de estar sin compañía, sino con la certeza de que nadie en el mundo sabía exactamente dónde estaba. Era una soledad física y espiritual. Al cerrar los ojos y oler la generosa humedad de la hierba y la tierra, se imaginó de nuevo en la infancia: los mismos olores, la noche tan conocida, el placer igualmente intenso.

Media hora después se acomodó para volver a dormir. Antes de conciliar plenamente el sueño, ocurrió algo. Soñoliento y sin esforzarse, estuvo pensando en el asesinato de Seton. Sólo era la lenta recapitulación mental de la jornada. Súbita e inexplicablemente, supo cómo podían haberlo perpetrado.

LIBRO TRES
SUFFOLK

1

Dalgliesh llegó a Pentlands poco después de las nueve. La casa estaba vacía y durante unos segundos volvieron a acosarlo los presentimientos de la noche. Vio una nota sobre la mesa de la cocina: su tía había desayunado temprano y salido a pasear por la playa en dirección a Sizewell. La cafetera estaba lista para recalentar y había puesto la mesa para uno. Dalgliesh sonrió. Era típico de su tía. Tenía la costumbre de dar un paseo matinal por la playa y no se le había ocurrido variar su rutina, aunque su sobrino volara entre Londres y Monksmere en pos de un asesino, ni pensar que él querría verla enseguida para comunicarle las novedades. Tampoco le cabía en la cabeza que un hombre sano fuera incapaz de prepararse el desayuno. Pero como siempre ocurría en Pentlands, las comodidades básicas estaban resueltas, la cocina estaba caldeada y acogedora, el café era fuerte y había un cuenco azul con huevos frescos y panecillos caseros recién salidos del horno; era evidente que su tía había madrugado. Dalgliesh desayunó deprisa y decidió estirar las piernas caminando por la orilla al encuentro de su tía.

Bajó por la irregular senda de arena y piedras que iba de Pentlands a la playa. El mar estaba ribeteado de blanco y parecía un desierto gris pardo de agua densa, sin veleros y únicamente con la robusta silueta de un barco de cabotaje en el horizonte. La marea subía deprisa. Trastabilló entre las piedras de lo más alto de la playa y encontró la ondulación de guijarros finos que se extendía entre la orilla del mar y la meseta herbosa que rodeaba las marismas. Aunque en esta zona no era tan arduo caminar, de vez en cuando se veía obligado a ponerse de espaldas al viento para recobrar el aliento. Zarandeado y salpicado de espuma, Dalgliesh avanzó sobre los guijarros y ocasionalmente sobre un agradable tramo de arena firme; se detuvo varias veces para contemplar la panza verde y lisa de las olas que trazaban la última curva antes de romper a sus pies, en un tumulto de piedras y rocío. Era una orilla solitaria, vacía y desolada, semejante a los confines del mundo. No evocaba los recuerdos cariñosamente nostálgicos de las vacaciones infantiles junto al mar. Aquí no había recovecos que explorar, conchas exóticas, rompeolas rodeados de algas ni largos tramos de arena amarilla removida por las palas de los niños. Aquí sólo había mar, cielo y marismas, una playa vacía con pocas huellas que señalaran los kilómetros de guijarros arrojados por las aguas turbulentas, salvo la maraña ocasional de madera flotante manchada de alquitrán y los pinchos oxidados de antiguas fortificaciones. Dalgliesh adoraba ese vacío, esa fusión entre cielo y mar. Pero hoy la playa no le transmitía paz. Repentinamente la vio con otros ojos: una orilla ajena, extraña, profundamente desolada. El desasosiego de la noche anterior se apoderó de él y se alegró de ver entre los médanos la conocida figura de su tía, tensa como un asta ante el embate del viento, con las puntas de su pañuelo rojo al aire.

Jane Dalgliesh lo vio enseguida y caminó hacia él. Cuando se encontraron, intentando respirar bajo una súbita ráfaga, se oyó un áspero crujido y dos garzas alzaron el vuelo, azotando sus alas pesadas y ágiles. Dalgliesh las contempló. Tenían replegados los largos cuellos y extendidas las delicadas patas marrones como formando una estela.

—Garzas —declaró con falso triunfalismo.

Jane Dalgliesh se echó a reír, le entregó los gemelos y preguntó:

—¿Qué opinas de aquéllas?

Una pequeña bandada de aves zancudas pardo grisáceas gorjeaba en el linde de la cala. Antes de que Dalgliesh pudiera ver más que sus rabadillas blancas y sus picos negruzcos y volcados hacia abajo, las aves alzaron el vuelo veloces y se fundieron con el viento como una voluta de humo blanco.

—¿Aguzanieves? —arriesgó.

—Imaginaba que dirías aguzanieves. Son muy parecidas. Pero no, son zarapitos.

—La última vez que me enseñaste un zarapito, su plumaje era rosado —protestó Dalgliesh.

—Fue el verano pasado. En otoño toman el plumaje amarillento de los pollos. Por eso se parecen tanto a los aguzanieves... ¿Te fue bien por Londres?

—Pasé casi todo el día siguiendo infructuosamente los pasos de Reckless —respondió Dalgliesh—. Pero me enteré de algo nuevo durante una comida demasiado larga en el Cadaver Club, con Max Gurney. Seton quería utilizar prácticamente todo su dinero para crear un premio literario. Como había renunciado a toda esperanza de fama personal, pretendía comprar una inmortalidad vicaria. Tampoco escatimó el precio. Dicho sea de paso, tengo una ligera idea de cómo asesinaron a Seton, pero, como será prácticamente imposible demostrarlo, no creo que Reckless me la agradezca. Será mejor que lo llame en cuanto regresemos.

Habló sin ganas. Jane Dalgliesh lo miró sin hacer preguntas y desvió rápidamente la cara para que su sobrino no viera su profunda preocupación ni se inquietara por ella.

—¿Sabía Digby que probablemente se quedaría sin herencia? —preguntó.

—Parece que, con excepción de Max, nadie lo sabía. Lo extraño es que Seton le escribió para comentárselo y aparentemente mecanografió personalmente la carta. Sin embargo, Reckless no encontró la copia en Seton House. De haberla encontrado, sin duda la habría mencionado. Y estoy seguro de que habría interrogado a Sylvia Kedge y a Digby para comprobar si estaban enterados.

—Si Maurice quería mantener en secreto sus intenciones, lo más probable es que no hiciera copia de la carta, ¿no te parece? —sugirió la señorita Dalgliesh.

—Hizo copia. El borde inferior del papel carbón se dobló cuando colocó el papel en la máquina, y en el reverso de la carta aparecen las últimas palabras. También hay una ligera mancha del papel de copia en el ángulo superior. Cabe la posibilidad de que decidiera destruir la copia, pero era un hombre muy meticuloso y no lo creo probable. A propósito, no es el único enigma con relación a las copias. Se supone que, durante su estancia en Londres, Seton mecanografió el fragmento sobre la visita de su héroe al Cortez Club. Sin embargo, el mayordomo del Cadaver Club dice que en su habitación no había papel carbón. ¿Qué pasó con las copias?

Jane Dalgliesh se concentró. Era la primera vez que su sobrino hablaba con ella de un caso, y se sintió algo halagada hasta que recordó que ese caso no estaba en manos de Adam. El responsable era el inspector Reckless. Y era éste quien tendría que decidir el significado —si es que lo tenía— de las copias que no habían aparecido en el Cadaver Club. La sorprendió el interés que el problema despertaba en ella.

—Supongo que existen varias posibilidades —dijo—. Tal vez Seton no hizo copias. Pero lo considero bastante improbable a la vista de su meticulosidad. Quizá las destruyó personalmente o tal vez lo hizo alguien que tenía acceso a su habitación. Es posible que el manuscrito que mostró Sylvia no fuera realmente el que le envió Seton. Supongo que Reckless ha comprobado, hablando con el cartero, que le enviaron un sobre grande de color amarillo, pero sólo por ella sabemos que contenía el manuscrito. Si fue así, probablemente alguien que estuviera enterado de que Seton se hospedaba en el club cambió un fajo de papeles por otro entre el momento en que se cerró el sobre y se envió por correo. ¿O no? ¿Se sabe si, antes de echarlo al correo, Seton dejó el sobre en un sitio donde otras personas pudieran verlo o si lo despachó inmediatamente?

—Ésa fue una de las cosas que le pregunté a Plant. Nadie del Cadaver Club llevó al correo correspondencia de Seton. Sin embargo, el sobre pudo permanecer en su habitación el tiempo suficiente para que alguien le metiera mano. O pudo entregárselo a otra persona para que lo echara al correo. Aunque en realidad nadie podía confiar en semejante casualidad. También sabemos que no se trata de un asesinato impremeditado. Mejor dicho, yo lo sé. Aún tengo que convencer a Reckless de que fue un asesinato.

—¿No existen otras posibilidades? Sabemos que Seton no pudo enviar el segundo manuscrito, el que describe el cadáver deslizándose hacia la orilla. Ya estaba muerto. Tampoco tenemos motivos para suponer que lo escribiera él. Sólo contamos con la palabra de Sylvia Kedge en el sentido de que era su trabajo.

—Creo que lo escribió Seton —apuntó Dalgliesh—. Cuando Max Gurney me mostró la carta de Seton, reconocí los tipos de la máquina de escribir. La misma persona pasó a máquina el segundo manuscrito.

Mientras Adam hablaba, ambos se apartaban instintivamente del vendaval por el sendero hundido y protegido que corría entre los médanos y el santuario de las aves. Veinte metros más adelante se alzaba el tercer puesto de observación de la serie que daba a la reserva. Este puesto era un hito natural de sus paseos por la playa y no hizo falta que Dalgliesh preguntara a su tía si entraban. Dedicar diez minutos a escudriñar los juncales con los prismáticos de su tía, al amparo de los recios vientos de la costa

215

este, se había convertido en uno de los rituales característicos de la visita otoñal a Monksmere. El puesto era peculiar: un refugio de tosca madera con techo de caña; en la pared posterior había un banco lo bastante alto como para apoyar los cansados músculos y, a la altura de los ojos, en la otra pared, una abertura permitía contemplar las marismas. En verano olía a madera secada al sol, tierra húmeda y hierba verde. Esa tibieza persistía en los meses fríos, como si el calor y los olores del estío quedasen atrapados en sus paredes de madera.

Había llegado al puesto de observación y la señorita Dalgliesh estaba a punto de franquear la estrecha entrada, cuando Adam gritó:

—¡No! ¡Espera!

Un minuto antes, Dalgliesh había caminado como en un sueño. Bruscamente, su cerebro captó el significado de los signos que sus aguzados sentidos habían percibido inconscientemente: la hilera de pisadas masculinas que iban del camino cubierto de arena a la entrada del refugio; en el aire un vestigio de hedor enfermizo que nada tenía que ver con el olor de la tierra o los pastos. Cuando su tía se detuvo, se deslizó delante de ella y tapó la entrada.

Como su alto cuerpo impedía el paso de la luz por la estrecha entrada, olió la muerte antes de verla. El hedor a vómito ácido, a sangre y a diarrea penetró por sus fosas nasales como si la atmósfera del pequeño puesto de observación estuviera saturada de corrupción y maldad. Aunque el olor no le era desconocido, combatió como siempre el impulso insistente e irreprimible de devolver. Se agachó, la luz se coló a sus espaldas y por primera vez vio claramente el cadáver.

Para morir, Digby Seton se había arrastrado como un perro hasta un rincón del refugio y no había muerto pacíficamente. Rígido y frío, el patético cadáver se agazapaba contra la pared más lejana, con las rodillas casi apoyadas en el mentón y la cabeza girada hacia arriba como si los vidriosos ojos hubieran hecho un último y desesperado esfuerzo por ver la luz. En medio de los estertores, se había mordido el labio inferior casi hasta partirlo, y el hilillo de sangre —ahora coagulada— se había mezclado con el vómito que incrustaba su barbilla y las solapas del en otro tiempo elegante abrigo de lanilla. Había cavado la tierra del refugio con las manos heridas y sangrantes, pasándosela por la cara y el pelo e incluso metiéndosela en la boca como en una postrera y delirante necesidad de frescura y agua. A quince centímetros del cadáver yacía su frasco, sin tapa.

Dalgliesh oyó la voz serena de su tía:

—Adam, ¿quién es?

—Digby Seton. Espera, no entres. No podemos hacer nada por él. Lleva muerto doce horas como mínimo. A juzgar por el aspecto del pobre diablo, fue con un veneno irritante.

Dalgliesh oyó suspirar a su tía y murmurar algo ininteligible. Enseguida preguntó:

—¿Voy a buscar al inspector Reckless o prefieres que me quede aquí?

—Ve a buscarlo si quieres. Yo vigilaré el lugar.

Era posible que, yendo personalmente, Reckless ganara diez o quince minutos, pero era demasiado tarde para prestar ayuda a Seton y no estaba dispuesto a dejar sola a su tía en un sitio que apestaba a muerte. Además, su tía caminaba rápido y tenía resistencia, por lo que perdería muy poco tiempo.

Jane Dalgliesh partió sin perder un minuto y Adam la contempló hasta que un recodo del camino le impidió seguirla con la mirada. Subió a los médanos y encontró un hueco protegido en el que instalarse, con la espalda apoyada contra una mata de hierba. Desde esta posición ventajosa podía vigilar el puesto de observación y ver la playa por la derecha y el sendero hundido por la izquierda. De vez en cuando percibía el reflejo de la figura alta y móvil de su tía. Aunque parecía avanzar a un ritmo sorprendente, pasarían al menos tres cuartos de hora hasta que se presentaran Reckless y sus hombres, cargados con una camilla y todo lo demás. Pentlands era el sitio más próximo a la playa en el que aparcar una ambulancia y no existía camino más corto que el sendero hasta el puesto de observación. Con todo el equipo a cuestas, lo tendrían difícil por el viento en contra.

Aunque había pasado pocos minutos en el refugio, todos los detalles estaban claros y definidos en la mente de Dalgliesh. Tenía la seguridad de que Digby Seton había sido asesinado. No había registrado el cadáver —era tarea de Reckless— y tampoco lo había tocado salvo para comprobar que estaba frío y que la rigidez cadavérica ya se había asentado, pero estaba seguro de que no aparecería una nota explicando que se trataba de un suicidio. Digby Seton, ese joven superficial, simplón y bastante corto de entendederas, contento con su fortuna como un niño con zapatos nuevos y lleno de planes para fundar clubs nocturnos cada vez más grandes y rutilantes, no encajaba en las estadísticas de suicidas potenciales. Además, Digby era lo bastante sensato como para saber que existían modos de morir más apacibles que quemarse las tripas con veneno. Salvo su frasco, no había otro recipiente cerca del cadáver. Seguramente había contenido la sustancia letal. Tuvo que ser una dosis muy elevada. La mente de Dalgliesh repasó las posibilidades. ¿Arsénico? ¿Antimonio? ¿Mercurio? ¿Plomo? Cualquiera podía producir esos efectos. Sólo eran especulaciones. A su debido tiempo, los patólogos darían todas las respuestas: el nombre del veneno, la dosis, el tiempo que Seton había tardado en morir. Y el resto quedaría en manos de Reckless.

Suponiendo que hubieran introducido el veneno en el frasco, ¿quiénes eran los posibles sospechosos? Todo aquel que tuviera acceso al veneno y al frasco, por supuesto. Alguien que conociera bien a la víctima, alguien que supiera que a solas y aburrido, Digby no se resistiría a dar un trago antes de afrontar el viento cortante y la larga caminata de regreso a casa. Ello suponía alguien capaz de convencerlo de que acudiera a una cita en el puesto de observación. ¿Por qué otro motivo habría ido al refugio? Por lo que sabían los vecinos de Monksmere, a Digby Seton no le interesaban el estudio de los pájaros ni las caminatas. Tampoco iba vestido para tales actividades. Ni llevaba prismáticos. Era un asesinato con todas las de la ley. Ni siquiera Reckless podría sugerir que Digby Seton había fallecido de muerte natural o que alguien con perverso sentido del humor había depositado su cadáver en el refugio para fastidiar a Adam Dalgliesh y a su tía.

Aunque tenía la certeza de que los dos asesinatos estaban relacionados, las diferencias entre ambos lo sorprendieron. Parecía que operaban dos mentes. El homicidio de Maurice Seton había sido innecesariamente complicado. A pesar de que sería difícil demostrar que se trataba de asesinato —ya que el informe del forense sostenía que la muerte se había producido por causas naturales—, la cuestión no contenía ningún otro elemento natural. La dificultad no radicaba en la falta de pistas: había demasiadas. Parecía que el asesino necesitaba demostrar su inteligencia tanto como había necesitado asesinar a Maurice Seton. Pero este nuevo crimen era más simple, más directo. En este caso no podría existir un veredicto de muerte natural. El asesino no pretendía tirarse un segundo farol. Ni siquiera había intentado simular un suicidio, sugerir que Digby se había quitado la vida presa de remordimientos por la muerte de su hermano. Cierto es que no habría sido nada fácil hacerlo aparecer como suicidio, pero a Dalgliesh le pareció significativo que ni siquiera lo hubiera intentado. Y empezaba a entender los motivos. Se le ocurrió una razón crucial por la que el asesino quería evitar toda insinuación de que Digby se había suicidado por remordimientos o porque estaba preocupado por la muerte de su hermano.

Dalgliesh estaba increíblemente abrigado y cómodo entre las matas de los médanos. Oyó el viento sibilante entre las dunas y el golpeteo incesante de la marea. Las altas matas lo protegían tanto que experimentó una rara sensación de aislamiento, como si el rugido del viento y del mar llegaran de muy lejos. A través de la delgada pantalla formada por las hierbas, divisaba el puesto de observación: un refugio conocido, vulgar y primitivo, exteriormente igual a los otros seis que rodeaban la reserva de aves. Casi llegó a convencerse de que no era diferente. Afectado por la sensación de aislamiento e irrealidad, tuvo que reprimir el disparatado impulso de comprobar si el cadáver de Seton estaba realmente en el refugio.

Jane Dalgliesh había hecho un buen tiempo. Habían transcurrido menos de tres cuartos de hora cuando vio las figuras que se acercaban por el camino. Divisó unos segundos al desordenado grupo, que volvió a quedar oculto tras los médanos. Cuando los vio por segunda vez, no parecían estar más cerca. De pronto volvieron el último recodo del camino y llegaron a su lado. Era un grupito incongruente, azotado por el viento, cargado con el equipo y con la actitud de los miembros ligeramente desmoralizados de una expedición mal organizada. Reckless estaba allí, serio y rígido de rabia, con el omnipresente impermeable abotonado hasta el cuello. Lo acompañaban el sargento, el médico de la policía, un fotógrafo y dos detectives jóvenes que llevaban la camilla y una pantalla de lona enrollada. Apenas hablaron. Dalgliesh gritó su información al oído del inspector, volvió a su refugio entre las dunas y dejó que se ocuparan de todo. No era su trabajo. No tenía sentido que otro par de pies revolvieran la arena húmeda que rodeaba el puesto de observación. Los hombres pusieron manos a la obra. Percibió muchos gritos y ademanes. Como si se sintiera despechado, el viento había arreciado desde el momento en que se presentaron los policías locales e incluso era difícil hacerse oír en la calma relativa del camino. Reckless y el médico entraron en el puesto. Dalgliesh pensó que estarían protegidos. Protegidos, sin aire y con el hedor de la muerte. Se lo merecían. Salieron cinco minutos después y el fotógrafo —el más alto del grupo— se dobló en dos e introdujo su equipo por la entrada. Entretanto, los detectives hacían inútiles esfuerzos por desplegar la pantalla alrededor del refugio. Con cada ráfaga, la lona se agitaba y arremolinaba en sus manos y les azotaba los tobillos. Dalgliesh se preguntó para qué se tomaban tantas molestias. Era dudoso que hubiese muchos turistas en esa cala solitaria y tampoco había posibilidades de que los accesos de arena hasta el refugio proporcionaran más pistas. Sólo había tres conjuntos de pisadas que llegaban a la entrada: las suyas, las de su tía y otras que, probablemente, pertenecían a Digby Seton. Los técnicos de la policía ya las habían medido y fotografiado, y el viento que movía la arena las borraría muy pronto.

Tardaron media hora en sacar el cadáver del puesto de observación y en depositarlo en la camilla. Mientras los detectives intentaban sujetar las envolturas impermeables al tiempo que ponían las tiras, Reckless se acercó a Dalgliesh y dijo:

—Ayer por la tarde me telefoneó un amigo suyo, el señor Max Gurney. Al parecer, ha reservado para sí información interesante sobre el testamento de Maurice Seton.

Era un comentario inesperado.

—Comí con él —dijo Dalgliesh— y me preguntó si debía ponerse en contacto con usted.

—Eso dijo. Hubiera debido ocurrírsele por su cuenta. Seton apareció muerto y con señales de violencia. Es lógico que nos interesemos por el aspecto económico.

—Tal vez comparte su opinión de que murió de muerte natural —dijo Dalgliesh.

—Quizá, pero no es asunto suyo. En fin, nos lo dijo, y para mí fue una sorpresa. No constaba en Seton House.

—Seton hizo una copia de la carta —afirmó Dalgliesh—. Gurney le enviará el original y podrá ver las huellas del papel carbón en el reverso. Probablemente alguien destruyó la copia.

—Alguien —repitió Reckless ceñudo—. Tal vez el mismo Seton. Señor Dalgliesh, aún no he cambiado de idea sobre esa muerte, pero es posible que esté usted en lo cierto, sobre todo a la vista de esto. —Señaló la camilla. Los dos policías agachados junto a las varas se disponían a levantarla—. En este caso, no hay duda. Ha sido asesinato. Tenemos que elegir. Un asesino y una broma pesada muy desagradable, un asesino y dos crímenes, o dos asesinos. —Dalgliesh opinó que lo último era muy improbable en una comunidad tan reducida—. Pero posible, señor Dalgliesh. Al fin y al cabo, ambas muertes no tienen casi nada en común. No hay nada sutil ni ingenioso en este homicidio. Sólo una dosis descomunal de veneno en el frasco de Seton y la certeza de que, tarde o temprano, daría un trago. Al asesino le bastaba con asegurarse de que, cuando bebiera, no dispusiera de asistencia médica. Por lo que se ve, tampoco le habría servido de mucho.

Dalgliesh se preguntó cómo se las había ingeniado el asesino para llevar a Seton al puesto de observación. ¿Mediante su consentimiento o amenazándolo? ¿Seton iba al encuentro de un amigo o de un enemigo? En el caso de esta segunda hipótesis, ¿era el tipo de hombre que acudía solo e indefenso? ¿Y si se trataba de otro tipo de cita? ¿Por cuántas personas de Monksmere habría estado dispuesto Digby Seton a caminar tres kilómetros por terreno accidentado, un frío día de otoño y en pleno vendaval?

Se llevaban la camilla. Uno de los policías había recibido instrucciones para montar guardia en el puesto de observación. Los demás formaron fila detrás del cadáver, como un séquito de deudos mal elegidos y de deplorable aspecto. Dalgliesh y Reckless avanzaban juntos y en silencio. Más adelante, el bulto amortajado de la camilla se balanceaba a medida que los camilleros superaban las ondulaciones del camino. Los extremos de la lona aleteaban rítmicamente, como una vela al viento, y un ave marina sobrevoló el cadáver, chillando como alma en pena, antes de trazar una ancha cuna y perderse más allá de las marismas.

2

Ya había caído la noche cuando Dalgliesh vio a solas a Reckless. El inspector había pasado la tarde interrogando a los sospechosos y comprobando los movimientos de Digby Seton en los últimos días. Llegó a Pentlands poco antes de las seis, aparentemente para preguntar una vez más a la señorita Dalgliesh si el día anterior había visto a alguien caminando por la orilla, en dirección a Sizewell, y si tenía idea del motivo por el que Digby Seton había visitado el refugio. Ya habían respondido a esas preguntas, cuando Dalglicsh y su tía se reunieron con Reckless en Green Man para prestar declaración formal sobre el hallazgo del cadáver. Jane Dalgliesh había afirmado que pasó toda la tarde del lunes en Pentlands y no vio a nadie. También había señalado que cabía la posibilidad de que Digby —o cualquier otra persona— caminara hasta el refugio por el camino hundido de detrás de los médanos o por la playa; ese camino prácticamente no se divisaba desde Pentlands.

—De todos modos, tuvo que pasar por su casa para coger el camino —insistió Reckless obstinado—. ¿Es posible que no lo viera?

—Por supuesto, si caminó pegado al acantilado. Entre mi acceso a la playa y el comienzo del camino hay un tramo de unos veinte metros en el que podría haberlo visto. Pero no lo vi. Tal vez no quería llamar la atención y esperó el momento oportuno para pasar desapercibido.

Como si pensara en voz alta, Reckless masculló:

—Eso sugiere una cita secreta. Ya lo sospechábamos. No era el tipo de persona que fuera en solitario para observar las aves. Además, debía caer la tarde cuando partió. La señorita Kedge dijo que el señor Seton ayer tomó el té en Seton House. Esta mañana encontró sucio el servicio de té y tuvo que lavarlo.

—¿Y los platos de la cena? —preguntó la señorita Dalgliesh.

—No hubo cena, señorita Dalgliesh. Parece que murió antes de cenar. Cuando tengamos el informe de la autopsia, sabremos más.

Jane Dalgliesh se disculpó y fue a la cocina a preparar la cena. Dalgliesh supuso que a su tía le parecía oportuno dejarlos a solas. En cuanto se cerró la puerta, Adam preguntó:

—¿Quién fue la última persona que lo vio?

—Latham y Bryce. Casi todos reconocen que ayer pasaron un rato con él. La señorita Kedge lo vio después del desayuno, cuando fue a su casa a hacer las faenas. Seton la había conservado como secretaria y criada. Supongo que la utilizaba, igual que su hermanastro. Almorzó en Rosemary Cottage, con la señorita Calthrop y su sobrina, y partió poco después de las tres. Mientras iba a Seton House, pasó por casa de Bryce para cotillear sobre la devolución del hacha de su tía y para poder descubrir qué hacía usted en Londres. Parece que su viaje ha despertado el interés de todos. En ese momento, Latham estaba con Bryce y los tres permanecieron reunidos hasta la partida de Seton, poco después de las cuatro.

—¿Cómo iba vestido?

—Con la misma ropa que llevaba cuando lo encontraron. Podía llevar el frasco en el bolsillo de la chaqueta, del pantalón o del abrigo. En Rosemary Cottage se quitó el abrigo y la señorita Calthrop lo colgó en el armario de la entrada. En casa de Bryce lo dejó sobre una silla. Por lo que dicen, ninguno vio el frasco. En mi opinión, cualquiera pudo introducir el veneno: Kedge, Calthrop, Marrey, Bryce o Latham. Cualquiera. No tiene por qué haber sido ayer. —Dalgliesh notó que no mencionaba a su tía, lo que significaba que no figuraba en su lista. Reckless siguió hablando—: No haré muchos progresos hasta que disponga del informe de la autopsia y sepa de qué veneno se trata. Entonces nos pondremos en marcha. No será muy difícil demostrar su posesión. No es el tipo de sustancia que aconseja un amigo o cuya venta es libre.

Dalgliesh se consideraba capaz de deducir qué veneno era y de dónde había salido, pero no dijo nada. Ya se habían hecho demasiadas hipótesis antes de conocer los hechos y le pareció más sensato esperar el informe del forense. En el caso de que tuviera razón, a Reckless no le resultaría nada fácil demostrar la posesión. Casi todos los vecinos de Monksmere tenían acceso a esa fuente concreta. Se compadeció del inspector.

Permanecieron unos instantes en silencio, en un silencio poco afable. Dalgliesh percibió la tensión entre ambos. Aunque no podía imaginar qué sentía Reckless, reconocía con una especie de irritación insuperable su malestar y su antipatía. Miró con objetividad el rostro del inspector, grabando mentalmente sus facciones como haría con un retrato robot: observó los pómulos anchos y planos, la mancha de piel blanca y de aspecto terso en las comisuras de los labios, los pliegues descendientes en los rabillos de los ojos y el rítmico tic del labio superior, único signo de que por las venas de Reckless circulaba sangre. Era un rostro intransigente en su mediocridad y anonimato. Allí sentado con el sucio impermeable y la cara pálida de cansancio, aún poseía fuerza y personalidad. Tal vez no fuera una personalidad que para otros resultara atractiva, pero estaba presente.

Como si hubiera tomado mentalmente una decisión, de pronto Reckless dijo con aspereza:

—El jefe de policía quiere apelar a Scotland Yard. Lo

consultará con la almohada. Tengo la sospecha de que ya ha tomado una decisión. Y algunos dirán que la ha tomado en buena hora. —A Dalgliesh no se le ocurrió nada pertinente que decir. Al cabo unos segundos, Reckless, que seguía sin mirarlo, añadió—: Comparte su opinión en el sentido de que ambos crímenes están relacionados.

Dalgliesh se preguntó si lo estaba acusando de tratar de influir en el jefe de policía. Aunque no recordaba haber manifestado su opinión ante Reckless, éste parecía conocerla. Luego agregó:

—Ayer, mientras estaba en Londres, tracé una hipótesis sobre cómo pudieron matar a Maurice Seton. De momento no es más que una conjetura y sabe Dios cómo se las arreglará para demostrarlo, pero creo saber de qué modo lo hicieron.

Planteó su teoría en pocas palabras, morbosamente sensible a cada inflexión de su voz, que el inspector podía tomar como crítica o como felicitación personal. Reckless lo escuchó en silencio y preguntó:

—Señor Dalgliesh, ¿qué le llevó a esas conclusiones?

—No estoy muy seguro, supongo que una sucesión de pequeñeces: las condiciones del testamento de Seton, la manera en que se comportó en la mesa del Cortez Club, su insistencia en tener determinada habitación cada vez que se hospedaba en el Cadaver Club, incluso la arquitectura de su casa.

—Supongo que es posible —opinó Reckless—. Sin una confesión jamás lograré demostrarlo, a menos que a alguien lo domine el pánico.

—Podría buscar el arma.

—Un arma extraña, señor Dalgliesh.

—No deja de ser un arma y, además, letal.

Reckless sacó del bolsillo un mapa del servicio topográfico y lo desplegó sobre la mesa. Lo estudiaron juntos y el lápiz del inspector sobrevoló un radio de treinta y cinco kilómetros alrededor de Monksmere.

—¿Aquí? —inquirió Reckless.

—O aquí. Si fuera el asesino, buscaría aguas profundas.

—Pero no el mar —añadió Reckless—. Podría regresar a la playa cuando aún estuviera en condiciones de ser identificado. Aunque es bastante improbable que alguien pudiera relacionarlo con el crimen.

—Usted podía hacerlo y el asesino no estaba en condiciones de correr ese riesgo. Era mejor sacárselo de encima cuando todo apuntaba a que no lo descubrirían o a que lo encontrarían demasiado tarde. A falta del pozo de una vieja mina, yo buscaría un canal o un río.

El lápiz descendió sobre el mapa y Reckless trazó tres crucecitas.

—Señor Dalgliesh, primero probaremos aquí. Ojalá tenga razón. De lo contrario, con la segunda muerte en nuestras manos, sólo será una pérdida de tiempo.

Sin decir esta boca es mía, Reckless dobló el mapa y se fue.

3

Después de la cena tuvieron más compañía. En coche o luchando a pie contra la tormenta creciente, tras breves intervalos se presentaron Celia Calthrop, su sobrina, Latham y Bryce. Buscaban la ilusoria seguridad que creían podía proporcionarles el hogar de Jane Dalgliesh. Adam pensó que tal vez no soportaban estar a solas ni se sentían a gusto en su piel. Al menos la casa de su tía era terreno neutral y ofrecía la reconfortante ilusión de normalidad, la protección secular de la luz y un fuego vivo contra la oscuridad y la enemistad de la noche. Sin duda, no era momento para que los nerviosos o los fantasiosos estuvieran a solas. El viento gemía en el promontorio, y la marea, que crecía velozmente, retumbaba en la playa y levantaba escollos de guijarros. Incluso desde la sala de Pentlands se oía su prolongado suspiro. De vez en cuando, la luna caprichosa arrojaba su luz letal sobre Monksmere, de modo que la tormenta se tornaba visible y, desde las ventanas de la casa, Adam divisaba los árboles canijos que se retorcían y debatían como en los estertores de la muerte, y la inmensidad del mar, blanco y encrespado bajo el firmamento.

Cabizbajos, los convidados por su cuenta recorrieron el sendero hasta la puerta de la casa de la señorita Dalgliesh con la desesperación de una banda de fugitivos.

A las ocho y media habían llegado todos. Nadie se había tomado la molestia de recoger a Sylvia Kedge y, con excepción de ella, volvía a reunirse el mismo grupúsculo de cinco noches atrás. Dalgliesh se sorprendió por las diferencias que percibió en todos. Analizó la situación y llegó a la conclusión de que parecían diez años más viejos. Hacía cinco noches, apenas parecían preocupados por la desaparición de Seton, que los intrigaba un poco. Ahora estaban inquietos y perturbados, poseídos por imágenes de sangre y muerte de las que no se sentían capaces de liberarse. Tras las aparentes pretensiones de tranquilidad y los intentos casi desesperados de normalidad, Adam percibió miedo.

Maurice Seton había muerto en Londres y, teóricamente al menos, aún era posible creer que había fallecido de muerte natural o que alguien de Londres era responsable de su asesinato, si no de la mutilación. Pero la muerte de Digby era local y nadie podía fingir que fuera natural. Evidentemente, Celia Calthrop estaba dispuesta a intentarlo. Sentada en el sillón junto al fuego, con las rodillas separadas sin gracia y moviendo las manos sin cesar sobre el grueso regazo, dijo:

—¡Pobre, es una tragedia horrible! Supongo que nunca sabremos qué lo arrastró a semejante decisión. Y lo tenía todo para vivir: juventud, dinero, talento, prestancia, encanto.

Todos recibieron en silencio esta valoración sorprendentemente irreal de Digby Seton. Por fin, Bryce intervino:

—Celia, reconozco que tenía dinero. Mejor dicho, la posibilidad de tenerlo. Por lo demás, uno solía considerar al pobre Digby como un infeliz inútil, engreído, vulgar y, para colmo, de cara lechosa. Tampoco es que le deseara ningún mal. Además, no me trago lo del suicidio.

—¡Claro que no se suicidó! —estalló Latham impaciente— ¡Ni siquiera Celia se lo cree! Celia, ¿por qué, para variar, no somos un poco más sinceros? ¿Por qué no reconoce que está tan asustada como todos?

—¡Yo no estoy nada asustada! —exclamó Celia con gran dignidad.

—¡Pues debería estarlo! —El rostro de enano de Bryce estaba fruncido de picardía y sus ojos chispeantes contemplaban a Celia. De pronto daba la sensación de no estar tan atormentado, no se parecía tanto a un viejo—. Al fin y al cabo, es usted quien gana con su muerte. Aún quedará una suma considerable después de descontar los derechos sucesorios de los dos muertos. Y últimamente Digby la visitaba con frecuencia, ¿no es cierto? ¿Ayer no comió con usted? Debió de tener oportunidades de sobra para introducir algo en el frasco. Fue usted quien nos dijo que siempre lo llevaba consigo. En esta misma sala, ¿lo recuerda?

—¿Y de dónde se supone que saqué el arsénico?

—Bueno, Celia, aún no sabemos si fue con arsénico... Es precisamente el tipo de comentario que no debería hacer. No tiene importancia delante de Oliver y de mí, pero el inspector podría hacerse ideas falsas. ¡Espero que no haya hablado con él del arsénico!

—No le he hablado de nada. Sólo he respondido a sus preguntas lo más completa y honradamente que podía. Tampoco entiendo por qué tiene tantas ganas de demostrar que Digby murió asesinado. Ustedes dos tienen un interés morboso en ver el lado sórdido de las cosas.

—Sólo el interés morboso en mirar la realidad cara a cara —comentó Latham secamente.

Celia no se inmutó.

—Si fue homicidio, sólo puedo decir que Jane Dalgliesh tuvo la inmensa suerte de estar en compañía de Adam cuando encontró el cadáver. De lo contrario, la gente se habría puesto a pensar. Pero con un inspector del Departamento de Investigaciones Criminales al lado..., bueno, él sabe que es muy importante no manipular nada ni tocar las pruebas.

Totalmente fascinado por la monstruosidad del comentario y por la capacidad de Celia para engañarse a sí misma, Dalgliesh reprimió su protesta y pensó si la escritora había olvidado que él estaba ahí. Parecía que todos lo habían olvidado.

—¿Qué podría pensar la gente? —preguntó Latham con serenidad.

Bryce se echó a reír.

—¡Celia, realmente no puede sospechar de la señorita Dalgliesh! Si lo hace, enseguida tendrá que afrontar un delicado problema de protocolo. En este momento, su anfitriona le está preparando café con sus propias manos. ¿Lo beberá tranquilamente o lo echará a escondidas en el florero?

De pronto Eliza Marley se volvió hacia ellos:

—¡Por Dios, ustedes dos, cierren el pico! Digby Seton ha muerto de una manera espantosa. Tal vez no les caía bien, pero era un ser humano. Y además, a su manera, sabía gozar de la vida. Quizá no fuera de la manera en que ustedes la gozarían, pero eso no viene al caso. Era feliz soñando con sus horrorosos clubs nocturnos y pensando cómo gastaría el dinero. Es posible que desprecien todo eso, pero Digby no le hacía mal a nadie. Ahora está muerto y lo asesinó uno de nosotros. Yo no lo encuentro nada divertido.

—Querida, no te angusties. —La voz de Celia había adquirido el tono enérgico y emotivo que adoptaba casi inconscientemente cuando dictaba los fragmentos más electrizantes de sus novelas—. Todos nos hemos acostumbrado a los desplantes de Justin. A él y a Oliver les importaban un bledo Maurice o Digby, así que no tiene sentido esperar que se comporten con el mínimo decoro, para no hablar de respeto. Sospecho que sólo se preocupan de sí mismos. Puro egoísmo, desde luego, egoísmo y envidia. Ninguno de los dos ha perdonado a Maurice que fuera un escritor creativo y sólo sirven para criticar el trabajo de los demás y cebarse en el talento ajeno. Ocurre todos los días: es la envidia del parásito literario hacia el creador auténtico. Recordemos lo que pasó con la obra de teatro

234

de Maurice. Oliver se la cargó porque no soportaba que tuviera éxito.

—¡Qué disparate! —Latham se echó a reír—. Querida Celia, si Maurice quería entregarse a la catarsis emocional, tendría que haber consultado a un psiquiatra en lugar de imponérsela al público en forma de obra teatral. Todo dramaturgo debe poseer tres condiciones esenciales, que en Maurice Seton brillaban por su ausencia. Debe saber escribir diálogos, comprender lo que significa conflicto dramático y conocer los rudimentos del espacio escénico.

Esas palabras sólo representaban la cantinela profesional de Latham, y Celia no se dejó apabullar.

—Oliver, por favor, no me hable de tener oficio. Cuando haya escrito una obra que presente el más mínimo indicio de talento creativo original, tendrá sentido hablar del oficio. Justin, esto también va por usted.

—¿Y qué hay de mi novela? —exclamó Bryce ofendido.

Celia le dirigió una mirada resignada y respiró profundamente. Era evidente que no estaba dispuesta a hablar de la novela de Bryce. Dalgliesh recordó la obra: un breve ejercicio de sensibilidad que fue bien recibido y que, al parecer, Bryce nunca tuvo energía suficiente para repetir. Oyó la carcajada de Eliza Marley.

—¿No es la novela que, según los críticos, poseía la intensidad y la sensibilidad de un cuento? No me parece un comentario sorprendente porque, en esencia, sólo era eso. Hasta yo podría mantener la sensibilidad en ciento cincuenta páginas.

Dalgliesh sólo oyó el primer gemido de protesta de Bryce. Probablemente la disputa degeneraría en insultos entre literatos. No le llamó la atención, pues ya había percibido esta tendencia en sus amigos escritores, pero no estaba dispuesto a participar. En cualquier momento solicitarían su opinión e indudablemente sus poemas serían presa de la devastadora franqueza de los jóvenes. Es verdad que la discusión parecía apartar sus mentes del asesinato, pero existían modos más agradables de pasar la velada.

Le abrió la puerta a su tía para que pasara con la bandeja del café y aprovechó para escapar. Quizá fuera injusto abandonarla en medio de la controversia, pero no dudaba de su capacidad de supervivencia. De lo que no estaba seguro era de la suya propia.

Su habitación estaba en calma, aislada de las voces disidentes por las gruesas paredes y las tablas de roble. Quitó el pestillo a la ventana que daba al mar y logró abrirla con ambas manos, pese a las ráfagas del vendaval. El viento invadió la estancia, agitando la ropa de cama, arrastrando los papeles de su escritorio y pasando con su mano gigante las páginas del libro de Jane Austen que tenía en la mesilla de noche. Le quitó el aliento hasta el punto de que tuvo que apoyarse en el alféizar y acogió de buena gana el pinchazo del rocío en su rostro y el sabor de la sal que se secaba en sus labios. Cuando cerró la ventana, el silencio le pareció absoluto. La atronadora rompiente retrocedió y se perdió como un gemido remoto en otra orilla.

El dormitorio estaba frío. Se puso el batín sobre los hombros y encendió una barra de la estufa eléctrica. Recogió los papeles que habían volado y con obsesivo cuidado, hoja tras hoja, los depositó en el pequeño escritorio. Las hojas blancas parecían hacerle un reproche y recordó que no le había escrito a Deborah. No se debía a que hubiera sido demasiado indolente, a que hubiese estado demasiado atareado o preocupado por el asesinato de Seton. Sabía exactamente qué lo retenía: la cobarde reticencia a comprometerse aunque sólo fuera con una palabra antes de tomar una decisión sobre el futuro. Esa noche no estaba más próximo a la decisión de lo que lo había estado el primer día de vacaciones. Cuando se despidieron, Adam ya sabía que Deborah comprendía y aceptaba que esa separación era crucial para ellos, que no se iba solo a Monksmere para escapar de Londres o para recobrarse de la tensión del último caso. No había otras razones que justificaran que ella no lo acompañara. No tenía tanto trabajo. Pero él no se lo había propuesto y Deborah no dijo nada salvo un último «Acuérdate de mí en Blythburgh». Había estudiado cerca de Southwold, conocía Suffolk y quería el lugar. Él la había recordado, no sólo en Blythburgh. De pronto la echó de menos. Era una necesidad tan acuciante que ya no le importaba si era o no sensato escribir. Frente a este anhelo de volver a verla y de oír su voz, todas sus incertidumbres e inseguridades se volvieron tan poco importantes y ridículamente irreales como el morboso legado de una pesadilla que se esfuma con la luz del día. Deseaba hablar con ella, pero como la sala estaba invadida, esa noche no tendría ocasión de telefonear. Encendió la lámpara del escritorio, se sentó y desenroscó la capucha de la pluma. Como ocurría a veces, las palabras comenzaron a brotar sencilla y fluidamente. Escribió sin pararse a pensar, sin preguntarse siquiera si era sincero.

> *Acuérdate de mí en Blythburgh, dijiste,*
> *como si no estuvieras encajada en mi mente*
> *y no existiera arte más sutil para atrapar*
> *este corazón plenamente entregado a ti.*
> *De ti, de tu mente hechicera privado,*
> *buscando la claridad de tu imagen,*
> *y en este sitio inefable evocar,*
> *otra vez, un don que no conoce olvido.*
> *Poseído de ti, todo es recuerdo*
> *en Blythburgh, amor mío, y donde quieras.*

Como todos los poemas menores, este concepto metafísico se expresa con segundas intenciones. Está de más decir en qué consisten. Tampoco añadiré que me gustaría que estuvieras aquí. Pero me gustaría estar contigo. Este sitio está plagado de muerte y de malestar y no sé qué es peor. Dios y el Departamento de Investigaciones Criminales de Suffolk mediantes, el viernes por la tarde estaré en Londres. Me haría bien saber que quizá te encuentres en Queenhithe.

La redacción de la misiva le debió de llevar más tiempo del que suponía, pues lo sorprendió la llamada de su tía a la puerta.

—Adam, están a punto de irse. No sé si quieres darles las buenas noches.

Bajó con su tía. Las visitas estaban a punto de partir y le sorprendió ver que el reloj marcaba las once y veinte. Nadie le dirigió la palabra y todos parecían tan poco interesados en su reaparición como lo habían estado en su retirada. El fuego estaba casi apagado y sólo era un montículo de ceniza blanca. Bryce ayudaba a Celia Calthrop a ponerse el abrigo, y Dalgliesh la oyó decir

—Es de mala educación quedarse hasta tan tarde. Además, tengo que madrugar. A última hora de la tarde, Sylvia me llamó desde Seton House y me pidió que mañana, a primera hora, la lleve en coche a Green Man. Parece que tiene algo urgente que decirle a Reckless.

Latham, que se encontraba junto a la puerta, se dio la vuelta.

—¿A qué se refiere..., tiene que decirle algo urgente?

La señorita Calthrop se encogió de hombros.

—¿Cómo quiere que lo sepa, Oliver? Más o menos me dio a entender que sabe algo sobre Digby, pero sospecho que Sylvia sólo intenta darse aires de importancia. Ya la conoce. De todos modos, es imposible decirle que no.

—¿No le dio una idea de qué se trataba? —Latham no hacía más que insistir.

—No. Además, no estaba dispuesta a darle la satisfac-

238

ción de preguntárselo. Ni pienso salir corriendo. Si el viento sigue soplando de este modo, me consideraré afortunada de poder conciliar el sueño esta noche.

Latham parecía deseoso de hacer más preguntas, pero Celia ya había salido. Murmuró una última y absorta despedida a su anfitriona y salió a la intemperie. Poco después, aguzando el oído en medio del ulular del viento, Dalgliesh oyó portazos y el débil sonido de los coches que se alejaban del promontorio.

4

Poco antes de las tres, el viento despertó a Dalgliesh. En cuanto se despejó, oyó las tres campanadas del reloj de la sala y se sorprendió, soñoliento, de que un sonido tan melifluo y poco insistente pudiera percibirse con tanta nitidez en medio del alboroto nocturno. Permaneció despierto y atento. La modorra dio paso al placer y éste a una ligera agitación. Siempre le habían gustado las tormentas de Monksmere. Era un placer conocido y previsible; el estremecimiento provocado por el peligro; la fantasía de estar al borde mismo del caos; el contraste entre la familiar comodidad de su lecho y la violencia de la noche. No estaba preocupado. Hacía cuatro siglos que Pentlands resistía los mares de Suffolk y lo mismo ocurriría esa noche. Los sonidos que ahora oía no habían cambiado con el paso del tiempo. Hacía más de cuatrocientos años que diversos seres humanos habían permanecido despiertos en esa habitación, atentos al furor del mar. Todas las tormentas se parecían y era imposible describirlas salvo con tópicos. Se quedó quieto y aguzó el oído ante los ruidos conocidos: el viento estrellándose contra los muros como un animal enloquecido; el eterno embate del océano en segundo plano; el perceptible siseo de la lluvia cuando amainaban las ráfagas; y, en la calma momentánea, el goteo de las tablillas que caían del techo y los alféizares. Alrededor de las cuatro menos veinte tuvo la sensación de que la tormenta amainaba. Reinó un instante de paz absoluta en el que Dalgliesh oyó su propia respiración. Poco después volvió a quedarse dormido.

Súbitamente despertó de nuevo a causa de una ráfaga tan violenta que la casa pareció estremecerse y el mar rugió como si estuviera a punto de romper en el tejado. Jamás había vivido nada semejante, ni siquiera en Monksmere. Era imposible conciliar el sueño en medio de semejante furia. Sintió un inquietante apremio por levantarse y vestirse.

Encendió la lámpara de la mesilla de noche y su tía apareció en la puerta, con su vieja bata de cuadros abotonada hasta el cuello y una gruesa trenza colgándole del hombro. Dijo:

—Ha venido Justin. Cree que debemos comprobar si Sylvia Kedge se encuentra bien. Tal vez tengamos que sacarla de su casa. Dice que la marea está subiendo deprisa.

Dalgliesh cogió su ropa.

—¿Cómo consiguió llegar? No le he oído.

—No es tan sorprendente. Probablemente estabas dormido. Vino andando. Dice que, debido a la inundación, no podemos llegar en coche a la carretera. Parece que tendremos que cruzar el promontorio. Intentó avisar a los guardacostas, pero la línea está cortada.

Jane Dalgliesh se retiró y Adam se vistió deprisa, maldiciendo en voz baja.

Una cosa era analizar en la tibia seguridad los sonidos de la tormenta y otra muy distinta luchar por llegar al punto más alto del promontorio en una aventura que sólo podía ser atractiva para los jóvenes, los muy activos y los románticos incurables.

Se sintió irracionalmente molesto con Sylvia Kedge, como si ella fuera responsable del peligro que corría. ¡Seguramente la chica sabía que la casa estaba a salvo en medio de la tormenta! Cabía la posibilidad de que Bryce se inquietara por nimiedades. Si Tanner's Cottage había resistido el desastre de la inundación de 1953, esa noche seguiría en pie. Pero la chica era lisiada. Estaba bien cerciorarse. De todas maneras, no se trataba de una iniciativa agradable. En el mejor de los casos, resultaría incómoda, agotadora y molesta. En el peor, y con Bryce a remolque, contaría con todos los elementos de una farsa.

Cuando bajó, encontró a su tía en la sala. Estaba totalmente vestida y había guardado un termo y tazas en una mochila.Cuando lo despertó, seguramente ya tenía puesta la ropa debajo de la bata. Dalgliesh se sorprendió de que la visita de Bryce no fuera del todo inesperada y pensó que quizás el peligro que corría Sylvia Kedge era más real de lo que suponía. Ataviado con un grueso impermeable de hule que le llegaba a los tobillos y que coronaba con un inmenso sombrero también impermeable, Bryce permanecía chorreante y luminoso en medio de la sala, como un anuncio de sardinas. Agarraba un rollo de cuerda gruesa y transmitía la sensación de que sabía lo que debía hacer. Tenía la actitud de un hombre consagrado a la acción.

—Amigo Adam, si se vuelve imperativo nadar, uno tendrá que dejarle esa tarea —dijo—. Ay, uno sufre de asma —dirigió a Dalgliesh una mirada furtiva y elíptica. Añadió desaprobador—: Además, uno no sabe nadar.

—No se preocupe —aconsejó Dalgliesh sin convicción.

¿Bryce pensaba en serio que alguien podría nadar en una noche semejante? De todos modos, no tenía sentido discutir. Dalgliesh se sintió como alguien comprometido a una tarea que sabe que es un desatino, pero que no logra acopiar energías suficientes para rechazarla.

Bryce siguió hablando:

—No he avisado a Celia ni a Liz. No serviría de nada que fuéramos una multitud. Y como el camino está inundado, no podrán pasar. Pero intenté contactar con Latham. No lo encontré en casa, así que tendremos que arreglarnos por nuestra cuenta. —Evidentemente, la ausencia de Latham le tenía sin cuidado.

Dalgliesh reprimió las preguntas que deseaba hacer.

Ya había bastantes dificultades para sumar nuevos problemas. ¿Qué demonios podía estar haciendo Latham en una noche tan intempestiva? ¿Todo Monksmere había enloquecido?

En cuanto abandonaron el amparo del camino y subieron por el promontorio, apenas tenían fuerzas para avanzar y Dalgliesh apartó de su mente el extraño comportamiento de Latham. Era imposible caminar erguidos y se movieron como animales agazapados hasta que los músculos doloridos del estómago y los muslos los obligaron a arrodillarse, con las palmas apoyadas en tierra, para recobrar el aliento y la energía. La noche era más cálida de lo que Dalgliesh esperaba, y la lluvia, ahora menos copiosa, se secaba suavemente en sus rostros. De vez en cuando se refugiaban entre los matorrales y las breñas y, liberados del peso del viento, caminaban ligeramente como espíritus incorpóreos en medio de la tibia oscuridad que olía a hierba fresca.

Al salir del último sector protegido, vieron Priory House desde el lado que daba al mar, con las ventanas tan iluminadas que la casa parecía una gran nave capeando el temporal. Bryce lo llevó nuevamente al amparo de los matorrales y gritó:

—Propongo que la señorita Dalgliesh pida ayuda a Sinclair y a su ama de llaves. Parece que están levantados y en movimiento. Necesitaremos una escalera larga y sólida. Adam, el plan más factible consiste en que usted vadee Tanner's Lane si el agua no está demasiado alta y llegue a la casa lo antes posible. Los demás nos desplazaremos por el interior hasta encontrar un punto donde cruzar el camino y nos acercaremos a la casa por la orilla norte. Desde ese lado podremos llegar hasta usted con la escalera.

Antes de que Bryce acabara de exponer ese plan inesperadamente lúcido y factible, la señorita Dalgliesh partió hacia Priory House sin decir palabra. Escogido sin su consentimiento para interpretar el papel de héroe, Dalgliesh quedó sorprendido del cambio operado en Bryce. Evidentemente el hombre menudo sentía una pasión oculta por la acción. Hasta sus amaneramientos habían desaparecido. Dalgliesh experimentó la novedosa y nada desagradable sensación de estar bajo su mando. Seguía sin creer que hubiera peligro. Y en el caso de que lo hubiera, el plan de Bryce era insuperable.

Cuando llegaron a Tanner's Lane, se ampararon en la ladera de la orilla sur y contemplaron Tanner's Cottage; el peligro se hizo patente. Bajo la luna, el camino brillaba blanco: una agitada lámina de espuma que ya había cubierto la senda del jardín y lamía la puerta de la casa. Las luces de la planta baja estaban encendidas. Desde su posición, la horrible y cuadrada casa de muñecas se veía extrañamente solitaria y en peligro. Bryce consideró que la situación era más alentadora de lo que esperaba. Siseó al oído de Dalgliesh:

—No ha crecido tanto. Podrá cruzar con ayuda de la cuerda. Es extraño, pensé que ya habría alcanzado su altura máxima. Tal vez no suba más. Realmente, no es tan peligroso. De todas maneras, supongo que será mejor que vadee las aguas de una vez. —Parecía decepcionado.

El agua estaba increíblemente fría. Aunque Dalgliesh lo había previsto, el contraste le cortó el aliento. Se había quitado el impermeable de hule y la chaqueta y sólo llevaba el pantalón y el jersey. Ató un extremo de la cuerda a su cintura. El otro, amarrado al tronco de un árbol joven, era liberado centímetro a centímetro por las cuidadosas manos de Bryce. La rápida corriente le llegaba a los sobacos y Dalgliesh tuvo que esforzarse para mantener el equilibrio. A veces sus pies tropezaban con un bache del camino y estaba a punto de caer. Durante unos segundos de desesperación, se debatió para mantener la cabeza fuera del agua mientras luchaba con el extremo de la cuerda como un pez enganchado en el anzuelo. No tenía sentido nadar a contracorriente. Las luces de la casa seguían encendidas cuando llegó a la puerta y apoyó la espalda en ella. El mar burbujeaba en sus tobillos y cada ola lo hacía subir un poco más. Jadeando para recobrar el resuello, hizo señas a Bryce para que soltara la cuerda. A modo de respuesta, la figura voluminosa y menuda situada en la otra orilla agitó los brazos con entusiasmo, pero no hizo el menor ademán de desatar la cuerda. Probablemente sus gestos floridos no eran más que el reconocimiento de que Dalgliesh había alcanzado el objetivo. Dalgliesh se maldijo por haber acordado con tanto fervor, antes de emprender la tarea, que Bryce se hiciera cargo de la cuerda. Era imposible comunicarse a gritos. Para no quedar definitivamente amarrado al árbol —y su situación ya era muy parecida a una parodia—, tendría que dejarle la cuerda a Bryce. Deshizo el nudo marinero y la cuerda cayó de su cintura. Bryce la arrolló inmediatamente con movimientos ampulosos.

Aunque el viento había amainado, no oyó sonidos en el interior de la casa y nadie respondió a sus gritos. Empujó la puerta, pero estaba atascada. Parecía haber una cuña. Empujó un poco más y notó que la obstrucción se movía, como si por el suelo rodara un pesado saco. La puerta se abrió lo suficiente para pasar y Adam vio que el saco era el cuerpo de Oliver Latham.

Latham había caído en la estrecha entrada, su cuerpo bloqueaba la puerta de la sala y su cabeza reposaba boca arriba en el primer peldaño de la escalera. Daba la sensación de que se había golpeado con la barandilla. Tenía una herida detrás de la oreja izquierda, de la que aún manaba sangre, y otra sobre el ojo derecho. Dalgliesh se arrodilló a su lado. Latham estaba vivo y casi había recobrado el conocimiento. Al contacto con la mano de Dalgliesh, Oliver se quejó, ladeó la cabeza y pareció a punto de vomitar. Los ojos grises se abrieron, intentaron centrar la mirada y volvieron a cerrarse.

En la sala brillantemente iluminada, Dalgliesh divisó la figura inmóvil que estaba rígidamente sentada en el sofá cama. El rostro era un óvalo mortalmente pálido y rodeado por gruesos mechones de pelo. Los ojos negros parecían inmensos y lo observaban, vigilantes y pensativos. La chica parecía ignorar por completo el agua arremolinada que ahora formaba olas en el suelo.

—¿Qué ha ocurrido? —preguntó Dalgliesh.

La chica replicó fríamente:

—Vino a matarme. Usé la única arma que tenía. Le arrojé el pisapapeles. Ha debido golpearse la cabeza al caer. Creo que lo he matado.

—Sobrevivirá —aseguró Dalgliesh concisamente—. No tiene nada grave. Pero debo llevarlo al primer piso. Quédese ahí y no intente moverse. Volveré a buscarla.

La chica se encogió de hombros.

—¿Por qué no podemos atravesar el camino? Usted ha venido por ahí.

Dalgliesh replicó despiadadamente:

—Porque el agua me llega a los sobacos y corre impetuosa. No puedo cruzar a nado cargando con una paralítica y un hombre casi desmayado. Subiremos al primer piso. Si es necesario, saldremos al tejado.

Encajó el hombro bajo el cuerpo de Latham y se dispuso a subirlo. La escalera estaba poco iluminada y era empinada y estrecha, lo cual suponía una ventaja. En cuanto equilibró a Latham sobre sus hombros, subió apoyándose en las dos barandillas. Afortunadamente, no había recodos. Al llegar arriba buscó a tientas el interruptor y el rellano superior quedó iluminado. Hizo un alto e intentó recordar dónde estaba el tragaluz. Abrió la puerta de su izquierda y volvió a buscar a tientas el interruptor. Tardó algunos segundos en encontrarlo. Mientras permanecía en la puerta, sujetando el cuerpo de Latham con la mano izquierda y pasando la derecha por la pared, el olor de la estancia se apoderó de él: olor a cerrado, cargado y enfermizamente dulce, como el débil hedor de la putrefacción. Sus dedos hallaron el interruptor y la habitación se volvió visible, iluminada por una única bombilla sin pantalla que colgaba del centro del techo. Evidentemente había sido el dormitorio de la señora Kedge, y Dalgliesh pensó que tenía el mismo aspecto que cuando ella lo utilizaba. Los muebles eran pesados y horribles. La gran cama, que aún estaba hecha, ocupaba casi toda la pared posterior de la estancia. Olía a humedad y a decadencia. Dalgliesh depositó amablemente a Latham sobre la cama y miró la vertiente del techo. No se había equivocado con respecto al tragaluz. Sin embargo, sólo había una minúscula ventana cuadrada que daba al camino. Si conseguían salir de la casa, sería por el tejado.

Regresó a la sala a buscar a la chica. El agua le llegaba a la cintura; ella estaba de pie en el sofá cama y se apoyaba en la repisa de la chimenea. Dalgliesh notó que de su cuello colgaba una bolsa pequeña de tela plástica y porosa. Probablemente contenía todos sus objetos de valor. Cuando él entró, la chica paseó la mirada por la sala como si quisiera asegurarse de que no quedaba nada que quisiera llevarse. Dalgliesh luchó para llegar a ella, percibió la fuerza de la marea incluso en ese espacio minúsculo y confinado y se preguntó cuánto tiempo resistirían los cimientos de la casa. Era fácil consolarse con la idea de que la casa había sobrevivido a otras inundaciones. No obstante, la marea y el viento eran imprevisibles. Era posible que con anterioridad las aguas hubieran subido más, pero dudaba de que hubieran entrado con tanta fuerza. Le pareció oír que las paredes temblaban incluso mientras luchaba por acercarse a la figura expectante.

Llegó a su lado y, sin pronunciar palabra, la alzó en sus brazos. Le resultó sorprendentemente ligera. Cierto es que notó el empujón descendente de los pesados aparatos ortopédicos, pero el resto de su cuerpo era tan flotante que parecía carecer de huesos, incluso de sexo. Le sorprendió sentir en sus manos la caja torácica y la firmeza de sus pechos altos. La chica permaneció pasiva en sus brazos mientras la subía de lado por la estrecha escalera y la llevaba al dormitorio de su madre. Sólo entonces Dalgliesh se acordó de las muletas. Experimentó una súbita incomodidad, la reticencia a hablar de las muletas. Como si adivinara su pensamiento, Sylvia Kedge dijo:

—Lo lamento, tendría que haberme acordado. Están colgadas del extremo de la repisa de la chimenea.

Eso suponía otro viaje hasta la planta baja, pero era casi inevitable. Habría sido difícil subir por la estrecha escalera con la chica y las muletas. Estaba a punto de depositarla sobre la cama cuando ella vio el cuerpo contraído de Latham y exclamó con súbita vehemencia:

—¡No! ¡Allí, no! Déjeme aquí.

La apartó de sus brazos cuidadosamente y Sylvia se apoyó contra la pared. Sus miradas se encontraron un instante y se observaron sin pronunciar palabra. A Dalgliesh le pareció que en ese momento intercambiaron algún tipo de comunicación, pero más adelante no supo decir si esos ojos negros transmitían una advertencia o una apelación.

No fue difícil recobrar las muletas. En la sala, el agua ya había cubierto la repisa de la chimenea y cuando Dalgliesh llegó al pie de la escalera, las muletas flotaban a la altura de la puerta. Las sujetó por las asas de goma y las acercó a las barandillas. Cuando emprendió el ascenso, una gran ola rompió contra la destrozada puerta de entrada y corrió hacia sus pies. El pedestal de la barandilla se soltó, giró como en un remolino y se hizo añicos contra la pared. Esta vez no tuvo dudas: sintió temblar la casa.

El tragaluz se encontraba a tres metros del suelo y era imposible llegar a él sin subirse a algún mueble. Era inútil tratar de mover la pesada cama, pero al lado había una cómoda cuadrada y de sólido aspecto. Dalgliesh la arrastró y la colocó bajo el tragaluz.

—Si primero me sube a mí, podré ayudarlo... con él —dijo la chica. Miró a Latham, que se había incorporado y sentado en el borde de la cama, sosteniéndose la cabeza con las manos. Se quejaba en voz alta. La chica agregó—: Tengo manos y hombros fuertes.

A modo de súplica, extendió sus horribles manos hacia Dalgliesh. En realidad, ése era el plan que Adam había elaborado. La tarea más peliaguda era trasladar a Latham al tejado. Y estaba convencido de que si Sylvia no le prestaba ayuda, resultaría casi imposible.

Incrustado de polvo y ribeteado de telarañas grises, el tragaluz parecía difícil de abrir. Cuando golpeó el marco, Dalgliesh oyó los chasquidos de la madera podrida. El tragaluz se abrió y fue instantáneamente arrastrado por la tormenta. La noche arremetió en la habitación pequeña y cerrada, poblándola de agradables ráfagas de aire frío. En ese instante se apagaron las luces y, como si se encontraran en el fondo de una mina, vieron el pequeño cuadrado gris de cielo turbulento y Luna tambaleante.

Latham se desplazó penosamente por el dormitorio hacia ellos.

—¿Qué demonios...? ¿Quién ha apagado las malditas luces?

Dalgliesh lo trasladó de nuevo a la cama.

—Quédese aquí y no desperdicie las fuerzas que le quedan, porque las va a necesitar. Tenemos que salir al tejado.

—Haga lo que quiera, yo me quedo aquí. Consígame un médico. Necesito un médico. ¡Oh, Dios, mi cabeza!

Dalgliesh dejó que se balanceara en el borde de la cama con lacrimosa lástima de sí mismo y regresó a donde estaba Sylvia.

Saltó desde una silla, sujetó el marco del tragaluz y subió. Tal como recordaba, el remate del techo de pizarra se encontraba cerca. Sin embargo, la vertiente era más pronunciada de lo que suponía y el fuste de la chimenea, que les proporcionaría refugio y sustentación, se alzaba, por lo menos, un metro y medio a la izquierda. Bajó al dormitorio y dijo a la chica:

—Procure montarse a horcajadas sobre el tejado y llegar hasta la chimenea. Si tiene alguna dificultad, permanezca absolutamente inmóvil y espéreme. En cuanto estemos arriba, me ocuparé de Latham, pero necesitaré su ayuda para subirlo. No lo pasaré hasta que usted haya alcanzado el equilibrio necesario. Pegue un grito cuando esté lista. ¿Quiere las muletas?

—Sí, quiero las muletas —respondió tranquila—. Las colgaré del remate del tejado. Tal vez resulten útiles.

Dalgliesh la subió por el tragaluz sujetándola de los aparatos ortopédicos que aferraban sus piernas del muslo al tobillo. Su rigidez lo ayudó a subirla hasta el remate del tejado. Sylvia se aferró a éste, pasó una pierna del otro lado y se agachó para protegerse de la furia de la tormenta, con los cabellos ondeando al viento. Dalgliesh la vio asentir enérgicamente: señal de que ya estaba lista. Sylvia se inclinó hacia él y extendió ambas manos.

Fue en ese momento cuando Adam percibió un aviso, la inequívoca intuición del peligro. Formaba parte de sus dotes de detective tanto como el conocimiento de las armas de fuego, como su olfato para las muertes poco naturales. Siempre le había ahorrado tiempo y confiaba instintivamente en esa intuición. Ahora no había tiempo de pararse a discutir ni a analizar. Para que los tres sobrevivieran, debían salir al tejado. Sin embargo, supo con toda claridad que Latham y la chica no debían estar solos y juntos allí arriba.

No fue nada fácil pasar a Latham por la claraboya. Apenas estaba consciente y ni siquiera los remolinos de agua que se extendían por el suelo del dormitorio lograron transmitirle la sensación de peligro inminente. Sólo quería descansar en la cama y combatir cómodamente las náuseas. Al menos, hasta cierto punto podía cooperar, aún no era un peso muerto. Dalgliesh se quitó los zapatos, hizo lo mismo con los de Latham, lo acicateó para que subiera a la silla y lo elevó a través del tragaluz. No soltó a Latham cuando las manos de Sylvia lo sujetaron por las axilas; pasó rápidamente por la abertura y se apuntaló contra el viento, de espaldas al camino inundado y con las piernas colgando dentro de la habitación. Tironearon del hombre casi desmayado y lo empujaron hasta que las manos de Latham se aferraron al remate del techo, subió y se montó a horcajadas, inmóvil. La chica apartó las manos y, ayudándose con las muletas, retrocedió poco a poco hasta apoyar la espalda contra la chimenea. Dalgliesh subió y se reunió con Latham.

Fue entonces cuando sucedió. Sylvia golpeó en el preciso instante en que Dalgliesh no tenía el dominio completo de Latham. Fue tan veloz que apenas vio la violenta patada de las piernas blindadas. Los aparatos golpearon las manos de Latham, que en el acto dejaron de aferrarse al tejado, y su cuerpo resbaló. Dalgliesh extendió los brazos y sujetó las muñecas de Latham. Sintió una sacudida brusca e insoportable y recibió todo el peso del cuerpo de Latham, que colgaba del tejado con las extremidades separadas. Sylvia golpeó una y otra vez. Ahora atacaba las manos de Dalgliesh. Las tenía demasiado embotadas para sentir dolor, pero notó los repentinos e hirvientes chorros de sangre y supo que sus muñecas no tardarían mucho en quebrarse y que Latham escaparía de sus manos impotentes. Entonces le tocaría a él. Sylvia estaba firmemente asegurada contra el fuste de la chimenea y armada con las muletas y los aparatos letales. Desde abajo nadie los veía. Estaban del otro lado del tejado y era una noche oscura. Si los angustiados observadores estaban abajo, sólo verían siluetas agazapadas contra el cielo. Cuando encontraran su cadáver y el de Latham, todas las heridas serían atribuidas a la furia de las piedras y del mar. Sólo tenía una posibilidad: soltar a Latham. En solitario, probablemente podría arrebatarle las muletas. En solitario, tendría su justa oportunidad. Pero Sylvia sabía que no soltaría a Latham. Sylvia siempre había sabido cómo reaccionaría su adversario. Adam se agarró tenazmente mientras los golpes seguían cayendo.

Ninguno de los dos había contado con Latham. Tal vez la chica creía que estaba desmayado. Súbitamente, una pizarra cayó del tejado, aflojada por el resbalón, y los pies de Latham encontraron asidero. El desesperado instinto de conservación lo despertó. Se estiró separando su mano izquierda del debilitado apretón de Dalgliesh y, con repentina fuerza, tironeó de los aparatos ortopédicos. La sorpresa llevó a Sylvia a perder el equilibrio y en ese momento una ráfaga de viento azotó el tejado. Latham volvió a tironear y Sylvia cayó. Dalgliesh extendió la mano hacia ella y sujetó el cordel de la bolsa que rodeaba su cuello. El cordel se rompió y el cuerpo pasó a su lado. Los pesados botines ortopédicos no encontraron asidero y las piernas rígidas, impotentes en su cárcel de metal, la hicieron rodar inexorablemente hacia el vacío. Chocó contra el canalón y salió disparada al espacio, girando como una muñeca mecánica con las piernas extendidas contra el cielo. Sólo oyeron un grito desesperado. Dalgliesh se guardó la bolsa en el bolsillo y permaneció inmóvil, con la cabeza apoyada en las manos sangrantes. Entonces sintió que la escalera le golpeaba la espalda.

Indemnes, el descenso hasta la orilla habría sido relativamente sencillo. Dalgliesh tenía las manos casi inutilizadas. El dolor comenzaba a notarse y doblar los dedos le resultaba casi insoportable. Ya no controlaba sus manos. El último esfuerzo había agotado a Latham. Daba la sensación de que en cualquier momento volvería a perder el conocimiento. Aunque le gritó al oído, Dalgliesh tardó varios minutos en convencerlo de que se acercara a la escalera.

Dalgliesh bajó primero, descendiendo del revés y sujetando a Latham de las axilas lo mejor que podía. El rostro perlado de sudor de Latham se encontraba a pocos centímetros del suyo. Dalgliesh percibió su aliento, los indicios agridulces de una excesiva ingestión de alcohol, de una vida demasiado apoltronada. Pensó con amargura si su último descubrimiento antes de ser arrojados al torbellino sería el hecho de que Latham padecía una leve halitosis. Había descubrimientos más significativos y modos más agradables de morir. ¡Latham podría hacer algún esfuerzo! ¿Por qué diablos no se mantenía relativamente en forma? Alternativamente, Dalgliesh soltó maldiciones y frases de aliento y, como si entendiera, Latham renovó sus esfuerzos, sujetó con ambas manos el siguiente peldaño y se desplazó unos pocos y dolorosos centímetros. Súbitamente el peldaño se partió y se separó de los postes de la escalera. Salió disparado de la mano de Latham trazando un amplio arco y se perdió silenciosamente en medio de las olas. Durante un vertiginoso segundo, las cabezas de ambos asomaron por la brecha y, con los ojos desorbitados, pendieron sobre las aguas que bullían seis metros más abajo. Latham levantó la cabeza hasta apoyarla en el borde de la escalera y dijo a Dalgliesh:

—Será mejor que siga solo. Esta escalera no soportará nuestros pesos. No tiene sentido que los dos nos mojemos.

—No desperdicie energías y siga —lo apremió Dalgliesh.

Acomodó los codos bajo las axilas de Latham y lo obligó a desplazarse varios peldaños más. La escalera crujió y se dobló. Permanecieron inmóviles después de ese esfuerzo y volvieron a intentarlo. Esta vez Latham logró sujetar un peldaño con el pie y avanzó tan inesperadamente que Dalgliesh casi perdió el equilibrio. Presa de una ráfaga repentina, la escalera se balanceó de lado. Notaron que se movía contra el tejado. Ninguno osó moverse hasta que cesó el loco balanceo de la escalera. Volvieron a avanzar centímetro a centímetro. Ya estaban cerca de la orilla. Debajo divisaban las formas oscuras de los árboles enmarañados. Dalgliesh pensó que desde el promontorio podrían oírlos, pero no había más sonido que el aullido de la tormenta. Supuso que el reducido grupo aguardaba en silencio, aterrorizado ante la posibilidad de quebrar su tremenda concentración con gritos de aliento. De pronto, todo acabó. Sintió que una mano fuerte le sujetaba los tobillos. Alguien lo trasladaba a terreno firme.

No fue consciente del alivio, sino de un profundo cansancio y del enfado consigo mismo. Aunque su cuerpo ya no tenía fuerzas, su mente estaba lúcida y sus pensamientos eran acerbos. Había subestimado las dificultades, permitido que Bryce lo metiera en esa farsa para aficionados con un tolerante desdén hacia el peligro y se había comportado como un loco impulsivo. Habían partido como un par de niños exploradores que se proponían impedir que la chica se ahogara. Y, en consecuencia, la chica se había ahogado. Habría bastado con aguardar tranquilamente en la habitación del primer piso hasta que las aguas bajaran. La tormenta estaba amainando. Por la mañana los habrían rescatado sin dificultad, tal vez ateridos, pero ilesos.

Como en respuesta a sus pensamientos, oyó un ruido sordo. Se convirtió en un rugido y el pequeño grupo vio fascinado cómo la casa se inclinaba lenta y torpemente hacia el mar. El estruendo retumbó en el promontorio y las olas, al estrellarse contra el dique de ladrillos, saltaron con estampido ensordecedor. La espuma danzó en el firmamento y flotó hasta sus ojos. Cesó el estrépito. El último Tanner's Cottage se había hundido en el mar.

El promontorio estaba poblado de negras figuras. Se apiñaron a su alrededor y lo ocultaron de la tormenta. Aunque abrían y cerraban las bocas, no oyó lo que decían. Tuvo una clara imagen de la blanca cabellera de R. B. Sinclair ondeando contra la Luna y percibió que Latham reclamaba un médico con la quejumbrosa insistencia de los niños. Dalgliesh anhelaba dejarse caer en el mullido suelo y descansar serenamente hasta que desapareciera el dolor de sus manos y ese espantoso malestar abandonara su cuerpo. Pero alguien lo sostenía en pie. Supuso que era Reckless. Las manos apoyadas en sus axilas eran inesperadamente firmes y percibía el olor fuerte y acre de la gabardina húmeda, además de sentir su aspereza contra el rostro. Después las bocas que se abrían y cerraban como mandíbulas de marionetas comenzaron a emitir sonidos. Le preguntaban si estaba bien, y alguien —supuso que Alice Kerrison— propuso que todos fueran a Priory House. Otro mencionó el todo terreno. Si la señorita Dalgliesh prefería llevar a Adam a casa, el vehículo probablemente podría cruzar el camino hasta Pentlands. Dalgliesh reparó por primera vez en el todo terreno: una sombra oscura en las cercanías del grupo. Debía de ser el vehículo de Bill Coles y seguramente esa figura corpulenta con impermeable de hule amarillo era el propio Coles. ¿Cómo diablos se las había ingeniado para llegar? El blanco manchón de los rostros parecía esperar a que tomara una decisión.

—Quiero ir a casa —dijo.

Apartó sus manos solidarias y, apoyándose en los codos, subió a la parte trasera del vehículo. En el suelo había un montón de faroles que iluminaban con su luz amarilla la hilera de figuras sentadas. Vio por primera vez a su tía. Rodeaba con un brazo los hombros de Latham y el crítico se apoyaba en ella. Dalgliesh pensó que con su cara larga y pálida, los ojos cerrados y el pañuelo blanco manchado de sangre —que alguien le había puesto en la cabeza—, Latham parecía el galán romántico de un melodrama victoriano. Reckless fue el último en subir y se sentó frente a Dalgliesh. En cuanto el vehículo empezó traquetear por el promontorio, Dalgliesh extendió sus manos laceradas como un cirujano que espera que le pongan los guantes, y dijo a Reckless:

—Si consigue meterme la mano en el bolsillo, encontrará una bolsa de plástico que le interesará. Se la quité del cuello a Sylvia Kedge. No puedo tocar nada.

Movió el cuerpo para que Reckless, que rebotaba violentamente con las sacudidas del vehículo, pudiera introducir la mano en el bolsillo. Extrajo la bolsa pequeña, desató el cordel, metió el pulgar por la abertura y la abrió. Dejó caer el contenido sobre sus piernas. Había una foto pequeña y desteñida de una mujer en un marco ovalado de plata, una cinta magnetofónica, una partida de matrimonio doblada y un sencillo anillo de oro.

5

La claridad presionaba dolorosamente los globos oculares de Dalgliesh. Se debatió en un calidoscopio de rojos y azules arremolinados y se obligó a abrir los párpados, cargados de sueño, para contemplar el magnífico día. Debía de ser mucho más tarde de la hora en que acostumbraba a despertarse, pues los rayos del sol acariciaban su rostro. Siguió acostado unos segundos, estirando cautelosamente las piernas y sintiendo que el dolor volvía de manera casi placentera a sus músculos agarrotados. Le pesaban las manos; las retiró de debajo de las mantas y giró lentamente los dos capullos blancos ante sus ojos, observándolos con la esforzada aplicación de un niño. Probablemente su tía había hecho esos vendajes de apariencia profesional, pero no recordaba con claridad. También le había puesto una pomada. Adam notaba un deslizamiento desagradable dentro de la gasa que envolvía sus manos. Notó que éstas aún le dolían pero que podía mover las articulaciones y que las yemas del índice, el corazón y el anular —lo único visible— tenían un aspecto normal. Evidentemente, no se había roto ningún hueso.

Deslizó los brazos por las mangas del batín y caminó hasta la ventana. Era una mañana serena y luminosa, que le hizo evocar inmediatamente el primer día de las vacaciones. Durante unos instantes, la furia de la noche pareció tan remota y legendaria como cualquiera de las grandes tormentas del pasado. No obstante tenía la prueba ante sus ojos. La punta del promontorio, visible desde la ventana que daba al este, estaba pelada, como si la hubiera asolado un ejército, dejando a su paso ramas rotas y aulagas desarraigadas. Pese a que el ventarrón se había convertido en una brisa que apenas movía los restos del promontorio, el mar aún estaba agitado y trazaba grandes y perezosas olas hacia el horizonte, como si estuviera cargado de arena. Había adquirido el color del barro y estaba demasiado turbio y encrespado para reflejar la transparencia azul del cielo. La naturaleza estaba de punta consigo misma, el mar en los últimos estertores de una guerra particular y la tierra yacía extenuada bajo un cielo benigno.

Se alejó de la ventana y contempló el dormitorio como si lo viera por primera vez. En el respaldo del sillón que estaba junto a la ventana había una manta doblada y, en el brazo, un almohadón. Seguramente su tía había pasado la noche en ese sillón. Dudaba de que lo hubiera hecho preocupada por su estado. Entonces recordó: habían llevado a Latham a Pentlands y, sin duda, la tía le había cedido su habitación. Esa atención lo irritó y se preguntó si era tan mezquino como para estar molesto por el interés de su tía hacia un individuo que nunca le había caído bien. No tenía demasiada importancia. La antipatía era mutua, si es que esto servía de justificación, y la jornada amenazaba con ser bastante traumática sin necesidad de comenzarla con una autocrítica malsana. Sin embargo, le habría gustado que Latham estuviera en otro sitio. Los acontecimientos de la noche aún estaban frescos en el recuerdo como para que lo alegrara la idea de desayunar comentando banalidades con su compañero de infortunio.

Mientras bajaba la escalera, oyó voces procedentes de la cocina. Percibió el familiar olor matinal a café y tocino, pero la sala estaba vacía. Seguramente Latham y su tía estaban desayunando en la cocina. Aunque las suaves contestaciones de su tía eran inaudibles, oyó con más claridad la voz aguda y arrogante de Latham. Caminó sin hacer ruido para que no lo oyeran y atravesó la sala de puntillas, como un intruso. Pronto tendría que afrontar las disculpas, las explicaciones e, incluso —¡qué idea tan espantosa!—, la gratitud de Latham. Enseguida se presentaría todo Monksmere para hacer preguntas, comentar, valorar y lanzar exclamaciones. Muy poco sería novedoso para él y hacía mucho tiempo que había superado la satisfacción de demostrar que tenía razón. Hacía bastante que sabía quién había sido y desde el lunes por la noche sabía cómo lo habían perpetrado. Para los sospechosos, la jornada supondría una gratificante reivindicación y no dejarían de sacarle el máximo partido. Se habían sentido asustados, molestos y humillados. Sería injusto privarlos de esa satisfacción. De momento, Adam caminó cauteloso, reacio a dar la bienvenida a la mañana.

En la sala ardía un pequeño fuego y sus tenues llamas apenas parpadeaban bajo el resplandor del sol. Vio que eran más de las once y que ya habían repartido el correo. Sobre la repisa de la chimenea había una carta para él. Incluso desde el otro extremo de la estancia reconoció la letra grande e inclinada de Deborah. Buscó en el bolsillo del batín la carta que aún no le había enviado y, con dificultad, la depositó junto al otro sobre. Su letra pequeña y recta parecía obsesivamente ordenada al lado de los generosos garabatos de Deborah. El sobre de ella era delgado, lo que significaba, como máximo, una hoja. De pronto supo exactamente lo que Deborah había escrito en una cuartilla, la carta se contaminó con la amenaza del día y abrirla se convirtió en una tarea que podía postergar. Mientras estaba allí, enfadado por su indecisión e intentando obligarse a realizar ese simple acto, oyó que llegaba un coche. Ya se presentaban, sin duda ávidos de curiosidad y cargados de placenteras expectativas. Cuando el coche se aproximó, reconoció el Ford de Reckless; se acercó a la ventana y vio que el inspector estaba solo. Un minuto después sonó un portazo y Reckless se detuvo un momento, como si hiciera acopio de fuerzas antes de entrar en la casa. Llevaba bajo el brazo el magnetófono de Celia Calthrop. La jornada había empezado.

Cinco minutos después, los cuatro escucharon la confesión de asesinato. Reckless se sentó junto al magnetófono y lo miró constantemente con el entrecejo fruncido, con el gesto ansioso y ligeramente malhumorado de quien supone que en cualquier momento puede averiarse. Jane Dalgliesh ocupó el sillón de costumbre a la izquierda de la chimenea y permaneció inmóvil y con las manos cruzadas sobre el regazo, escuchando con tanta atención como si se tratara de una sinfonía. Latham se apoyó en la pared, colocó un brazo en la repisa de la chimenea y puso su cabeza vendada en las piedras grises. Dalgliesh pensó que parecía un actor pasado de moda posando para una foto publicitaria. Adam tomó asiento frente a su tía, apoyó la bandeja en las piernas y, con ayuda de un tenedor, pinchó los trozos de pan tostado con mantequilla que ella le había preparado y ahuecó las manos, perfectamente aisladas, alrededor de la humeante taza de café.

La voz de la chica muerta no les habló con la proverbial e irritante sumisión, sino con tono claro, seguro y controlado. Sólo de vez en cuando se intuía un vestigio de fervor prontamente acallado. Aunque éste era su discurso triunfal, Sylvia narró su tétrico relato con la seguridad y el desapego de una locutora profesional que lee un libro antes de dormirse.

«Es la cuarta vez que dicto mi confesión y no será la última. La cinta puede usarse hasta el infinito. Siempre se puede mejorar. Nada es definitivo. Maurice Seton solía decirlo cuando trabajaba en sus patéticos libros, como si valiera la pena escribirlos, como si a alguien le importara qué palabras empleaba. Y a lo mejor al final usaba mis palabras, mis sugerencias, expresadas con tanta indecisión y en voz tan baja que no se daba cuenta de que era un ser humano quien hablaba. Ni siquiera fui eso para él. Sólo fui una máquina capaz de tomar notas en taquigrafía, mecanografiar, remendarle la ropa, fregar, incluso cocinar un poco. Claro que no fui una máquina realmente eficaz porque no podía usar las piernas. En cierto sentido, esto le facilitó las cosas. Quiero decir que ni siquiera tuvo que pensar en mí como hembra humana. Jamás me consideró una mujer, por descontado. Era previsible. Y después de un tiempo, ya ni siquiera fui una hembra. Me podía pedir que trabajara hasta las tantas, que pasara la noche en su casa, que compartiera su cuarto de baño. No habría habladurías, a nadie le importaría. Nunca hubo escándalo. ¿Por qué iba a haberlo? ¿Quién sería capaz de tocarme? Oh, estaba totalmente a salvo conmigo en la casa. Y Dios sabe hasta qué punto yo estaba totalmente a salvo con él.

»Se habría reído si le hubiera dicho que podía ser una buena esposa. No, no se habría reído. Le habría repugnado. Habría pensado que era como aparearse con una tonta o con un animal. ¿Por qué es repugnante la deformidad? Bueno, no fue el único. He visto la misma expresión en otros rostros. En Adam Dalgliesh. ¿Por qué lo cito como ejemplo? Apenas soporta mirarme. Es como si dijera: "Me gusta que las mujeres sean hermosas. Me gusta que las mujeres sean garbosas. Lo siento mucho por usted, pero me ofende". Me ofendo a mí misma, inspector, me ofendo a mí misma. Será mejor que no desperdicie la cinta con los preliminares. Las primeras confesiones eran demasiado largas, no estaban bien sopesadas. Al final hasta me aburrían. Pero habrá tiempo para ordenar la historia, para contarla con tanta perfección que durante el resto de mi vida pueda pasar la cinta una y otra vez y experimentar el primero y profundo placer. Es posible que un día borre todo, pero aún es prematuro. Tal vez no lo haga nunca. Tendría gracia dejársela a la posteridad. La única desventaja de planificar y llevar a cabo el crimen perfecto es que nadie puede apreciarlo. Por muy pueril que parezca, tengo la satisfacción de saber que, después de mi muerte, apareceré en primera plana.

»Fue una trama compleja, lo que la volvió aún más satisfactoria. Al fin y al cabo, matar a alguien no es tan difícil. Cientos de personas lo hacen todos los años y gozan de un fugaz instante de celebridad antes de quedar relegadas al olvido, como las noticias del día precedente. Podría haber matado a Maurice Seton en cualquier momento, sobre todo después de conseguir esos cinco gramos de arsénico puro. Los cogió del museo del Cadaver Club y los cambió por un frasco de levadura en polvo mientras escribía *Uno para la cazuela*. ¡Pobre Maurice! Estaba obsesionado por la apremiante necesidad de ser verosímil. Era incapaz de escribir sobre un envenenamiento con arsénico sin manipular la sustancia, sin olerla, sin ver con qué rapidez se disolvía, sin gozar de la sensación de jugar con la muerte. Este ensimismamiento en los detalles, esta ansia de experiencia se convirtió en el eje de mi plan. Condujo a la víctima predestinada al encuentro con Lily Coombs y al Cortez Club. La llevó hasta su asesino. Maurice era un experto en muerte vicaria. Me habría gustado estar presente para ver si disfrutaba de la experiencia real. Obviamente, se proponía devolver el veneno, sólo lo había cogido prestado. Antes de que actuara, yo hice mis cambios. Maurice cambió la levadura en polvo guardada en la vitrina del club por otro frasco que también contenía levadura. Pensé que el arsénico podía prestar su utilidad. Y la prestará. Pronto será muy útil. No me será difícil introducirlo en el frasco que Digby siempre lleva encima. ¿Qué ocurrirá después? ¿Habrá que aguardar el inevitable momento en que se encuentre a solas y no soporte el futuro sin tomar un trago? ¿Bastará decirle que Eliza Marley se ha enterado de algo relativo a la muerte de Maurice y que quiere reunirse en secreto con él en la playa? Cualquier método vale. El fin será el mismo. Y cuando haya muerto, ¿qué se podrá demostrar? Poco después pediré ver al inspector Reckless y le diré que últimamente Digby se quejaba de indigestión y que lo vi meter mano en el botiquín de Maurice. Explicaré que en una ocasión Maurice cogió el arsénico de la vitrina del Cadaver Club y que me aseguró que lo había devuelto. ¿Y si no fue así? Típico de Maurice. Todos lo corroborarán. Todos conocen *Uno para la cazuela*. Se analizará el polvo guardado en la vitrina del museo y comprobarán que es inofensivo. Y Digby Seton habrá muerto por un trágico accidente del que es responsable su hermanastro. Me parece muy satisfactorio. Lamento que Digby, que, pese a su estupidez, ha sido tan sensible a la mayoría de mis ideas, tenga que ignorar esta última parte del plan.

»Con la misma facilidad, podría haber usado el arsénico con Maurice y ver cómo moría, sufriendo atrozmente, en cualquier momento. Habría sido fácil, demasiado fácil. Fácil y poco inteligente. La muerte por envenenamiento no habría satisfecho ninguno de los requisitos imprescindibles para el asesinato de Maurice. Fueron precisamente esos requisitos los que volvieron tan interesante la planificación y tan gratificante la ejecución del crimen. En primer lugar, debía morir de muerte natural. En tanto que heredero, Digby sería el primer sospechoso y para mí era de vital importancia que nada pusiera en peligro la herencia de Digby. Maurice tenía que morir lejos de Monksmere; no debía darse la posibilidad de que alguien sospechara de mí. Por otro lado, quería que el crimen estuviera relacionado con la comunidad de Monksmere; cuanto más acosados y asustados, y cuanto más se sospechara de ellos, mejor, tenía muchas y viejas rencillas que dirimir. Además, quería ser testigo de la investigación. De nada me habría servido que lo trataran como un crimen ocurrido en Londres. Al margen de lo divertido que sería contemplar las reacciones de los sospechosos, me pareció importante que la policía trabajara ante mis ojos. Debía estar presente para vigilar y, si era necesario, controlar. No todo salió como había planeado, pero, en conjunto, han ocurrido muy pocas cosas de las que no estaba enterada. Paradójicamente, en algunos momentos he sido menos hábil de lo que suponía para controlar mis emociones, pero todos se han comportado como si siguieran mi plan al pie de la letra.

»También había que cumplir la exigencia de Digby. Quería que el asesinato estuviera relacionado con L. J. Luker y con el Cortez Club. Obviamente, sus motivos eran distintos a los míos. En concreto, no le apetecía que sospecharan de Luker. Sólo pretendía demostrarle que existía más de un camino para cometer un asesinato y no ser castigado. Digby quería una muerte que la policía tendría que considerar natural porque sería natural, pero que Luker supiera que había sido un asesinato. Por eso insistió en enviar a Luker las manos cortadas. Les quité casi toda la carne con ácido —fue una suerte contar con un cuarto oscuro en la casa y disponer del ácido—, pero la idea seguía sin convencerme. Era un riesgo gratuito e innecesario. Cedí al capricho de Digby. La tradición exige que se mime a los condenados. Se trata de cumplir sus peticiones más inofensivas.

»Antes de describir la muerte de Maurice, conviene esclarecer dos asuntos ajenos a la cuestión. Aunque no fueron importantes, los menciono porque jugaron un papel secundario en el asesinato de Maurice y sirvieron para arrojar sospechas sobre Latham y Bryce. No puedo atribuirme el mérito de la muerte de Dorothy Seton. Fui la responsable, como es obvio, pero no pretendía matarla. Habría sido improcedente el esfuerzo de planificar el fin de una mujer tan propensa a la autodestrucción. Al fin y al cabo, no duraría mucho más. Pasaría poco tiempo antes de que se liquidara a sí misma, ya fuera con una sobredosis de medicinas, cayendo por el acantilado en uno de sus vagabundeos nocturnos atiborrada de drogas, aplastada en el coche de su amante en uno de sus delirantes paseos por el campo o bebiendo hasta reventar. Ni siquiera me importaba demasiado. Poco después de que ella y Alice Kerrison partieran para las últimas vacaciones en Le Toucquet, encontré el manuscrito. Era una prosa excepcional. Es una pena que no lo hayan leído los que afirman que Maurice Seton no sabía escribir. Si le interesaba, era capaz de escribir frases conmovedoras. Y le interesaba. Ese manuscrito lo contenía todo: el sufrimiento, la frustración sexual, los celos, el rencor, el deseo de castigar. ¿Había alguien que supiera mejor que yo lo que Maurice sentía? Escribirlo debió de producirle la mayor satisfacción de su vida. No podía usar la máquina de escribir, las teclas mecánicas no debían interponerse entre el sufrimiento y su expresión. Necesitaba ver cómo se formaban las palabras bajo su mano. Maurice no pretendía usar el manuscrito. Fui yo quien lo usé. Abrí al vapor una de sus cartas semanales a Dorothy y lo incluí. Pensándolo bien, ni siquiera sé qué esperaba. Supongo que era una diversión demasiado entretenida para dejarla pasar. Si ella conservaba la carta y se la mostraba para aclarar las cosas, Maurice no tendría la certeza absoluta de que no había enviado el manuscrito, aun sin quererlo. Lo conocía demasiado bien. Siempre tuvo miedo de su inconsciente, convencido como estaba de que al final lo traicionaría. Al día siguiente me divertí viendo su pánico, su búsqueda desesperada, las miradas ansiosas que me dirigió para comprobar si yo estaba enterada. Me preguntó si había tirado papeles a la basura y respondí serenamente que sólo había quemado una pequeña cantidad de cosas inservibles. Vi cómo se le iluminaba el rostro. Prefirió creer que yo había tirado la carta sin leerla. Como cualquier otra idea le habría resultado insoportable, hasta el día de su muerte prefirió creer que había sido así. La carta nunca apareció. Tengo una ligera idea de lo que ocurrió con ella. Todo Monksmere cree que Maurice Seton fue el principal responsable del suicidio de su esposa. Y, a los ojos de la policía, ¿quién podía tener un mayor móvil de venganza que su amante, Oliver Latham?

»Es innecesario decir que fui yo quien mató a la gata de Bryce. En su momento, el mismo Bryce se habría dado cuenta si no hubiera estado tan desesperado por bajar el cuerpo, tan desesperado que no reparó en el nudo corredizo. Si hubiera estado en condiciones de observar la cuerda y el método, se habría dado cuenta de que yo pude colgar a Arabella sin levantarme de la silla más de cinco centímetros. Tal como había previsto, Bryce no se comportó racionalmente ni pensó con frialdad. Jamás se le pasó por la cabeza que Maurice Seton no fue el culpable. Puede llamar la atención que pierda el tiempo analizando el asesinato de una gata, pero la muerte de Arabella tenía importancia en mi plan. Permitía que la ligera antipatía entre Maurice y Bryce se convirtiera en una enemistad activa, de tal modo que Bryce, al igual que Latham, tuviera ofensas que vengar. La muerte de una gata es un móvil endeble que no justifica la muerte de un hombre y supuse que la policía no perdería mucho tiempo con Bryce. Sin embargo, la mutilación del cadáver era harina de otro costal. En cuanto la autopsia demostrara que Maurice había muerto de muerte natural, la policía se abocaría a los motivos por los cuales le habían cortado las manos. Era imprescindible que no llegaran a sospechar los motivos que exigían la mutilación y convenía que en Monksmere hubiera, como mínimo, dos personas rencorosas y agraviadas, ambas con un móvil evidente. También maté a Arabella por otros dos motivos. En primer lugar, porque quería. Era un ser inútil. Al igual que Dorothy Seton, la mantenía y la mimaba un hombre convencido de que la belleza tiene derecho a existir, por muy estúpida e indigna que sea, por el mero hecho de ser bella. Bastaron dos segundos de crispación en el extremo de una cuerda del tendedero para acabar con esas ilusiones. En segundo lugar, su muerte era, hasta cierto punto, un ensayo general. Quería comprobar mis dotes de actriz, ponerme a prueba en una situación de tensión. No perderé tiempo sobre lo que descubría sobre mí misma. Jamás lo olvidaré: la sensación de poder, el desafuero, la vertiginosa mezcla de miedo y excitación. Desde entonces he vuelto a sentirla muchas veces. Por ejemplo, en este momento. Bryce hace un relato gráfico de mi aflicción, de mi comportamiento fastidiosamente descontrolado después de bajar el cuerpo, y no todo fue interpretación.

»Pero volvamos a Maurice. Por un golpe de suerte descubrí algo sobre él que sería crucial para mis fines: sufría una claustrofobia aguda. Dorothy debía saberlo. Al fin y al cabo, algunas noches se dignaba recibirlo en su dormitorio. Más de una vez debió despertarla con su pesadilla cotidiana, del mismo modo en que me despertó a mí. A menudo me pregunto qué era lo que Dorothy sabía y si se lo contó a Oliver Latham antes de morir. Era un riesgo que tenía que correr. ¿Y si se lo había contado? Nadie puede demostrar que yo estaba al tanto. Nada puede modificar el hecho de que Maurice Seton murió de muerte natural.

»Recuerdo claramente aquella noche de hace algo más de dos años. Era un día ventoso y húmedo de mediados de septiembre, y al anochecer arreció el mal tiempo. Estábamos trabajando desde las diez de la mañana y las cosas iban de mal en peor. Maurice intentaba acabar una serie de relatos para un periódico de la tarde. No era su especialidad y lo sabía. Trabajaba contra reloj, cosa que detestaba. Sólo interrumpí dos veces, a la una y media para preparar una comida ligera, y a las ocho y media para hacer unos bocadillos y un plato de sopa. A las nueve, cuando terminamos de cenar, el viento aullaba alrededor de la casa y oí la marea alta que azotaba la playa. Ni siquiera Maurice podía pretender que volviera a casa en plena noche, en la silla de ruedas, y jamás se ofreció a llevarme en coche. Después de todo, eso le crearía el problema de recogerme al día siguiente. Sugirió que pasara la noche en su casa. No me preguntó si estaba dispuesta a hacerlo. No se le pasó por la cabeza que podía tener reparos o que quizá prefería mi dentífrico, mis artículos de tocador e incluso mi cama. Los cumplidos normales de la vida no iban conmigo. Me dijo que hiciera la cama de la antigua habitación de su esposa y se tomó la molestia de entrar a buscar un camisón para mí. No sé por qué lo hizo. Sospecho que, desde la muerte de Dorothy, era la primera vez que se atrevía a abrir sus cajones y sus armarios y que mi presencia le ofreció la oportunidad de romper un tabú y de contar con cierto apoyo. Ahora que puedo ponerme la ropa interior de Dorothy o destrozarla, si se me ocurre, soy capaz de sonreír al recordar aquella noche. ¡Pobre Maurice! No imaginó que esos manojos de gasa, esas brillantes transparencias de nilón y seda, serían tan bonitos, tan delicados, tan poco adecuados para mi cuerpo deforme. Vi su expresión cuando los tocó con las manos. No soportaba la idea de que la ropa de Dorothy rozara mi piel. Entonces encontró lo que buscaba. Estaba en el fondo de un cajón y era un viejo camisón de lana que había pertenecido a Alice Kerrison. Dorothy se lo había puesto una vez, por insistencia de Alice, cuando la gripe la postró en cama y sudaba a causa de los escalofríos. Maurice me dio ese camisón. Me pregunto si habría cambiado su destino en el caso de que aquella noche se hubiese comportado de otra manera. Probablemente, no. De todos modos, me satisface pensar que, al titubear sobre las capas de estas tonterías de gasa, sus manos escogían entre la vida y la muerte.

»Eran poco más de las tres cuando me despertaron sus gritos. Al principio pensé que se trataba de un ave marina. Pero se repitieron una y otra vez. Busqué las muletas a tientas y fui a verlo. Estaba aturdido, apoyado en la ventana del dormitorio, con la actitud desorientada de un sonámbulo. Logré llevarlo de nuevo a la cama. No fue difícil. Me cogió la mano como un niño. Al taparlo hasta la barbilla, me sujetó bruscamente del brazo y dijo: "¡No me deje! ¡No se vaya todavía! Es mi pesadilla. Siempre se repite. Sueño que me queman vivo. ¡Quédese conmigo hasta que me duerma!". Me quedé. Permanecí a su lado, con su mano en la mía, hasta que se me entumecieron los dedos de frío y me dolió todo el cuerpo. En la oscuridad me contó muchas cosas de sí mismo, sobre ese inmenso miedo aterrador, hasta que relajó los dedos, se interrumpieron los murmullos y cayó en un pacífico sueño. Abrió la boca, de modo que parecía ridículo, feo y vulnerable. Nunca lo había visto dormido. Me agradó ver su fealdad, su desamparo, y experimenté una sensación de poder tan placentera que me asusté. Allí sentada, a su lado, oyendo esa respiración serena, pensé cómo podía aprovechar la nueva información. Empecé a planificar cómo darle muerte.

»Por la mañana ni siquiera mencionó lo sucedido durante la noche. Nunca supe si había olvidado totalmente la pesadilla y mi visita a su habitación. Pero lo dudo. Creo que lo recordaba perfectamente y que prefirió desterrarlo de su pensamiento. Después de todo, no tenía por qué pedirme disculpas ni darme explicaciones. Nadie tiene que justificar sus debilidades ante la criada o un animal. Por eso es tan gratificante, tan conveniente tener una bestia doméstica en casa.

»El plan no exigía rapidez, no había límite de tiempo para el momento de su muerte, lo que acrecentó mi interés y me permitió desarrollar un asesinato más complejo y rebuscado del que podría haber elaborado si hubiese tenido prisa. En este caso comparto la opinión de Maurice. Las obras excelsas nunca se hacen con prisa. Hacia el final surgieron ciertos apremios, por ejemplo cuando encontré y destruí la copia de la carta que le envió a Max Gurney para anunciarle que pensaba modificar su testamento.

A esas alturas, hacía más de un mes que mis planes definitivos estaban listos.

»Desde el primer momento supe que necesitaría un cómplice y quién cumpliría ese papel. La decisión de usar a Digby Seton para destruir primero a su hermanastro y luego a sí mismo era tan audaz que por momentos me asusté de mi propia osadía. No fue una idea tan temeraria como parece. Conocía a Digby, conocía exactamente sus fuerzas y sus flaquezas. Es menos estúpido y más codicioso de lo que la gente imagina, más pragmático y menos imaginativo, no tan valiente, sino terco y perseverante. Por encima de todo, es básicamente débil y pagado de sí mismo. Mi plan aprovechaba tanto sus virtudes como sus defectos. Cometí muy pocos errores al manejar a Digby y si en algún aspecto importante lo subestimé, ya está demostrado que fue menos catastrófico de lo que podía temer. Ahora se ha convertido en una responsabilidad y un estorbo, pero no me preocupará mucho más. Si se hubiera mostrado menos molesto y más de fiar, tal vez lo habría dejado vivir un año más. Preferiría haber evitado el pago de los derechos de sucesión de Maurice, pero no permitiré que la codicia me lleve a cometer desatinos.

»Al principio no cometí la torpeza de ofrecer a Digby un plan para acabar con Maurice. Sólo le propuse una compleja broma pesada. Desde luego, no se lo tragó por mucho tiempo, pero tampoco hacía falta que lo creyera. Durante los planes preliminares, ninguno de los dos mencionó la palabra asesinato. Él lo sabía y yo también, pero ninguno lo expresó. Mantuvimos a conciencia la farsa de que se trataba de un experimento, quizá con ciertos riesgos pero sin malicia, para demostrarle a Maurice que era posible transportar en secreto a alguien de Londres a Monksmere, sin que se enterara y sin su cooperación. Ésa sería nuestra coartada. Si el plan fracasaba y nos descubrían con el cadáver en las manos, soltaríamos esa explicación y nadie podría refutarla. El señor Seton nos había apostado que no éramos capaces de secuestrarlo y trasladarlo a Monksmere sin que nos descubrieran. Quería incorporar una trama de este tipo a su nuevo libro. Sobrarían los testigos dispuestos a declarar que a Maurice le encantaban los experimentos y que era muy puntilloso con los detalles. Si durante el viaje moría inesperadamente de un ataque cardíaco, nadie podría acusarnos. Quizá llegaran a acusarnos de homicidio involuntario, pero nunca de asesinato.

»Creo que, durante un tiempo, Digby se tragó la farsa. Hice lo imposible por mantenerla. Muy pocos seres humanos tienen el valor o la fortaleza mental suficiente para planificar un asesinato a sangre fría, y Digby no forma parte de ellos. Le gusta que las cosas desagradables estén envueltas para regalo. Prefiere cerrar los ojos ante la realidad. Siempre ha cerrado los ojos ante la verdad sobre mi persona.

»En cuanto se convenció de que se trataba de un juego divertido con reglas poco complicadas, sin riesgo personal y un premio de doscientas mil libras, se divirtió organizando los detalles. No le pedí nada que estuviese más allá de sus capacidades y no había premura. En primer lugar, tenía que conseguir una moto de segunda mano y un sidecar largo y en forma de torpedo. Debía comprarlos por separado y al contado en cualquier barrio de Londres donde no lo conocieran. Debía alquilar o comprar un piso relativamente aislado y con acceso al garaje, y ocultar sus nuevas señas a Maurice. Eran actos relativamente sencillos y en conjunto me sentí satisfecha del modo eficaz en que mi criatura se las arregló. Fue para mí el período más penoso. Era muy poco lo que personalmente podía hacer para controlar los acontecimientos. En cuanto el cadáver llegara a Monksmere, podría organizarlo y dirigirlo todo. De momento tenía que confiar en que Digby cumpliera mis instrucciones. Fue Digby a solas el que tuvo que manejar las cosas en el Cortez Club y nunca me atrajo demasiado su plan de llevar a Maurice hasta Mews Cottages. Me parecía excesivamente complicado y peligroso. Se me ocurrieron métodos más seguros y sencillos. Pero Digby insistió en incorporar el Cortez Club a la trama. Necesitaba involucrar e impresionar a Luker. Dejé que se saliera con la suya —después de todo, el proyecto no podía incriminarme— y reconozco que funcionó extraordinariamente bien. Digby comentó con Lily Coombs la farsa sobre el experimento para secuestrar a su hermanastro y le contó que Maurice había apostado dos mil libras a que no podía hacerse. Lily recibió cien libras en efectivo a cambio de colaborar. Lo único que tenía que hacer era estar atenta a la llegada de Maurice, contarle un cuento sobre el tráfico de drogas y, si quería más información, enviarlo a Carrington Mews. Nada se perdería si no mordía el anzuelo. Yo tenía otros planes para hacer que fuera a Carrington Mews y cualquiera se podía poner en práctica. Pero Maurice mordió el anzuelo. Todo era por amor a su arte, y tenía que ir. En sus visitas, Digby había aludido disimuladamente a Lily Coombs y al Cortez Club y, como era de prever, Maurice había rellenado la ficha blanca de referencia para usarla cuando la necesitara. Estaba convencida de que cuando llegara a Londres para su visita de otoño, una noche Maurice se presentaría en el Cortez con la misma certeza de que se hospedaría en su habitación de siempre en el Cadaver Club, la habitación a la que podía llegar sin utilizar el pequeño y claustrofóbico ascensor. Digby incluso le avisaría a Lily Coombs qué noche iría Maurice al club. ¡Oh, sí, es evidente que Maurice mordió el anzuelo! Habría sido capaz de meterse en el infierno con tal de dar vida a sus obras. Y eso fue precisamente lo que hizo.

»En cuanto Maurice se presentó en la puerta de la casa de Carrington Mews, Digby no tuvo muchas dificultades para cumplir su cometido. Para un hombre que había sido campeón de boxeo, no fue difícil dar el golpe certero que lo dejó fuera de combate, demasiado suave para dejar marcas pero lo bastante contundente para resultar eficaz. La remodelación del sidecar hasta convertirlo en un féretro ambulante fue pan comido para quien había construido *Sheldrake* sin ayuda. El sidecar estaba listo y a la espera y desde la casa se accedía al garaje. El cuerpo ligero, inconsciente y con respiración estertórea —Lily había cumplido su papel a la perfección y Maurice había bebido mucho más vino del que podía soportar—, fue introducido en el sidecar, al que se le colocó la capota. En los costados había respiraderos. No formaba parte de mis planes que muriera asfixiado. Digby se tomó media botella de whisky y salió a procurarse la coartada. No sabíamos para qué hora exacta sería necesaria, lo que nos creó una ligera preocupación. Sería lamentable que Maurice muriera demasiado pronto. Se trataba de saber cuándo comenzaría el suplicio y cuánto tiempo duraría. Di instrucciones a Digby para que se hiciera detener en cuanto se hallara a una distancia prudencial de su casa.

»A la mañana siguiente, en cuanto lo pusieron en libertad, Digby salió hacia Monksmere con la moto y el sidecar. No miró el cuerpo. Le había dicho que no abriera el sidecar y no creo que sintiera la tentación de hacerlo. Aún vivía en el cómodo mundo imaginario de la trama que había creado para él. No podía imaginar que reaccionaría extraordinariamente bien cuando le resultara imposible seguir creyendo en ella. Estoy segura de que aquella mañana en que abandonó Carrington Mews con disimulo, se sentía tan inocentemente exaltado como un colegial cuya pesada broma va sobre ruedas. Durante el trayecto no tuvo problemas. Como yo bien sabía, el traje de plástico negro, el casco y las gafas eran un disfraz perfecto. Llevaba en el bolsillo un billete de ida de Liverpool Street a Saxmundham, y antes de dejar el West End envió a Seton House mi descripción del Cortez Club. Huelga decir que es muy fácil disimular un estilo mecanográfico, pero no la máquina con que se escribe. Varias semanas atrás, con un guante en la mano derecha y los dedos de la izquierda vendados, había escrito ese fragmento en la máquina de Maurice. El fragmento sobre el cuerpo mutilado flotando a la deriva ya había sido mecanografiado por Maurice y lo saqué de sus papeles. Su empleo fue uno de los pequeños pero agradables refinamientos que incorporé a mi plan cuando conocí la idea de la señorita Calthrop sobre un primer capítulo impactante para una de las novelas de Maurice. En más de un sentido, para mí fue un regalo tanto como para Maurice. Determinó en gran medida toda la configuración de la trama del asesinato y debo reconocer que lo utilicé genialmente.

»Mi plan contenía un elemento decisivo del que aún no he hablado. Aunque parezca extraño y aunque suponía que sería el más difícil, resultó el más sencillo. Tenía que convencer a Digby Seton de que se casara conmigo. Pensé que me llevaría semanas de hábil persuasión.

»El problema consistía en que no disponía de tanto tiempo. Sólo podíamos hacer planes en los contados fines de semana que Digby pasaba en Monksmere. Permití que me escribiera porque estaba segura de que el fuego destruiría esas cartas, pero yo nunca le envié una línea. Tampoco hablábamos por teléfono. Además, no podía convencerlo epistolarmente de esta faceta desagradable pero fundamental para el plan. Llegué a pensar que sería la piedra contra la que se estrellaría todo el proyecto. Juzgué mal a Digby. No era totalmente estúpido. Si lo hubiera sido, yo no habría corrido el riesgo de hacerlo partícipe de su propia destrucción. Digby sabía reconocer lo inevitable. Al fin y al cabo, lo beneficiaba. Tenía que casarse para acceder a la herencia. No había mujer que le interesara. No deseaba una esposa que pudiera mostrarse exigente o entrometerse en su vida, una esposa que incluso querría acostarse con él. Sabía que tenía que casarse conmigo por una razón primordial: a menos que alguno de los dos se fuera de la lengua, nadie podría demostrar que habíamos matado a Maurice. Una esposa no puede prestar testimonio en contra de su marido. Por supuesto, acordamos que después de un período razonable nos divorciaríamos y fui muy generosa con las capitulaciones. Pero no sospechosamente generosa, sino muy, muy razonable. Podía darme ese lujo. Tenía que casarse conmigo para que yo mantuviera el pico cerrado y para cobrar. Tenía que casarme con él porque quería toda su fortuna... como su viuda.

»Nos casamos el quince de marzo en un registro civil de Londres. Digby alquiló un coche y vino a buscarme temprano. Nadie nos vio salir de la casa. Era imposible que nos vieran. Celia Calthrop estaba de viaje, por lo que no podía llamarme. Oliver Latham y Justin Bryce se encontraban en Londres. No sabía si Jane Dalgliesh estaba en su casa, pero tampoco me importaba. Telefoneé a Maurice y le dije que me encontraba mal y que no iría a trabajar. Aunque se molestó, no se preocupó y no temí que pudiera aparecer por casa para interesarse por mi salud. Maurice detestaba la enfermedad. Se preocupaba si su perro se ponía enfermo. Hay que reconocer que sentía afecto por su perro. Me resulta muy satisfactorio pensar que ahora podría estar vivo si aquel día se hubiera preocupado lo suficiente para aparecer por Tanner's Cottage, preguntar dónde me había metido..., por qué había mentido.

»El tiempo y la cinta se acaban. He ajustado mis cuentas con Maurice Seton. No me estoy justificando, sino narrando mi triunfo, y aún queda mucho por decir.

»A bordo de la moto con sidecar, Digby llegó a Tanner's Cottage el miércoles, poco antes de las seis. Ya había anochecido y no había nadie en las inmediaciones. En este litoral, cuando cae la noche nadie sale de las casas. Maurice estaba muerto, obviamente, y el rostro de Digby aparecía muy pálido bajo el casco mientras quitaba la capota al sidecar. Sospecho que esperaba ver el rostro de la víctima demudado en una mueca de horror, con los ojos muertos mirando acusadoramente. A diferencia de mí, no había leído los textos de medicina forense de Maurice. No sabía que después de la muerte los músculos se relajan. El rostro calmo —tan vulgar, tan vacío, tan carente de la capacidad de despertar terror o patetismo— pareció tranquilizarlo. Me había olvidado de hablarle de la rigidez cadavérica. Digby no esperaba que tuviéramos que romper la rigidez de las rodillas para encajar el cadáver en mi silla de ruedas y bajarlo a la playa. Esa faceta ineludible no le gustó nada. Aún oigo su risilla nerviosa cuando vio las delgadas piernas de Maurice cubiertas por el ridículo pantalón y estiradas como las piernas de palo de escoba de un espantapájaros. Digby las golpeó, la rigidez cadavérica cedió y quedaron colgando sobre el reposapiés como las piernas de un niño. Ese leve acto de violencia personal contra el cadáver afectó a Digby. Yo estaba más que dispuesta a quitarle las manos. Deseaba dejar caer el hacha. Pero Digby me la quitó y esperó mudo mientras yo acomodaba las manos en la bancada. Creo que habría sido más pulcra, pero dudo de que hubiera disfrutado más que él. Luego cogí las manos y las guardé en mi neceser de tela impermeable. Digby quería aprovecharlas: estaba decidido a enviárselas a Luker. Antes yo tenía que hacerles algunas cosas en la intimidad de mi cuarto oscuro. Entretanto, me colgué el neceser del cuello y disfruté del contacto de esas manos muertas que parecían deslizarse sobre mi piel.

»Finalmente Digby sacó el bote a la marea menguante y se internó en aguas profundas. Las manchas de sangre me tenían sin cuidado. Los muertos, si es que sangran, lo hacen lentamente. Si el traje de motorista estaba manchado, el mar lo lavaría. Digby regresó a mi lado, brillando en la oscuridad y con las manos cruzadas sobre la cabeza, como alguien que ha cumplido un ritual de purificación. No habló mientras empujaba mi silla de ruedas hasta casa. Como ya he dicho, en algunos aspectos lo subestimé, y fue en ese recorrido silencioso por el estrecho camino cuando tomé conciencia de que podía ser peligroso.

»El resto de trabajo que quedaba por hacer esa noche tendría que haber sido facilísimo. Según el plan, Digby debía dirigirse lo más rápido posible a Ipswich. Durante el trayecto, haría un alto en un sitio solitario, a orillas del canal de Sizewell, separaría el sidecar y lo hundiría en aguas profundas. Una vez en Ipswich, arrancaría la matrícula de la moto y la abandonaría en cualquier calle secundaria. Era vieja y parecía improbable que alguien se tomara la molestia de buscar al propietario. Aunque la asociaran con Digby y encontraran el sidecar, contábamos con una segunda línea de defensa: la historia del experimento para secuestrar a Maurice, la apuesta inocente que salió trágicamente mal. Lily Coombs corroboraría nuestra declaración.

»Di instrucciones muy claras a Digby. En cuanto abandonara la moto, debía enviar por correo el manuscrito en el que Maurice describía el cuerpo sin manos que iba a la deriva. Luego iría a la estación vestido con el traje de motorista y compraría un billete en el andén. No quería que el revisor se fijara en el pasajero que subía al tren en Ipswich con un billete adquirido en Londres. Digby cruzaría la barrera en medio del gentío, subiría al tren de Saxmundham, se cambiaría de ropa en el servicio, guardaría el traje en una pequeña bolsa de viaje y llegaría a Saxmundham a las ocho y media. Luego cogería un taxi hasta Seton House, donde yo lo estaría esperando a oscuras para cerciorarme de que todo había salido según los planes y para darle nuevas instrucciones. Como ya he dicho, era la tarea más fácil y supuse que no surgirían problemas. Sin embargo, Digby comenzaba a presentir su poder. Hizo dos estupideces. No soportó la tentación de quitar el sidecar y conducir a todo gas por el pueblo, pavoneándose incluso ante Bryce. Después invitó a Liz Marley a que se reuniera con él en Saxmundham. Lo primero no fue más que exhibicionismo adolescente y lo segundo podría haber resultado fatal. En ese momento me encontraba físicamente muy cansada y no estaba emocionalmente preparada para hacer frente a su insubordinación. Sonó el teléfono en el preciso instante en que oí el motor del coche de la señorita Marley, mientras los vigilaba desde detrás de las cortinas. Ahora sé que sólo era Plant que llamaba, una vez más, para preguntar por el señor Seton. En aquel momento me desconcertó. Simultáneamente ocurrían dos cosas imprevistas y no estaba preparada para hacer frente a ninguna. Si hubiera tenido tiempo de ocuparme de mí misma, habría resuelto mejor la situación. Tal como se desencadenaron las cosas, discutí airadamente con Digby. No tiene sentido que aquí me dedique a explicar qué dijimos, pero la disputa acabó cuando Digby salió furioso a la noche con la intención, según dijo, de regresar a Londres. No le creí. Había demasiado en juego para que ahora renunciara. No era más que otro gesto pueril de independencia, desencadenado por la discusión y dirigido a asustarme. Esperé hasta muy tarde el regreso del Vauxhall, sentada en la oscuridad porque no me atrevía a encender la luz. Me pregunté si un instante de cólera podía dar al traste con mis planes minuciosos y pensé en el modo de recuperar la iniciativa. Eran las dos cuando regresé a casa. A primera hora de la mañana siguiente, estaba otra vez en Seton House. Y del coche, ni señales. La noche del jueves, cuando llamaron por teléfono a Pentlands, me enteré por fin de lo que había ocurrido. No hizo falta que fingiera sorpresa. Me alegra saber que muy pronto Digby Seton pagará por lo mucho que me hizo sufrir esas veinticuatro horas. Fue realmente ingenioso. Su explicación sobre la falsa llamada telefónica fue muy inteligente. Incluía cualquier alusión que pudiera haber hecho a la muerte de Maurice durante los períodos de barboteo casi inconsciente. Fortaleció su coartada. Le puso las cosas un poco más difíciles a la comunidad de Monksmere.

No tuve más remedio que admirar su ingenio, su inventiva. Me pregunté cuánto tardaría Digby en ponerse a pensar en el modo de librarse de mí.

»Poco queda por decir. La devolución del hacha de Jane Dalgliesh no fue más difícil que su sustracción. Destrozamos el traje de plástico para ir en moto y lo arrojamos a la marea menguante. Con ácido que tenía en el cuarto oscuro, quité la carne de los nudillos de las manos de Maurice, y Digby envió el paquete por correo. Fue todo muy sencillo. Todo salió según el plan. Sólo falta el último capítulo. Dentro de pocos días dictaré todo otra vez. No siento un odio especial hacia Digby. Me alegraré de que muera, pero me doy por satisfecha imaginando su tormento sin querer verlo. Ojalá hubiera podido estar presente cuando murió Maurice Seton.

»Esto me recuerda que aún falta una explicación. ¿Por qué no me bastó con que su cadáver quedara en Londres, un hato de carne y ropa en una cuneta de Paddington? La razón es sencilla. Teníamos que quitarle las manos, esas manos delatoras con los nudillos despellejados hasta el hueso de tanto golpear la capota de su féretro.»

La voz había cesado. La cinta siguió girando unos segundos más. Reckless se estiró y apagó el magnetófono. En silencio se agachó para desenchufarlo. Jane Dalgliesh oyó el chapoteo del agua corriente y el tintineo de la tapa del hervidor. Se preguntó qué hacía su tía. ¿Se disponía a preparar la comida? ¿Preparaba más café para las visitas? ¿Qué pensaba? Ahora que todo había terminado, ¿sentía interés por ese cúmulo de odio que había destruido y trastornado tantas vidas, incluida la suya? De algo estaba seguro. Si más adelante se refería a Sylvia Kedge, su tía no se entregaría a lamentaciones como «¡Si lo hubiéramos sabido!» o «¡Si hubiésemos podido ayudarla!». Para Jane Dalgliesh, las personas eran como eran. Era tan inútilmente presuntuoso intentar cambiarlas como impertinente compadecerlas. Nunca hasta entonces le había sorprendido tanto el distanciamiento de su tía; nunca hasta entonces le había parecido tan aterrador.

Latham abandonó lentamente su tímida postura junto a la chimenea y se dejó caer en el sillón desocupado, con una sonrisa indecisa.

—¡Pobre infeliz! Murió por haber elegido un camisón. ¿O quizá fue por la elección de dormitorio?

Reckless no respondió. Recogió cuidadosamente el cable del magnetófono y se acomodó el aparato bajo el brazo. Al llegar a la puerta se volvió hacia Dalgliesh:

—Hemos sacado el sidecar del canal. Estaba a veinte metros del sitio que señaló. Señor Dalgliesh, otra conjetura afortunada.

Dalgliesh imaginó la escena. Sería agradable encontrarse en la orilla del canal solitario, bajo el sol de primera hora de la mañana, su verde paz interrumpida tan sólo por el ruido lejano del tráfico, el agua cantarina, las voces graves de los hombres que preparaban los trastos, el chapoteo del barro a medida que las botas altas pisoteaban el lecho del río. Lo que buscaban, aparecería por fin en la superficie, con la forma de un gigantesco calabacín a rayas y el casco negro ribeteado de algas y brillante mientras caían las gotas de fango. Sin duda, les pareció muy pequeño al grupo de laboriosos policías que lo empujaban hacia la orilla. Pero hay que recordar que Maurice Seton era un hombre menudo.

En cuanto Reckless se fue, Latham declaró beligerante:

—Tengo que darle las gracias por haberme salvado la vida.

—¿Está seguro? Yo suponía que era al revés. Fue usted quien la sacó a patadas del tejado.

La respuesta fue apresurada, a la defensiva:

—Fue un accidente. No quería que cayera.

Por supuesto, pensó Dalgliesh. Tenía que ser un accidente. Latham era incapaz de vivir con la idea de que había matado a una mujer, aunque hubiese sido en defensa propia. Bueno, si había decidido recordarlo así, cuanto antes empezara, mejor. Además, ¿qué importancia tenía? Esperaba que Latham se largara. La idea de gratitud entre ambos era ridícula e incómoda y estaba demasiado dolorido de mente y de cuerpo para aguantar una mañana de banalidades. Como quería averiguar algo, dijo:

—Me gustaría saber por qué fue anoche a Tanner's Cottage. Supongo que los vio..., me refiero a Digby y a Sylvia.

Los dos sobres apoyados en la repisa de la chimenea destacaban muy blancos sobre el fondo de piedras grises. Pronto tendría que abrir la carta de Deborah. El deseo de arrojarla al fuego sin leerla era absurdo y humillante, como si con un solo gesto perentorio uno pudiera quemar todo su pasado. Oyó la voz de Latham:

—Por supuesto. La primera noche, en cuanto llegué. Dicho sea de paso, mentí sobre la hora. Estaba aquí poco después de las seis. Al rato salí a caminar por el acantilado y vi dos figuras junto al bote. Reconocí a Sylvia y me pareció que el hombre era Seton, pero no estaba seguro. Aunque la noche era demasiado oscura para ver qué hacían, quedó claro que estaban lanzando el bote al agua. No vi qué era el bulto del suelo del bote, pero después lo deduje. Ni me preocupó. En lo que a mí atañe, Maurice se lo merecía. Como parece que ha deducido, Dorothy Seton me envió la última carta que él le escribió. Supongo que esperaba que la vengara. Lamentablemente se equivocó de persona. He visto a demasiados actores de segunda ponerse en ridículo al interpretar ese papel y no quise caer en la trampa. No me molestaba que otro hiciera el trabajo, pero cuando Digby apareció asesinado me pareció que había llegado la hora de averiguar a qué jugaba Sylvia Kedge. Celia nos dijo que esta mañana Sylvia pensaba ver a Reckless y me pareció conveniente presentarme antes.

Resultaría inútil señalar, por supuesto, que de haber hablado antes, Latham podría haber salvado la vida de Digby. ¿Era verdad? Los asesinos ya habían montado su historia: la apuesta con Seton, el experimento que salió horrorosamente mal, el pánico que sintieron al descubrir que Maurice había muerto, la decisión de cortar las manos despellejadas para ocultarlas. Sin la confesión, ¿realmente habría sido posible demostrar que Maurice Seton no había muerto de muerte natural?

Con el pulgar izquierdo y la palma rígidamente vendada, Dalgliesh intentó sujetar la carta de Deborah y meter las yemas de los dedos de la mano derecha bajo la solapa, pero el grueso papel se le resistió. Latham exclamó con impaciencia

—¡Démela, yo la abriré! —El sobre cedió bajo sus dedos largos manchados de nicotina. Se lo devolvió a Dalgliesh—. Por mí, no se preocupe, lea tranquilo.

—Ya. Sé qué dice, puedo esperar —dijo Dalgliesh, pero mientras hablaba extendía la hoja.

La misiva sólo contenía ocho líneas. Deborah jamás escribía cartas largas, ni siquiera de amor, pero esas frases entrecortadas y definitivas eran de una economía despiadada. ¿Y por qué no? El suyo era un dilema humano básico: podían pasar juntos toda una vida, explorándola laboriosamente, o librarse de él en ocho líneas. Dalgliesh las contó y volvió a contarlas, calculó la cantidad de palabras, observó con falso interés la extensión de las líneas, los trazos de las letras. Deborah había decidido aceptar el trabajo que le ofrecían en la sucursal de su empresa en Estados Unidos. Cuando recibiera esa carta, ya estaría en Nueva York. No soportaba seguir flotando en la periferia de su vida, a la espera de que él tomara una decisión. Era muy improbable que volvieran a verse. Así todo sería mejor para los dos. Las frases eran convencionales, casi trilladas. Era un adiós sin estilo ni originalidad, incluso sin dignidad. Y si había escrito la carta con dolor, la letra segura no lo reflejaba.

Oyó en segundo plano el parloteo agudo y arrogante de Latham. Decía que tenía una cita en el hospital de Ipswich para que le hicieran unas radiografías de la cabeza, sugería que Dalgliesh lo acompañara y se hiciera revisar la mano herida, especulaba viperinamente sobre lo que Celia tendría que pagar a los abogados para hacerse con la fortuna de los Seton y una vez más intentaba, con la torpeza de un colegial, justificarse por la muerte de Sylvia Kedge. Dalgliesh le dio la espalda, cogió su carta de la repisa de la chimenea, juntó ambos sobres e intentó romperlos impaciente. Eran demasiado gruesos y, al final, los arrojó enteros al fuego. Tardaron mucho en quemarse. Cada hoja se chamuscó y rizó a medida que desaparecía la tinta, hasta que, finalmente, su poema brilló, plateado sobre negro, negándose obstinadamente a perecer, y Adam ni siquiera pudo coger el atizador para hacerlo polvo.

ÍNDICE